Peter Härtling

# Das Windrad

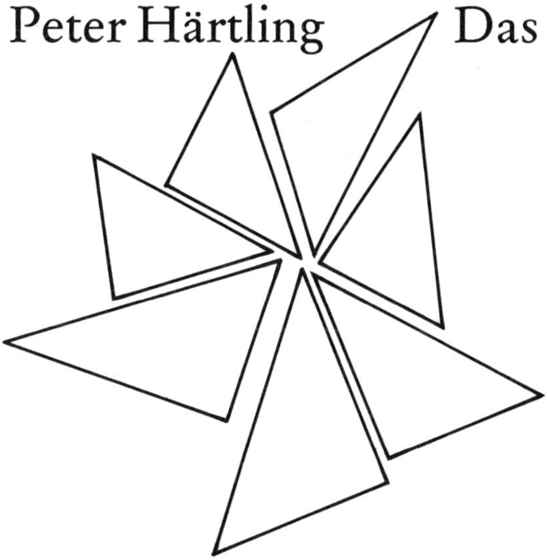

Peter Härtling

# Das Windrad

Roman

Büchergilde

 Genehmigte Ausgabe für die Mitglieder der Büchergilde Gutenberg. Ausstattung Juergen Seuss, Niddatal bei Frankfurt am Main. Foto Wolfgang Haut, Nidderau. Satz Dörlemann-Satz, Lemförde. Schrift Korpus Garamond, Lichtsatzsystem Digiset 200 T 2. Druck Dieter Hoffmann, Mainz. Bindearbeiten Großbuchbinderei Monheim (Oldenbourg). Printed in Germany 1984.
ISBN 3 7632 3022 X

Alle Personen in diesem Roman
sind erfunden; und auch wieder nicht.

Für alle, die dabeisein werden.

# In mir ist Einmal die ganze Zeit

*Christine Lavant*

# 1

Behutsam zog Georg Landerer die Haustür hinter sich zu, holte den Schlüsselbund aus der Jackentasche, wog ihn einen Augenblick in der offenen Hand, bückte sich und warf ihn durch den Briefschlitz zurück in das Haus. Seit langem hatte er sich auf den Auszug vorbereitet. Nun war es soweit. Er nahm den Koffer und machte sich auf den Weg zum Bahnhof.
Vor vierundzwanzig Jahren waren sie hier eingezogen. Die Schmucklosigkeit der Straßenzeile hatte sie ein wenig bedrückt, doch das Haus, winzig und reparaturbedürftig, nahm sie in Anspruch. Sie richteten sich nach und nach ein. Das erste der drei Kinder, Alex, kam zur Welt, und sie begannen, das Haus zu lieben. Nun verließ er es, ohne daß etwas riß.
Jemand grüßte ihn und er glaubte den fragenden Blick in seinem Rücken zu spüren. Seine Nachbarn würden früh genug erfahren, daß er auf und davon war. Hella würde zwar nie von sich aus darauf zu sprechen kommen, sich aber bestimmt nicht scheuen, Auskunft zu geben, ironisch und selbstbewußt: Sie habe ihn nicht halten können und auch nicht wollen.
Ihre Stimme wurde wieder laut, traurig, sich ereifernd, vorwurfsvoll, verständnislos. Er hörte sie, redete sie nach und merkte, daß er schneller lief, als wollte er vor ihr fliehen.
Hella war spät nach Hause gekommen. Er hatte sie schon gar nicht mehr erwartet. Vor fünf Jahren hatte sie in Bornheim eine Buchhandlung aufgemacht, gemeinsam mit einer Freundin, bei der sie, wenn sie von der Arbeit zu müde war, über Nacht blieb.
Du bist noch auf? Ihre Stimme klang verwundert und etwas gereizt: Du bist noch auf? Sie stand in der Tür wie in einem Bilderrahmen, kniff die Augen gegen das Licht zusammen,

schüttelte sich, zwischen Frost und Wärme geraten, zog die Kostümjacke vor der Brust zusammen. Ihre Mädchenhaftigkeit trieb ihn in die Enge wie immer.
Ich habe auch noch gearbeitet, murmelte er.
Was heißt auch? Ich habe ausnahmsweise nicht gearbeitet, sondern bin mit Tini im Kino gewesen.
War's gut?
Es ging.
In solchen Kürzeln hatten sie Übung.
Gute Nacht.
Plötzlich wünschte er sich, daß sie sich zu ihm setze, ihn ausfrage, ihm zuhöre, ihre Hand auf die seine lege, ihn wärme. Seine Sehnsucht fing sie ein. Die Jacke in der Hand, kehrte sie auf dem Absatz um. Ist dir nicht gut, Georg?
Doch.
Was dann?
Er übersprang seine Angst, dachte Sätze so schnell, daß er ihnen nicht trauen konnte.
Nichts, sagte er.
Sie saß ihm schon gegenüber, strich sich mit den Fingern die Haut über die Backen hoch zu den Augen, eine Geste, die ihm so vertraut war, daß er manchmal von ihr träumte wie von einem Zeichen, eine leichte, zärtliche Bewegung.
Es fehlte ihm der Anfang, der Satz, gegen den sie nicht gleich aufbegehren könnte. Sie wartete, und er würde ihm nicht einfallen.
Hast du Martin noch gesehen?
Nur gehört. Er kam gegen zwölf, schaute aber nicht mehr herein.
Sie nickte. Die Fingerspitzen lagen nun ruhig unter ihren Augen.
Martin war übriggeblieben. Er wohnte noch bei ihnen, ging

bei Opel in eine kaufmännische Lehre. Alexander, der Älteste, wohnte nicht weit entfernt, in Offenbach, wo er an der Werkkunstschule studierte, und Karolin war vor einem Jahr einem Traumtänzer nach München gefolgt. Sie ließ kaum von sich hören, rief nur an, wenn der Kerl grob wurde oder wenn sie mit Behörden nicht zurechtkam.
Hella, sagte er und stockte.
Ja?
Ihre Hand kam über den Tisch, wie er es wünschte, legte sich auf die seine, leichter als sonst, abwartend. Er sah ihr in die Augen. In seinem Kopf sammelten sich lauter Satzfragmente. Er war so sicher gewesen.
Ich gehe, sagte er.
Du gehst? Wie meist du das? Sie war unvorbereitet, konnte nichts wissen von seiner allmählichen Loslösung, wie sich alles von ihm entfernte, wie die Bindungen zu ihr und den Kindern, die er aus Liebe und Gewöhnung für dauerhaft hielt, gleichgültig wurden. Wie das Haus, in dem er ein Vierteljahrhundert gelebt hatte, ihn ausstieß, die Arbeit, die ihn erfüllt hatte, nur noch beschwerte.
Das hatte mit der Krankheit begonnen. Vor einem halben Jahr war er von einem Tag auf den andern matt geworden, hatte das Gefühl, die Innenwände seines Körpers seien dick verrußt wie ein alter Kamin. Das Herz zog sich schmerzhaft zusammen, manchmal ergriff ihn ein so heftiger Schwindel, daß er fürchtete, bewußtlos zu werden, nach Halt suchte, sich gegen die Wand lehnte, aus lauter Angst zu atmen vergaß und dann aufstöhnend Luft holte. Er zog sich ins Bett zurück, zum ersten Mal in seinem Leben. Du bist vierundfünfzig, sagte er sich und du fühlst dich so, als hättest du zwei Leben gelebt. Hella war ratlos; sie zwang ihn schließlich, zum Arzt zu gehen.

Ohne Zweifel habe er einen leichten Herzinfarkt überstanden, er brauche sich deswegen jedoch keine Sorgen zu machen, wegen des Bluthochdrucks und eines überraschend festgestellten Altersdiabetets schon eher.
Ihm wurden Tabletten verschrieben, die er, wie der Arzt etwas gedankenlos bemerkte, für den Rest seines Lebens einnehmen müsse.
Die Mittel halfen. Seine Spannkraft nahm wieder zu, er konnte sich konzentrieren, die Arbeit ging ihm wieder leichter von der Hand. In regelmäßigen Zeitabständen aber riß der Faden. Er war nahe daran, sich umzubringen. Hella wich ihm aus, blieb oft über Nacht in Frankfurt, bei der Freundin. Er bat den Arzt um Hilfe. Der verschrieb ihm, nachdem er ihn gründlich ausgefragt hatte, rote Kapseln gegen die Schwermut und es verblüffte ihn, wie wenig chemische Substanz es brauchte, um Ängste zu vertreiben, Laune zu machen. Hella hatte keine Ahnung, mit welchen Mitteln er sich half.
Es war zu spät, ihr diese Geschichte zu erzählen.
Sie schaute ihn fragend an.
Es ist so, ich gehe, sagte er, ich verlasse das Haus, muß es tun, es ist nur schwer zu erklären und du wirst es nicht verstehen.
Er sprach vor sich hin.
Nein, sagte sie.
Doch, Hella.
Was haben wir dir getan?
Nichts.
Geht es dir denn nicht gut?
Doch.
Wann willst du gehen? fragte sie.
Da war er sich selber noch nicht sicher.
Bald, sagte er, und um sich zu bestätigen, ihr keine Gelegenheit zu geben, seinen Entschluß anzuzweifeln, ihn zu überre-

den, ihn festzuhalten, fügte er hinzu: Spätestens Ende nächster Woche.

Wohin denn?

Erst einmal nach Endringen. Ich habe im Grünen Baum für ein Vierteljahr unser altes Zimmer gemietet.

Sie zog ihre Hand langsam zurück.

Hast du Frau Windmenger Bescheid gesagt?

Das mußte ich doch.

Sie schüttelte den Kopf, stand auf, warf die Jacke auf die Couch, ging zur Terrassentür, öffnete sie. Dann wissen alle von deinem Wahnsinn, nur ich nicht.

Die Kinder auch nicht. Und es ist kein Wahnsinn. Ihr seid finanziell für die nächsten Jahre gesichert, hoffe ich, und dir würde ja beinahe schon die Buchhandlung genügen.

Er sah auf ihren Rücken, der sich krümmte, und dachte: Ich geh zu ihr hin, ich nehme sie in die Arme, ich sage ihr, daß ich sie liebe, daß ich sie alle die Jahre geliebt habe, daß dieser Aufbruch nichts mit ihr zu tun hat, nur mit mir, mit meiner Unfähigkeit, das Abgelebte weiter zu ertragen. Er traute sich nicht.

Ich habe die Druckerei verkauft, sagte er.

Sie straffte den Rücken, lehnte sich gegen den Türrahmen und fing an zu lachen.

Das Geld ist gut angelegt, sagte er und ich werde nicht viel brauchen. Die Versicherungen werden monatlich abgebucht.

Sie drehte sich zu ihm um, schüttelte von neuem den Kopf, kniff die Augen zusammen: Du hast ja alles prachtvoll geregelt. Diese Vorsorge, diese Güte. Du machst dir doch etwas vor.

Sie kam zu ihm, legte ihm flüchtig die Hand in den Nacken, schloß die Augen, als erwarte sie einen Kuß, doch schon hatte sie die Hand wieder weggezogen, war ein paar Schritte zurückgetreten. Ich bitte dich, schlaf heute hier unten, sagte sie.

Von morgen an kann ich ja in Frankfurt übernachten, um dich nicht in deinen Reisevorbereitungen zu stören.
Sie blieb, wie sie es ihm versichert hatte, die nächste Zeit in Frankfurt, rief ab und zu in der Druckerei an, erkundigte sich nach seinem Befinden, fragte aber nie, wann er aufbreche.
Zwei Tage bevor er ging, tauchte Hella unangekündigt auf. Die Erregung verjüngte sie. Zum ersten Mal, seit er sich entschlossen hatte, ein neues Leben zu beginnen, wurde er wankelmütig. Er wollte sie umarmen, doch sie hielt ihn mit einer Frage zurück: Willst du dich scheiden lassen? Zufällig stand er vor dem Spiegel. Er warf einen Blick auf den großen und schweren Mann, der ihm unordentlich vorkam, aus den Fugen geraten.
Nein, das will ich nicht.
Ich auch nicht.
Sie trat zu ihm in den Spiegel, zierlich, eine kleine Tänzerin, etwas erschöpft von einer allzu schwierigen Übung. Er sah, daß sie sich gegen ihn lehnte, spürte mit einer winzigen Verspätung ihre Wärme.
Ich auch nicht, sagte sie.
Ich werde dir schreiben.
Wenn's sein muß, sagte sie. Ihr Spott half ihm.

# 2

Frau Windmenger erwartete ihn an der Bushaltestelle. Breitbeinig und ausladend stand sie am Straßenrand, ein unübersehbares Signal für den Fahrer, der zur Begrüßung die Hupe tönen ließ. Jetzt erst löste sich die Betäubung, die ihn auf der ganzen Reise begleitet hatte. Er hatte alle Erinnerungen an die Fahrten über die Honauer Steige hinauf auf die Alb unterdrückt, nicht an die Kinderrufe denken wollen, als der Lichtenstein aus dem steil steigenden schwarzen Wald stieg. Guck, guck doch endlich. Er hat es nicht können.

Jetzet! Ihr Willkommensgruß riß ihn in die Gegenwart. Sie zerrte mit beiden Händen an seiner Rechten, redete auf ihn ein, beklagte sein miserables Aussehen, er müsse viel an die frische Luft, überhaupt solle er sich alles aus dem Kopf schlagen, sie freue sich schon auf ihn, die alten Freunde ebenso, sogar Leo, der Drachenflieger, sei, als hätte er's geahnt, im vergangenen Jahr aus der Versenkung wieder aufgetaucht und in der Mühle hause neuerdings ein Erfinder. Es sei das erste Mal, daß er allein komme, auch noch mit dem Bus, nicht mit dem eigenen Wagen, es fiel ihr ein, wann sie zum ersten Mal Gäste gewesen seien: 1960, seit achtzehn Jahren, sagte sie. Er trottete neben ihr her, ließ sie reden. Die Kinder liefen ihm ins Bild; Hella, sehr jung, Alexander auf dem Arm. Er sah sie in ihrem langen Fellmantel vor sich, zwei der Kinder an der Hand, rief ihr nach, sie hörte ihn nicht.

Also vor einem werde ich mich hüten, sagte er und hakte sich bei Frau Windmenger ein.

Wovor?

Vor alten Geschichten. Vor all dem Gerede, wie es damals war, mit den Kindern; und wie der Leo, und wie die Sommer-

rodelbahn; und wie wir mit dem Hannes einen solchen Rausch hatten; und wie der Ortsverschönerungsverein im Grünen Baum gegründet; und wie Leo schon wieder – das will ich nicht mehr hören.
Er sah, daß die Fassade des Gasthofes neu getüncht, die Fensterläden frisch gestrichen waren, sagte aber kein Wort, denn wieder würden sie sich gemeinsam erinnern, das helle Weiß wie eine Haut von der Wand abziehen, bis darunter andere Fassadenwände zum Vorschein kämen, andere Mauern, eine graue, schmucklose und eine, so hatten sie das Haus zum ersten Mal gesehen, in einem vergilbten Ocker.
Vor der Treppe zum Eingang blieb sie stehen, packte ihn am Ärmel, zerrte an ihm wie ein Kind, dem die Worte fehlen für einen Wunsch oder ein Geständnis. Ihr rundes, von Sonne, Wind und Küchendampf gerötetes Gesicht schrumpfte vor Kummer: Sie könne ihm leider nicht, wie sie es verabredet hätten, gleich in dem Zimmer mit Dusche unterbringen. Seinetwegen nämlich lasse sie es renovieren. Die Handwerker seien nicht fertig geworden. Nun müsse er erst einmal eine Woche in dem Zimmer am Festsaal wohnen. Zu allem Übel feiere die Tochter vom Friseur heute auch noch ihre Hochzeit.
Das Zimmer am Sälchen; es war wieder ein Stichwort fürs Gedächtnis: Das kann nicht wahr sein! Hella hatte, kaum war die Tür zu, kaum waren die Kinder heulend unter die Decke gekrochen, wegen der abgestandenen Luft die Fenster aufgerissen, was den Lärm um sie herum noch steigerte. Sie hörten das ausdauernde Geschnatter einer Omnibusfuhre alter Frauen im Sälchen vor der Tür und vor dem Fenster heulten die Motoren einer Mopedhorde. Sie schliefen schlecht, obwohl die reisenden Damen am frühen Abend verschwanden und die Mopedjungen früher als erwartet Ruhe gaben. Das kann nicht wahr sein! Sie schworen sich, diesen Gasthof nie mehr

zu besuchen. Aber sie vergaßen den Schwur, nachdem sie Frau Windmenger mit einem denkwürdigen Frühstück und der Umsiedlung in das einzige Zimmer mit Dusche bestochen hatte.

Ich werd's überstehen, sagte er. Doch er fühlte sich niedergeschlagen. Er wollte erst einmal für sich sein, die Koffer auspacken und ausruhen.

Die Windmengerschen Töchter, Lore und Gerda, erwarteten ihn Schulter an Schulter hinter der Theke. Sie ähnelten ihrer Mutter in nichts, beide zart und mit der dunkel pigmentierten Haut von Schwarzhaarigen. Italienische Zwillinge hatte er sie genannt, bei der Mutter damit allerdings wenig Anklang gefunden.

Lore bestand darauf, seinen Koffer hochzutragen. Vor einem halben Jahr hatte sie geheiratet; ihr Mann helfe aber nur übers Wochenende in der Gastwirtschaft aus, er arbeite als Textilingenieur in Reutlingen. Frau Windmenger nickte ihm aufmunternd zu und verschwand in der Küche.

Sein Gedächtnis hatte das Zimmer am Sälchen sogar noch freundlicher und bequemer ausgestattet, als es ihn in Wirklichkeit empfing: mit schäbigen Nachkriegsmöbeln und seit Jahren nicht mehr gestrichenen Wänden.

Er zog den Mantel aus, hängte ihn an den Haken an der Tür, öffnete das Fenster, legte sich quer über das Doppelbett. Lang würde es draußen nicht mehr ruhig sein. Ohne Übergang schlief er ein.

Die Stimmen, das Geschrei und Gelächter brachen verzögert in seinen Schlaf. Er fuhr hoch, als der Gemütlichkeit ein Prosit gebrüllt wurde. Es war dunkel. Die Nacht lag einen Moment lang wie ein Tuch auf seinen Augen. Er richtete sich auf, die Stimmen begannen sich zu ordnen, einzelne kannte er, sein Gedächtnis verlieh ihnen Gestalt: die kleine, redselige, rothaarige Braut, die er als Kind sah, mit einem schmutzverkrusteten Gesicht, in dem grüne Äuglein glitzern. Alexander war ihr eine Zeitlang verfallen, Karolin hingegen ging ihr aus dem Weg, mit der Luise könne man nicht spielen, ständig falle ihr etwas Neues ein. Jetzt sprach der Vater, der Friseur, und seine Stimme legt sich wie Öl aufs Geschrei.

Er zog die Schuhe aus, ging auf Zehenspitzen durchs Zimmer, machte Licht, setzte sich an den wackligen Tisch, dem die Schublade fehlte, stand wieder auf, packte aus, lief noch immer zwischen Koffer und Schrank hin und her, hatte mit einem Mal Lust, an Hella zu schreiben, einen Brief, den er nicht gleich abschicken wollte.

Du wirst es nicht glauben, schrieb er, ich sitze in der Bude neben dem Sälchen, in die uns Frau Windmenger damals mit den Kindern verbannt hatte. Nur hat sie dieses Mal, um das Strafmaß zu erhöhen, noch eine Hochzeit in den Saal bestellt. Dennoch fühle ich mich wohl, rede ich mir wenigstens ein. Genaugenommen bin ich meinem Bewußtsein ein Fremdkörper – wenn das möglich ist. Ob Du zu Hause oder in Bornheim bist? Ich will nicht weiter fragen. Meine Stimmungen sind haltlos. Das hat natürlich auch mit diesem Tag zu tun. Mit dem Abschied. Ich freue mich auf die Spaziergänge. Auch auf die alten Freunde. Selbst Leo soll wieder im Land sein. Ich hab Angst vor diesem Abenteuer. Entweder stürze ich ab oder fliege.

Obwohl er sehr hungrig war, blieb er auf dem Zimmer, hörte dem Fest zu, bis die Stimmen sich vereinzelten und unten im Hof Abschiede laut wurden.

# 3

In den folgenden Tagen streunte er, fraß sich in die Landschaft, wiederholte Wege; Lieblingsplätze bekamen den Wert von Refrains: zum Beispiel die Wacholderheide in der Nähe von Trochtelfingen, das Wäldchen über der Bärenhöhle, die Hochfläche rund um die Dreherhöfe.

Ehe er meist sehr früh am Morgen aufbrach, las er in der Gaststube beim Frühstück immer die Zeitung. Es bedrückte ihn, daß er noch heftiger als daheim auf die Nachrichten und Kommentare reagierte. Er hatte gehofft, diese Zustände würden sich geben. Manchmal gelang es ihm den ganzen Tag nicht, ohne Beklemmung zu atmen.

Abends wachte Frau Windmenger über seine Ruhe, hielt ihm flüchtige Bekannte und Neugierige vom Leib. So saß er häufig ohne Ansprache, starrte, die Hände ums Weinglas gelegt, vor sich hin, ging früh hinauf – nach einer Woche konnte er das renovierte Zimmer beziehen –, setzte gelegentlich den Brief an Hella fort:

Ich weiß nicht, was mit mir geschieht. Vielleicht verschlimmert sich meine Krankheit. Ich habe Euch verlassen, um Euch meine Verwirrung zu ersparen. Eigentlich wünsche ich mir das Gegenteil. Ich möchte von neuem leben, nicht verkümmern, nicht veröden.

Der Sommer fing noch einmal an zu kochen. Georg genoß es, schwitzte, rastete häufig im Schatten, begann auch das Dorf wieder zu erkunden. Viele kannten ihn, grüßten, auch die Kinder.

Ein wenig kam er sich vor wie ein Tanzbär, dem die Räude das Tanzen ausgetrieben hat und der sich zaudernd wieder danach zu sehnen beginnt.

Einmal, er hatte eben nach rechts und links gegrüßt, sah er sich auf sich zukommen, auf dem abschüssigen Weg zwischen Rathaus und Kirche. Er war sich nicht ganz geheuer. Offenbar war er oben auf der Höhe spazieren gewesen, hatte sich an den bizarren Windgebärden der einzelstehenden Bäume vergnügt und kam nun mit ausholenden, etwas tölpelhaften Schritten herunter, ein von seinem schweren Leib geplagter Mann mit einem übergroßen Kopf. Das weiße Haar hing ihm ungekämmt über die Schläfen und bis in den Nacken. Er trug, wie er, ein dünnes Baumwollhemd, und dazu die unvermeidliche Cordhose. Er blieb stehen und wartete auf sich, merkte, wie man ihn aus den Fenstern beobachtete. Er mochte sich nicht, als er sich wieder aufnahm.
Zurück, im Grünen Baum, erstaunte er Frau Windmenger und die Mädchen mit einer ungewohnten Redseligkeit und dem Wunsch, man solle doch Leo, den Drachenflieger, von ihm grüßen. Er wünsche ihn bald zu sehen, auch die anderen Bekannten. Allein mit sich halte er es nicht mehr aus.

# 4

Leo überraschte ihn und die andern, die ihn erwarteten, mit einem gebrochenen Arm. Er stürzte am frühen Nachmittag in die Wirtschaft und ließ alle gleich wissen, daß er kaum Zeit habe. Verändert hatte er sich nicht. Das schwarze Haar hing ihm noch immer ungewaschen in Zotteln um das geschnitzte Köpfchen, das sich aus Knollen und Kanten zusammenfügte und in dem die Augen wie schillernde Murmeln steckten. Die Haut war pickelig, als müsse er sein Leben lang pubertieren.
Leo riß Georg in die Arme, duzte ihn, was er die Jahre vorher nie getan hatte, redete auf ihn ein, daß er eine Zeitlang nicht werde fliegen können, doch genügend Hilfe habe, daß seine Schule am Weißen Stein sich lohne, daß er sich überhaupt saumäßig freue, daß er auf jeden Fall gleich mit nach Melchingen kommen müssen, in sein Haus, in sein Häusle, daß er einen Haufen Schulden habe, aber auch Glück. Also pack deinen Koffer oder deine Tasche für ein paar Tage.
Gut, sagte er und staunte über sich. Aber dann floh er die Turbulenzen, setzte sich auf die Stufen vorm Eingang, eingerahmt von Oleander, hörte auf Leos kindliche Fanfarenstimme und in seinem Kopf fanden sich verrückte Sätze zu einem verrückten Lied:
Auf dem Frühling kann ich reiten, auf dem Sommer kann ich schwimmen, auf dem Herbst da kann ich fliegen, auf dem Winter kann ich ruhn.
Die Windmengerfrauen bemühten sich dreistimmig, ihm die Fahrt mit Leo auszureden. Als er nicht nachgab, beschworen sie ihn, wenigstens so bald wie möglich wiederzukommen. Sie hätten gehört, Leos Haus gleiche einem Saustall und er habe auch noch eine Dahergelaufene mit Kind aufgenommen.

Komm, rief Leo. Schon saßen sie nebeneinander in dem in allen Ritzen krachenden Kleinbus. Leo fuhr vorsichtig. Sie schwiegen. Er genoß, wie immer, wenn er auf den Albtrauf zufuhr, diesen Augenblick im voraus: die Schwelle zu fühlen, diese zu Stein geronnene Woge, dieses Anhalten vor dem Sturz.

Seit wann hast du die Drachenflugschule?

Noch nicht lange. Im März habe ich sie mit einem Kumpel aufgemacht. Inzwischen arbeiten wir mit drei Geräten und die Saison war gut. Sogar aus Frankreich und Holland kamen Schüler.

Wo bringt ihr die unter?

In den Dörfern und auf dem Campingplatz. Das geht schon.

Sie fuhren durch Undingen. Der aus dem Tal steigende Dunst löste sich in der Sonne. Obwohl es schon nach sechs Uhr war, gab der Abend kein Zeichen.

Er summte vor sich hin, wartete darauf, daß Leo das Gespräch beginne. Sie hatten die Straße verlassen und holperten jetzt über einen Feldweg. Dort! Leo zeigte auf eine Scheuer, dort ist unser Stützpunkt. Mühsam hielt er mit dem vom Gips angewinkelten Arm das Steuer.

Soll ich fahren?

Wir sind gleich da. Mir macht das nichts aus. Nur daß ich nicht fliegen kann, ärgert mich.

Bist du abgestürzt?

Ja, antwortete er, unterließ es aber, den Unfall zu erzählen, sondern fragte so leise, daß Georg ihn bei dem Motorenlärm kaum verstand: Hast du Angst?

Wovor?

Ich weiß nicht. So zu leben.

Ich komme schon damit zurecht.

Ja? Das Auto rollte auf die Scheune zu. Wenn ich fliege, sagte

Leo, gibt es einen Moment, jedesmal, in dem die Angst vergeht – vielleicht ist es die Höhe, in der sie vergeht, oder der Wind, der sie wegreißt, oder doch einfach das Glück, leichter zu sein, die Erde nicht mehr unter den Füßen zu haben.
Ich werde trotzdem nicht fliegen lernen, Leo.
Du bist ja schon dabei.
Auf dem Weg kam ihnen ein stämmiger Kerl entgegen gerannt, winkend, sonnenverbrannt, das Hemd offen. Das ist Karl, er kommt aus Bellamont.
Woher?
Aus einem Kaff im Oberland. Es heißt wirklich so.
Karl erklärt, der letzte Schüler sei schon vor zwei Stunden gegangen. Nun hocke er rum, weil sein Auto nicht anspringe. Ob sie ihn nach Melchingen mitnehmen könnten. Er sei verabredet, komme sowieso schon zu spät.
Leo vollbrachte das Kunstwerk, den Feldweg bis zur Straße hin waghalsig rückwärts zu fahren. Georg schloß die Augen, klammerte sich an den Haltebügel über dem Schlag.
Vor acht oder neun Jahren war Leo in Endringen aufgetaucht, hatte sich in einem verfallenen Haus am Ortsrand festgesetzt, ein struppiges Großmaul, das den ganzen Tag im Bett oder in der Gastwirtschaft verbrachte, aber behauptete, sich als Aufnahmeleiter für einen Spielfilm vorzubereiten, was dann, zur Verblüffung aller, zutraf; das Team erschien, er zog mit ihm davon und man rechnete nicht mit seiner Rückkehr. Unversehens war er wieder da, noch reicher an Anekdoten, und fing an, am Albtrauf mit Drachen zu fliegen. Während der Filmaufnahmen in den Alpen habe er das kennengelernt. Er habe gleich gewußt, daß er davon nicht mehr loskommen werde.
Wenn er so redete, sah man ihn fliegen. Die Kinder liebten ihn. Er hatte sie ein paarmal zum Weißen Stein mitgenommen, sie konnten zusehen, wie er, so erzählten sie, ins Tal hin-

unterflog, ein riesiger Adler, wunderwunderschön. In ihren Augen glänzte noch immer der Himmel, in dem der Menschenvogel weite Kreise zog. Du mußt es erleben, Papa. Nun würde er es endlich, wenn auch verspätet.

Verdient ihr gut?

Leo zog die Schultern hoch und Karl, der auf der Bank hinter ihm saß, knurrte nur.

Und das Haus?

Ich hab was geerbt. Nicht viel. Das steckt drin. Das Dach kracht sicher demnächst unter der Schuldenlast zusammen.

Sie lachten miteinander. Er mochte Leos Leichtfertigkeit.

Das Häuschen stand am Ende der Dorfstraße, kleiner, als er es erwartet hatte; an vielen Stellen brach der Mörtel aus dem Fachwerk.

Karl verabschiedete sich. Leo schob den Koffer vor die offene Haustür. Mit der Zeit solltest du dir einen Seesack oder wenigstens eine große Tasche anschaffen, Georg, so wie du jetzt reist.

Leo hatte recht. Der Koffer paßte nicht mehr.

Leos Haus, schrieb er an Hella, ist in einem Zustand, der mich traurig macht. Ich könnte mich in dieser schmutzigen Leere nicht auf die Dauer einrichten. Diese Jungen sind einfach anders. Es ist ihnen egal, ob in einem Zimmer außer einer stinkenden Matratze nur noch ein Stuhl steht, auf den sich keiner zu setzen traut, ob die Dielen seit Monaten nicht mehr gescheuert sind, ob sich in der schönen großen Küche, die als einziger Raum auch schon mit einem langen Tisch, lustigen Blechstühlen und einer mächtigen Anrichte ausreichend eingerichtet ist, das schmutzige Geschirr stapelt oder in einer Ecke sich dreckige Wäsche häuft. Ehe ich mein Zimmer bezog, ebenfalls nur mit Matratze, doch immerhin zu einem haltbaren Hocker noch ein Tischchen und ein ausklappbarer

Kleiderhaken an der Wand, wischte ich, unter dem Gewieher Leos und seiner Freundin, den Boden. Der kleine Pokko riß die Augen auf, als hätte er solch einen Unfug noch nie in seinem kurzen Leben zu sehen bekommen. Ihre Heiterkeit söhnte mich mit vielem wieder aus.

Aber Gertrud mochte er von Anfang an nicht.

Er hätte nicht erklären können, weshalb, was ihn an ihr störte. Ihr bleiches, immer ein wenig aufgedunsenes, von blonden Haarsträhnen gerahmtes Gesicht kam ihm merkwürdig auswechselbar vor. Sie redete, bewegte sich herausfordernd langsam. Selbst Feuer im Haus würde sie nicht in Schwung bringen. Pokko hingegen, ihr neunjähriger Sohn, von dem er eine Woche lang, bis er sich wieder nach Endringen bringen ließ, kein Wort hörte, glich einer Feder. Aus dem Stand konnte er hakenschlagend durchs Zimmer rasen oder, die Augen geschlossen, im Kreis, oder, wie Münchhausens Läufer, die Dorfstraße rauf und runter. Gertrud ließ ihn gewähren, schüttelte ihn manchmal, wenn er gar nicht hören wollte, und abends blieb er wach, bis er irgendwo im Haus, vom Schlaf getroffen, umfiel, und Leo ihn in seine Schlafkiste trug.

Sein Vater zahle regelmäßig den Ablaß, erklärte Leo. Sonst wisse er nichts über ihn.

Und wie er zu seinem Namen gekommen sei, Pokko?

Den verdankt er, du wirst es nicht glauben, dem italienischen Wirt drüben in der alten Schule. Ich hatte Gertrud mit dem Kind aus Tübingen heraufgebracht. Wir kannten uns schon eine Weile. Aber sie wehrte sich gegen die Alb. Sie wolle hier oben nicht verblöden. Aus Geldnot und des Kindes wegen gab sie nach. Wahrscheinlich ist dir aufgefallen, daß der Junge so gut wie nicht spricht. Irgendwas stimmt mit ihm nicht. Vielleicht ist er autistisch. Auf jeden Fall sind wir gleich am ersten Abend rüber zu Tonio, haben Gertruds Ankunft gefeiert, als

das Kind mitten in unsere Gesänge und unser Gequatsche ein Wort warf. Ein einziges. Tonio hatte uns immer wieder gefragt, ob wir noch einen Pokkolino, einen Krug mit Wein, wünschten. Der Bub saß auf Gertruds Schoß, steif, verschlossen. Auf einmal öffnete sich sein Mund und das Wort fiel heraus. Er sagte es laut und verständlich: Pokko! Gertrud konnte sich gar nicht beruhigen, küßte, nudelte ihn so heftig, daß er am Ende heulte. Sei still, sei lieb, du Pokko du, tröstete sie ihn. Seither heißt er so. Du wirst es nicht glauben wollen, aber seinen wirklichen Namen habe ich vergessen.
Geht er zur Schule?
Ja. In die erste Klasse.
Als Leo erzählte, wie Pokko zu seinem Namen kam, saßen sie im Garten hinterm Haus, einem verwilderten Stück, einem bäuerischen Kräutergarten mit Thymian, Basilikum und Melisse. In den nächsten Tagen hielt er sich fast immer hier auf, grub ein wenig, schnitt vorsichtig, für Gertrud schon zu viel. Er rasiere den ganzen Segen ab, schimpfte sie. Manchmal half ihm Pokko, aber der hielt es nie lange an einem Ort aus. Unrast trieb ihn im Haus und ums Haus herum. Er hatte noch Ferien.
Was hat du vor? fragte Leo.
Ich bin mir noch nicht sicher.
Du kannst eine Weile bei uns bleiben.
Ich möchte euch nicht zur Last fallen.
Du steuerst doch schon mehr als nötig bei.
Ich möchte auch noch verreisen.
Ja? Wohin?
Eine alte Freundin besuchen.
Leo lief in die Wildnis hinein, verschwand beinahe hinter Stauden und Sträuchern: Laß es bleiben! Such dir eine neue. Laß die alten Geschichten ruhn!

Leo hatte recht. Er wollte sich auf keine Diskussion einlassen, suchte nach Pokko, fand ihn nicht und wurde von Gertrud, die am Küchenfenster saß, ihr Gesicht in die Sonne hielt, zurechtgewiesen, er solle das Kind in Frieden lassen.
Laura war ihm eingefallen, als er Pokko mit Geschichten beruhigen wollte. Sie gingen einkaufen, der Bub sprang wie ein Derwisch vor ihm her. Dich kann ja keiner bändigen, sagte er, nicht einmal der große Renzo könnte das. Weißt du, wer das war, Pokko? Einer, der Löwen durch brennende Reifen und von einer Kiste auf die andere springen ließ. Eigentlich hieß er ganz gewöhnlich Egon Schumacher. Doch er konnte Löwen bändigen. Meine Liebste damals ließ mich seinetwegen sitzen. Kannst du das verstehen?
Pokko verstand nichts. Er rannte ihm immerhin nicht fort, sondern hüpfte in seiner Nähe.
Er könnte Laura besuchen. Sie hatte nicht Schumacher, sondern einen Lehrer geheiratet, wohnte seit Jahren in Husum. Seit fündundzwanzig Jahren hatten sie sich nicht mehr gesehen. Ein paarmal hatten sie sich geschrieben.
Obwohl Leo sich immer wieder vornahm, ihn zum Weißen Stein, zu den Drachenfliegern mitzunehmen, kam es nicht dazu. Entweder hatte Georg keine Lust oder er wollte für sich spazieren oder Leo war vorzeitig aufgebrochen oder Pokko beanspruchte ihn.
Wir haben Zeit, fand Leo.
Die hatten sie mit einem Mal nicht mehr. Nach einem Streit mit Gertrud ließ er sich von Leo nach Endringen bringen. Sie saßen zu dritt beim Frühstück, Pokko, Gertrud und er. Leo schlief noch. Die Tür zum Garten stand auf. Pokko hatte sich erwartungsvoll neben ihm aufgebaut. Er mußte nun nämlich seiner morgendlichen Aufgabe nachkommen. Als Georg am ersten Morgen beim Frühstück fünf bunte Pillen und Kap-

seln, die er einnehmen mußte, neben die Untertasse legte, hielt Pokko, der neben ihm auf dem Stuhl zappelte, plötzlich still, beobachtete mit angehaltenem Atem, wie er eine Pille nach der anderen schluckte, und erwartete wohl, daß etwas geschähe, daß Georg zu glühen oder zu schweben beginne, daß sich sein Schädel öffne. Nachdem nichts passierte, rutschte Pokko von seinem Stuhl, verschwand. Doch von nun an bestand er morgens darauf, die Pillen nach Farben zu ordnen, zwei rote, zwei weiße, eine violette und sie ihm in einer offenbar nach Laune wechselnden Folge auf die Zunge zu legen. Danach mußte er die Tasse an den Mund setzen, laut schlucken und sich bei seinem Helfer bedanken, der schon mit der nächsten Tablette drängte.
Wie sonst fischte er die Pillen aus der Dose, legte sie hin, wartete auf die ordnende Kinderhand. Aus irgendeinem Grund stellte sich Pokko ungeschickt an, wischte die Tabletten vom Tisch. Gertrud schrie auf, griff nach dem Jungen, schubste ihn. Das ist doch nicht schlimm. Georg schob den Stuhl zurück, suchte nach den Pillen. Komm, Pokko, hilf mir.
Der Schreck fing an, den Jungen zu schütteln. Erst stand Pokko, Arme und Beine seltsam verdreht, mitten in der Küche, dann knickte er zusammen, ein Bündel zuckender Glieder. Gertrud rief nach Leo. Georg kniete sich neben Pokko hin, schob die Hand unter den auf die Fliesen hämmernden Kopf. Sei ruhig, sei doch ruhig, sagte er. Es war ihm klar, daß seine Stimme Pokko nicht erreichte. Er sah in das schmale Gesicht, würde es immer so sehen: Die Augen geschlossen, das Kinn angestrengt nach vorn geschoben, so als würden die Schädelknochen von einer gewaltigen Kraft gepreßt.
Pokko! Er streichelte den Jungen, seinen Leib, die Arme, den Kopf, wünschte seiner Hand mesmersche Kraft. Sei doch still. Es wird schon besser.

Leo kam, hob den Jungen vorsichtig auf, trug ihn in sein Zimmer. Es sei vorbei. Er müsse sich keine Sorgen mehr machen.
Doch, widersprach er, richtete sich schwerfällig auf, bekam einen leichten Schwindel. Es ist euch doch egal, was mit Pokko geschieht. Ob er schwer krank ist, ob er umkommt, ob er je sprechen lernt. Wie das weitergehen soll in der Schule. Ihr habt genug mit euch zu tun, mit euren Seelenfürzen, euren eingebildeten oder wahren Ängsten und das Kind geht dabei drauf.
Halt die Schnauze, alter Mann. Gertrud saß zurückgelehnt, die Beine von sich gestreckt. Jetzt reicht es mir. Niemand hat dich um Rat gefragt. Erst recht nicht wegen Pokko. Das ist allein meine Sache. Wie kommst du dazu, dich hier einzumischen? Es schien ihm, als würden die Wörter handgreiflich und prügelten ihn aus dem Haus.
Was ist los? fragte Leo, der von oben kam. Pokko geht's schon wieder gut. Habt ihr gestritten?
Bringst du mich nach Endringen?
Jetzt? Leo musterte Gertrud, fragte nicht, sagte: Wenn du willst.
Er packte hastig seine Sachen zusammen. Das meiste lag ohnehin noch im Koffer. Ehe er hinunterging, schlich er auf Zehenspitzen zu Pokkos Zimmer, öffnete vorsichtig die Tür. Das Kind lag auf dem Rücken, schlief, anscheinend beruhigt und entspannt, doch seiner Brust entrang sich hin und wieder ein klagender Laut.
Es drängte ihn, die Hand leicht auf seine Stirn zu legen, doch er wollte seinen Schlaf nicht stören: Ade, flüsterte er.
Auf der Fahrt nach Endringen sprachen sie kaum miteinander. Ruf an, wenn ich dich wieder holen soll, sagte Leo, als er aus dem Auto stieg.

# 5

Er verließ sein Zimmer kaum mehr, obwohl ihn der frische Geruch von Leim und Farbe störte. Das Wetter war umgeschlagen, es goß, schwere ausfransende Wolken rieben sich an den Hügeln. Er war nun sicher, daß er sich mit dem Sprung in eine andere Existenz übernommen hatte. Wahrscheinlich brauchte er Zeit, mußte er lernen, ohne Regeln, ohne Arbeit, ohne Familie zu leben. Vielleicht würde es ihm nie gelingen. Es verdroß ihn im nachhinein, daß er Gertrud so rasch nachgegeben hatte, aus dem leeren, von Pokko stumm belebten Haus geflohen war. Dort hätte er sich mit Leos Hilfe einüben können in diese Art von freiem Flug. Immer suchte er nach Zufluchten. Jede Unsicherheit griff ihn an, verstörte ihn. Jetzt, an dem Tisch im Zimmer, mit dem Rücken zu Bett, Schrank und Dusche, mit dem Blick auf ein Stück Dorfstraße, traute er sich kaum eine Bewegung zu, der Leib war inwendig wund gerieben von Klagen und fliehenden Gedanken. Er hatte die ganze Nacht gelesen, ein Buch, das er liebte, das ihm nun beinahe mit jeder Szene Schmerz zufügte, Turgenjews »Väter und Söhne«. Weshalb konnte er sich mit ihm nicht helfen? Es erzählte ja von Trennungen und Aufbrüchen, allerdings auch von Selbstbetrug und Vergeblichkeit.

Um sich ein wenig zu fassen, setzte er den langen Brief an Hella fort, strich immer wieder Sätze und Wörter durch: Es ist wahr, Hella, mein Zustand bestätigt Deine Befürchtungen. Ich bin ohne Schutz, ohne Widerstand, beides. Aber es ist keine der üblichen Depressionen. Ich stürze und es gelingt mir nicht einmal, vor Angst zu schreien. Stumm, die eigene Hand an der Kehle, rase ich irgendeinem Abgrund entgegen. Verzeih mir diese Wehleidigkeit. Nun erst erfahre ich, wie unkundig ich mit meinen Gefühlen umgehe. Wenn man sich ein Leben lang beherrscht hat, wenn man so erzogen wurde und selbst so erzog, sind die Nervenenden gleichsam abgestumpft. Ruft man sich aber nicht mehr dauernd zur Ordnung, dann regenerieren sich diese Nerven wieder und werden um so empfindlicher. Plötzlich stößt man überall an. Wie einer mit weißer und weicher Haut sich rasch blaue Flecken holt, so sammelt mein Gedächtnis Wundmale.

Du wirst Dich fragen, warum ich wieder hier im »Grünen Baum« sitze. Frau Windmenger hat Dir über diesen Abstecher berichtet. Mein vorzeitiger, wohl auch voreiliger Abschied hängt mit dieser Verletzbarkeit zusammen. Ein paar Bemerkungen Gertruds, die mir ohnehin auf die Nerven ging, jagten mich fort. Obwohl ich mich in der Unwirtlichkeit einzurichten begann, mich nicht mehr über jeden Staubwirbel, jede Nachlässigkeit aufregte und obwohl Pokko mein Gefährte hätte werden können. So bin ich wieder allein.

Ich werde Laura besuchen. Du hast sie noch, bevor wir heirateten, kennengelernt, in der Druckerei in Eßlingen. Sie ist nicht mehr im Beruf, hat zwei Kinder. Ihr Mann ist Lehrer. Sie fiel mir ein, als ich Pokko für einen Moment zu fesseln versuchte, mit irgendeiner Geschichte: Ich hatte einmal eine Liebste, die lief mir, weil ich ihr zu langweilig war, mit einem Löwenbändiger davon. Aber selbst damit habe ich Pokko nicht imponieren können. Ich habe mich bei Laura noch nicht angemeldet, werde es auch erst tun, wenn ich in Husum bin. Vielleicht will sie mich gar nicht sehen. Es wäre verständlich. Frau Windmenger ruft im Treppenhaus. Ich breche ab, muß zum Abendessen hinunter. Sie hat gedroht, mir ins Gewissen zu reden.

Er fürchtete ihre Unnachgiebigkeit zu Recht. Sie machte sich Sorgen, verstand, bei allem Wohlwollen, nichts von dem, was

ihn trieb und was er vorhatte. Er merkte, daß sie ihn beobachtete; seine schweigsame Rückkehr aus Melchingen hatte ihr mißfallen. Für ihre Vorstellungen lebte er falsch.
Er lebe falsch. So könne es nicht weitergehen. Es fiel ihr schwer, so mit ihm zu reden. Sie hatte sich, nachdem sich das Lokal geleert hatte, zu ihm gesetzt, ihren Stuhl neben den seinen gezogen, eine Duftwolke von heißem Fett, Bratensaft, Zwiebel um sich: Sie könne schon die Jungen nicht recht verstehen, wenn auch der Leo ein ganz lustiger Vogel sei. Aber zu denen passe er doch nicht.
Nein.
Er sei krank, er brauche ein Zuhause, eine Frau, die sich um ihn kümmere.
Nein, sagte er.
Doch. Er solle sich einmal im Spiegel ansehen, wie er in den sieben Wochen heruntergekommen sei. Nicht gerade ein Landstreicher, aber jemand, der ziemlich nachlässig mit sich umgehe.
Er lachte. Dann muß ich halt meine Hemden und Pullover mal in die Wäscherei geben und die Cordhose in die Reinigung.
Fortwährend weiche er ihr aus. Sie rief nach Lore, die hinter der Theke Gläser ins Wasser stülpte. Hilf mir doch, Lore, dieser alte Simpel will nicht hören. Nie vorher hatte sie so vertraulich von ihm gesprochen.
Lore weigerte sich. Das sollten sie beide unter sich selbst ausmachen.
Er könne auf die Dauer doch nicht ohne Arbeit dahin leben.
Nein.
Er müsse wissen, daß seine Seele krank werde oder es vielleicht schon sei.
Ja.

Ob er bedenke, was er seinen Leuten antue.
Ja.
Sie werde, damit er sich endlich einmal aussprechen könne, für eine Verabredung mit Doktor Heinzinger sorgen.
Nein.
Aber das sei ein guter Arzt. Er werde von allen hier geschätzt.
Ich weiß.
Sie lassen einfach nicht mit sich reden.
Nein, sagte er.
Lore hatte die Lampen über den anderen Tischen ausgeschaltet, so daß sie in dem großen dunklen Raum wie auf einer kleinen, ausgeleuchteten Bühne saßen. Es schien ihm, als ob sie beide übertrieben gestikulierten, sich überhaupt nicht mehr miteinander, sondern für ein unsichtbares Publikum unterhielten.
Ich werde für einige Zeit verreisen.
Die Ankündigung überraschte sie nicht. Sie bat Lore, noch zwei Viertel Trollinger zu bringen. Das habe sie sich gedacht.
Was?
Sie hob das Glas, suchte nach dem treffenden Ausdruck: Daß Sie vor sich selber weglaufen.
Ja, sagte er.
Sie stand auf, nahm das Glas. Sie wolle sich von seiner Einsilbigkeit nicht beleidigen lassen.
Das habe er nicht vor.
Sie war schon auf dem Weg zu ihrem Stammplatz, dem langen Tisch unmittelbar vor der Theke. Dort wartete die abendliche Abrechnung auf sie. Wohin er denn reisen wolle, fragte sie dann doch, als er ihr im Vorbeigehen eine gute Nacht wünschte.
Nach Husum.
Und warum?

Weil mir keine andere Stadt einfiel.
Das sei auch eine Antwort.
Oben, im Zimmer begann er zu packen, ärgerte sich, daß er Leos Rat, eine Reisetasche anzuschaffen, nicht befolgt hatte, lief in dem schmalen Gang zwischen Bett und Schrank hin und her, setzte sich an den Tisch, schlug den Turgenjew auf und vergaß sich: »Ich glaube, sagte sie, wir sprachen vom Glück.«

# 6

Lore Windmenger setzte ihn vor dem Reutlinger Bahnhof ab, wünschte eine gute Reise und winkte ihm so nach, als fürchte sie, er könne auf Nimmerwiedersehen verschwinden. Sein Gedächtnis eilte ihm voraus, begierig und widerwillig, hungrig nach Bildern und verfolgt von ihnen.
Ich, sagte es in seinem Kopf, ich, ich. Ich will springen. Ich will fliegen. Ich will ertrinken. Ich, ich.
Es war ein anderes Ich, das ausstieg oder zustieg, als der Zug in Eßlingen hielt, er durch das häßliche Bahnhofsgebäude auf einen Vorplatz schaute, den es längst nicht mehr gab, noch mit Steinen gepflastert, umstanden von Häusern, die der Krieg heruntergewirtschaftet hatte.
Er war vor ein paar Tagen gegautscht worden und nun Geselle. Die Druckerei hatte ihm die Stelle des zweiten Metteurs angeboten. Er würde also noch eine Weile zu Hause bleiben.
Er lief auf das Mädchen zu. Sie stand in der Tür zur Rotation, sonderbar herausfordernd.
Sind Sie der Metteur? Herr Landerer?
Er wischte sich die getauten Flocken von der Stirn wie kalten Schweiß. Ja. Ich habe mich etwas verspätet.
Sie war ihm von Rieß, dem Redaktionschef, angekündigt worden, eine neue Redakteurin. Er hatte es vergessen.
Er sah auf ihren Mund, der breit war und in den Winkeln aufsprang, der Mund eines kindlichen Clowns. Sie gab ihm die Hand.
Er komme gleich nach, sagte er. Ich komme gleich nach. Ich muß mich noch für die Arbeit umziehen.
Sie trug einen Schottenrock, würde ihn immer tragen, auch den weiten selbstgestrickten Pullover mit Norwegermuster.

Soll ich Ihnen einen stricken? Soll ich dir einen stricken?
Ihre Stimme ist hell, springt von einer Frage zur andern; nie stellt sie fest, nie beharrt sie.
Immer fragt sie.
Warum braucht diese Geschichte keinen ersten Satz, warum stecken sie beide schon mittendrin?
Ich mag Männer, sagt sie noch an diesem Abend, die mit Gläsern werfen, wenn sie getrunken haben oder die Löcher in den Boden stampfen, wenn sie wütend sind.
So was liege ihm nicht.
Aber später, nur zehn Sätze, zehn Blicke, zehn erhoffte Berührungen danach, wirft er ein Schnapsglas an die Wand, daß es die Tapete kerbt und sie über den Schaden schimpft. Also gefällt es dir doch nicht, wenn Männer mit Glas schmeißen. Sie zieht ihn hinter sich her, in einem rascher werdenden Lauf durch die restlichen Tage des Jahres, durch Kinos und Kneipen, auf die Burg hinauf und über die Plätze der Stadt, aber er traut sich nicht, sie zu umarmen, sie legt es ihm auch nicht nahe, selbst in ihrer Wohnung sitzen sie sich gegenüber, warten auf den wilden Sprung, das Selbstvergessen, den andern, darauf, daß die Wünsche laut werden. Er vergleicht ihren Atem mit dem seinen, spricht mit sich selbst, läßt sich von seiner Mutter nachsagen, daß er unhöflich und vergeßlich sei, da er die Eltern am Weihnachtsabend erst gegen Mitternacht und nur auf eine Zigarettenlänge besucht habe.
Hast du dich verliebt?
Nein.
Wahrscheinlich hatte er nicht einmal gelogen, denn er liebte sie nicht so, wie er bisher geliebt hatte, er stellte sich mit ihrer verrückten Hilfe eine Liebe vor, die er sich in Wirklichkeit gar nicht zutraute.
Da läuft sie ihm mit ihrer Phantasie schon davon, läßt ihn wis-

sen, daß sie entweder als die Assistentin des Zauberkünstlers Kalanag auf Tournee gehen werde oder aber nach München ziehe, wo sie bei einer Illustrierten arbeiten, eine eigene Kolumne schreiben könne. Sie ist überall und nirgends und vor allem nicht bei ihm.

Sie hatte ihn überredet, Silvester mit ein paar Redakteuren und Setzern im Goldenen Ochsen zu verbringen. Jetzt springt Kurry in die Geschichte, der Anzeigenvertreter, ein unablässig bekümmerter Sudetendeutscher, der sich bei jeder Gelegenheit für seine Existenz entschuldigt, nur ein Flüchtling, bitteschön. Während die ganze Gesellschaft betrunken ins neue Jahr torkelt, läuft Kurry mutterseelenallein und nüchtern neben ihr her. Die würde ihn so wenig bemerken wie das Jahr zuvor.

Mir ist übel, klagt Laura. Kurry schlägt vor, an die Luft zu gehen.

Wenn ich überhaupt noch grad stehen kann, sagt sie. Und: Komm, wir gehen in die Redaktion.

Nicht zu dir?

Und ich? fragt Kurry und wird unter dem eisigen, sternenlosen Himmel noch kleiner.

Komm mit! Sie lädt ihn mit einer großen, verrutschenden Geste ein.

Die Arme zu einer Balancestange ausgebreitet, läuft sie ihnen voran, gegen den scharfen Wind, der ihnen den Rausch aus dem Kopf beißt.

Hast du den Schlüssel? fragt sie.

Kurry hält die Tür schon einladend auf: Er führe einen guten Cognac in seinem Verschlag und habe außerdem den einzigen Diwan im ganzen Haus. Den Redakteuren waren von der Verlagsleitung Liegemöbel nicht gestattet worden; Kurry genoß die Ausnahme des Narren.

Wohin willst du? fragt sie und beide fühlen sich angesprochen. Ich weiß es nicht, sagt Georg.
Ich weiß es schon, erwidert Kurry, in den Ruhestand oder wenn es mir zu blöd wird, in den nächsten Sarg.
Ihr Lachen greift Georg an. Sie steht an dem kleinen Waschbecken, schaut in den Spiegel, spitzt die Lippen, schüttelt das kurze Haar locker, während Kurry das Zimmer mit huschenden Bewegungen füllt, Stühle rückt, Gläser aus dem Schränkchen holt, eingießt, nippt, hustet, von einem Bein aufs andere springt: Wollt ihr denn noch? fragt, das zweite Gläschen in einem Zug leert, plötzlich still hält, »junger Mann« sagt, ihn zu Laura und ihrem Spiegelbild führt und Georgs Hand, als wäre es seine, auf Lauras Schulter legt.
Komm, sagt sie.
Soll ich gehn? fragt Kurry.
Bleib, sagt sie, es ist mir egal.
Also setz ich mich hin und sauf mir endgültig einen an.
Georg ist sich nicht mehr sicher, ob sie auf dem Diwan liegt, doch ihre Stimme bleibt vertraut, selbst in diesem Augenblick, in dem sie in einer ihm unverständlichen Sprache lauter Fragen stellt, die an ihm zerren, klopfen, dann versteht er sie wieder: Komm! sagt sie. Ich brauch dich.
Es könnte sein, daß Kurry mit den Füßen auf den Boden gestampft, gelacht, in die Hände geklatscht hat.
Er liegt schon neben ihr.
Was willst du?
Dich liebhaben.
Ich, sagt er, ich, ich.
Sie ziehen sich miteinander aus. Kurry trommelt von neuem und außer sich mit den Sohlen. Das ist groß, das macht euch keiner nach.
Ich liebe dich, sagt er.

Laß es, sagt sie, ihr dünner, fester Leib spannt sich wie ein Bogen. Sie treiben sich die Zeit aus dem Gedächtnis, fragen sich mit Haut und Haar ab.
Jetzt! sagt sie. Ich möchte schlafen, sagt sie.
Wer nicht? bemerkt Kurry leise und fügt hinzu: Ihr braucht mich ja nun nicht mehr, was nicht stimmte, was ihm Georg gleich am andern Tag hätte vorwerfen können: Wieso bist du gegangen, hast uns schutzlos gelassen, unsere Liebe, wenn es eine war?
In der Tür zur Druckerei fing sie ihn ein paar Wochen später ab. Er blickte auf ihren Mund, konnte die Wörter einzeln sehen: Ich hab gekündigt, Georg, ich geh, ich hab in München einen Freund, der ist Löwenbändiger.
Er möchte sie packen, doch sie läßt sich schon nicht mehr anrühren: Es ist wahr. Du mußt es mir nicht glauben.
Vielleicht hast du seinen Namen schon einmal gehört: Renzo. Ich liebe ihn und wollte ihn eigentlich vergessen.
Mit mir?
Sie drückt sich an ihm vorbei, unwillig, schon fremd, springt über seinen Schatten, kennt ihn nicht mehr. Aber sie war es gewesen, die ihm zuerst wieder geschrieben hatte, nach Wallstadt, sie lebe seit Jahren in Husum, mit zwei Kindern, ihrem Mann, der Lehrer sei, nicht Löwenbändiger. Wie es ihm denn gehe? Seine Adresse habe sie von Rieß bekommen. Manchmal schreibe sie noch Kommentare, doch unter Pseudonym.

# 7

Der alte Mann mußte in Hannover zugestiegen sein. Georg hatte geschlafen. Als er aufschaute, saß ihm ein zierlicher Greis gegenüber. Er war gekleidet wie für ein Fest, in einem frackähnlichen Anzug mit weißem Hemd und schwarzer Fliege. Es fehlten nur noch ein Zylinder, ein Stöckchen mit Silbergriff, und er hätte als Zauberer auftreten können. Ein schwarzer Mantel, womöglich eine Pelerine, lag säuberlich gefaltet auf dem leeren Platz neben ihm.

Der Alte hatte schon gesprochen, aber jetzt hörte er ihn, und gleich der erste Satz, den er verstand, legte sich quer.

Sie müssen wissen, daß ich seit fünfunddreißig Jahren regelmäßig jeden siebten Donnerstag zur Beerdigung meines Sohnes reise.

Wie? fragte er. Wohin?

Natürlich nach Hamburg. Dort geschah es ja.

Georg sah in wache, freundliche Augen, nicht in die eines Verwirrten.

Wem geschah es? fragte er, beugte sich leicht vor, um sein Interesse zu zeigen.

Haben Sie Kinder?

Ja, drei. Sie sind erwachsen.

Ich habe nur diesen einen Sohn und erwachsen ist er immer noch nicht.

Aber –

Der Alte hob die Hand. Es ist der Schmerz. Oder das, was unsereiner, seit Jahren geplagt, dafür noch hält. Es ist wahrscheinlich nur noch der Schmerz vom Schmerz, eine Art Nachgefühl, mehr nicht. Fahren Sie auch nach Hamburg?

Ich reise weiter nach Husum.

Genaugenommen habe ich Schuld an seinem Unglück, obwohl man es mir immer wieder auszureden versucht. Erst meine Frau, nach ihrem Tod meine Schwester. Sie müssen wissen, ich lebe mit meiner jüngeren Schwester zusammen. Sie führt den Haushalt, kümmert sich ein wenig um die Buchhaltung. Ich führe ein Schreibwarengeschäft in Langenhagen, ein Erbe, auch eine Last, von der wir immerhin leben können.
Und Ihr Sohn?
Sie hatten mich eingesperrt, verstehen Sie, die Nazis, erst in Hannover, dann in Brandenburg, im Zuchthaus, weil ich mit meiner Frau und ein paar Freunden von den Sozialdemokraten Flugblätter geschrieben hatte, gedruckt und verteilt. Wie, um sich nachträglich zu bestätigen, wiederholte er: geschrieben, gedruckt und verteilt. Das war 1943, nach der Schlacht um Stalingrad. Wir riefen dazu auf, die Waffenfabrikation bei Henschel in Braunschweig zu sabotieren. Ein wenig naiv, ich weiß. Er nickte Georg zu. Für einen Lidschlag trübte sich sein Blick, verlor seine Freundlichkeit. Sagen Sie nichts. Waren Sie im Krieg?
Die letzten drei Jahre.
Ich nicht. Ich taugte nicht. Wenn ich mich heute fürchte, dann vor denen, die uns damals in den Krieg rissen. Die kamen ungeschoren davon. Die führten uns vor, wie Demokratie funktioniert, rechneten uns nach, daß wir nichts zu fordern hätten. Er lehnte sich zurück, schloß die Augen, griff mit der Hand an den ausgemergelten Hals. Den betten wir nun um und um.
Wen? fragte Georg leise. An den Fenstern flogen Lichter vorüber, eine unregelmäßige, feuernde Schrift.
Sie verderben die Erde, meinen Sie nicht? Und wieder griff fragend die Hand des Alten nach der seinen: Sagen Sie, um welche Zeit kommt bei Ihnen der Briefträger?
Die Frage brachte Georg so durcheinander, daß er stotterte:

Also – wahrscheinlich gegen zehn, aber – das muß nicht unbedingt sein.
Um neun, erklärte der alte Mann sehr bestimmt. Um neun. Immer um neun. Ich bin aus dem Gefängnis entlassen, müssen Sie wissen. Helene noch nicht, meine Frau. Der Postbote klingelt. Eigentlich kann ich keine Briefe mehr bekommen. Jemand, der gerade aus dem Zuchthaus kommt, ist von der Welt noch abgeschnitten. Aber es ist ein Brief. Er enthält eine Mitteilung, die ich auswendig weiß. Der Mann setzte sich aufrecht, faltete die Hände und blickte starr auf Georgs Stirn: Hamburg, den 23. November 1944. Wir teilen Ihnen mit, daß Ortwin Mehring, geboren am 16. Juli 1935, bei einem Fliegerangriff sein Leben verlor. Oder heißt es Luftangriff?
Ich weiß es nicht.
Es war unser Sohn. Nach unserer Verhaftung steckten sie ihn in ein Kinderheim. Wo er begraben wurde, erfuhren wir nicht. Man hat ihn mit anderen Kindern zusammen beerdigt.
Und nun reisen Sie alle acht Wochen –?
Ja. Sehen Sie. Ich geh nicht zu den Gräbern, nicht auf den Ohlsdorfer Friedhof. Ich laufe durch die Stadt, sie ist schön in der Nacht und bei Tag, und warte darauf, seine Stimme zu hören. Vielleicht ihm zu begegnen. Sie entschuldigen mich. Unvermittelt war der alte Mann aufgesprungen, nahm den Mantel über den Arm, verbeugte sich und verschwand.
In Hamburg mußte Georg nicht allzulange auf den Anschluß warten; an einem Kiosk kaufte er drei kleine Flaschen Weinbrand und leerte eine nach der andern. Betrunken kam er in Husum an, den Kopf voller unvollständiger Fragen.

# 8

Von der Pension zum Hafen waren es nur ein paar Schritte. Er folgte dem Geschrei der Möwen, genoß die morgendliche Kälte, die Hände in den Manteltaschen, den Kragen hochgeschlagen. Er hatte nicht lange geschlafen, war vorsichtig aufgestanden, da er mit Nachwirkungen des billigen Fusels rechnete. Sie blieben jedoch aus.
Er zögerte, Laura anzurufen, beschloß, den Vormittag zu vertrödeln, es später zu versuchen. Sie könnte ja auch, redete er sich ein, verreist sein oder unterwegs in der Stadt. Er fragte sich, ob er sie erkennen würde, dachte sich aus, wie sie sich verändert habe, das Köpfchen vielleicht noch ein wenig kleiner geworden, das Haar grau, aber nicht mehr so kurz geschnitten wie damals, und ganz bestimmt würde sie noch immer so angespannt aus den Knien heraus gehen. Keine der Frauen, die er im Vorbeigehen ansah, erinnerte ihn an sie.
In der Pension hatte man ihm mit anderen Papieren einen Prospekt des Storm-Hauses in die Hand gedrückt. Die Straße, in der er es finde, heiße Wasserreihe. Er stellte sich eine Gasse vor, die es nur als Spiegelbild in einem ruhig dahinfließenden Kanal gibt, eine Häuserzeile aus Wasser. Es ärgerte ihn, daß ihm nicht ein Satz aus dem Pole Poppenspäler, aus dem Schimmelreiter einfiel, sondern immer nur, ein alles verdrängender Kehrreim: Am grauen Strand, am grauen Meer und seitab liegt die Stadt. So grau erschien ihm die Stadt nicht, im Gegenteil, hell, kühl und so hochmütig wie ein altes Fräulein. Er machte Ausflüge, stand in dem schönen Gärtchen am Storm-Haus, hatte vergeblich nach den Häusern im Wasser gesucht, redete mit sich und Laura und brachte es endlich, am dritten Tag, fertig, aus einer Telefonzelle anzurufen.

Ja? fragte eine Männerstimme.
Georg Landerer, sagte er. Ich möchte Frau Wenger sprechen.
Einen Augenblick.
Er konnte ihn hören: Laura? Da ist wer für dich.
Von ferne ihre Stimme, die noch nicht ihre Stimme sein konnte, weil er sie nicht nahe genug hörte: Wer ist denn dran?
Ich weiß nicht, erwiderte der Mann, einer namens Landerer. Oder so.
Sie nahm sich Zeit, ließ ihn warten. Er hörte sie leise mit ihrem Mann reden, konnte sie aber nicht verstehen. Plötzlich war ihr Atem nah an seinem Ohr.
Wenger, sagte sie.
Hier ist –
Ich weiß. Sie schnitt ihm das Wort ab. Bist du geschäftlich hier?
Das nicht.
Für wie lange?
Wahrscheinlich reise ich bald wieder ab.
Wie geht es deiner Familie?
Ich nehme an, gut.
Wieso nimmst du es an?
Ich möchte dich sehen, mit dir sprechen, Laura.
Heute? fragte sie.
Das ist egal.
Ich bin um halb fünf im Storm-Café am Markt. Aber ich habe nicht viel Zeit.
Die drei Stunden bis zum Rendezvous übt er, erst in seinem Zimmer, dann in einem kleinen, kaum besuchten Park, seinen Auftritt: Laura, ich freue mich; Laura, du hast dich, ehrlich, überhaupt nicht verändert; Laura, entschuldige, daß ich dich so überfalle – dabei fährt er mit den Händen über die Lehnen von Parkbänken, klopft gegen Baumstämme, reißt welke und

trockene Blätter ab, zerreibt sie zwischen den Händen, riecht an ihnen, aber sie duften nicht, der Herbst hat dem Sommer die Gerüche genommen.
Obwohl er nicht vor der Zeit im Café sein, sich lieber etwas verspäten wollte, saß er viel zu früh an einem der kleinen runden Tische, schaffte es nicht, seine Erregung zu dämpfen, trank zwei Cognacs zu dem Kaffee, hatte alle eingeübten Sätze vergessen.
An ihrem Gang erkannte er sie sofort. Er versuchte Zeitung zu lesen; als er den Blick hob, sah er eine Dame in hellem Wettermantel zwischen den Tischen gehen, federnd, als liefe sie barfuß über Kiesel. Er sprang auf, wollte ihr nachgehen.
Aufmerksam geworden, machte sie kehrt, hob erkennend den Kopf, der noch mehr, als er sich ausgemalt hatte, ein alterndes Bubenköpfchen geworden war. Noch immer war ihr Haar kurz geschnitten, doch es war nicht grau, sondern weiß.
Georg! Sie hatte leicht und flüchtig mit ihrer Hand über die seine gestrichen, ehe er die ersten Worte herausbrachte: Laura. Ich freue mich.
Auf der Heimreise versuchte er, das Gespräch im Café aufzuschreiben, die Sätze einzuholen, die Wörter auf eine Linie zu stellen. Es gelang ihm nur in Bruchstücken.
Ob er nur ihretwegen nach Husum gekommen sei? hatte sie gefragt.
Er war ihr ausgewichen: Nicht nur. Er sei sowieso unterwegs.
Was ist los mit dir, Georg?
Ich lebe seit einem Vierteljahr allein.
Hast du dich von deiner Frau getrennt?
Ja. Doch nicht, weil – er suchte nach einer plausiblen Erklärung, da überraschte sie ihn, hastig und leise redend, mit einem Geständnis: Ich versteh dich, du. Irgendwas ist gebrochen, gerissen, eine Verbindung zwischen deiner Umgebung,

deiner Geschichte und dir. Plötzlich kriegst du keine Energien mehr von draußen. Was du mal brauchtest, stirbt ab.
Ja, sagte er. Er faßte nach ihrer Hand, doch sie zog sie zurück. Wie geht es dir?
So wie dir, sagte sie. Die dünne Haut auf ihrer Stirn und unter ihren Augen zog sich in Fältchen zusammen. Nur kann ich es mir nicht leisten, fortzulaufen. Hältst du das denn finanziell lange durch?
Wenn ich sparsam bin, schon eine Weile. Aber ich kann ja auch wieder arbeiten.
Bei der wachsenden Arbeitslosigkeit?
Ich werde schon etwas finden. Ich brauche nicht viel.
Früher, sagte sie und streichelte dieses Wort mit ihrer Stimme, früher warst du da sehr genau, hast säuberlich getrennt zwischen den Besitzern und den Arbeitern. Weißt du noch, wie dich zwei alte Drucker, die den Streik brechen wollten, auf dem Hof verprügelt haben? Und wie du dich für den Betriebsrat aufstellen ließest und ich dich vor unnötigem Ärger warnte. Bist du Sozi geblieben, auch als Druckereibesitzer?
Ja, sagte er, aber ich komme mit alldem nicht mehr zurecht.
Du spinnst noch immer, Georg. Sie beugte sich nach vorn, er sah sie, eine ältere Dame, von deren Leben er nichts wußte, nach der er sich nur deshalb gesehnt hatte, weil sie etwas in sich einschloß: diese tollkühne, von einem staubgrauen Anzeigenvertreter gesegnete Liebe.
Kommst du mit deinem Mann aus?
Sicher. Dazu schüttelte sie den Kopf, daß sich ihr Haar säuberlich um den Wirbel legte.
Damals wolltest du –
Sie fiel ihm ins Wort: Die Welt retten wollte ich, mich retten, uns und wenn ich mich nicht täusche, habe ich alle Spießer zum Teufel jagen wollen.

Ja. Und?
Das ist vorbei. Mir wird allmählich klar, Georg, daß man auf etwas zuläuft, das es gar nicht gibt. Du siehst krank aus, sagte sie.
Ich bin es gewesen. Das Herz, hoher Blutdruck, Diabetes.
Übertreib nicht.
Sie fragte nach seinen Kindern und erzählte von den ihren. Sie redete leise, ausdauernd und schließlich berührte ihre Hand die seine.
Die Bedienung kam und bat, kassieren zu dürfen. Das Café schließe bald.
Vor den Fenstern war es dunkel geworden. Sie hatten es nicht bemerkt.
Er half ihr in den Mantel. Ob er sie begleiten dürfe?
Nein, sagte sie. Draußen, vor dem Café, blieb sie so jäh vor ihm stehen, daß er sie beinahe umgerannt hätte.
Entschuldige.
Wann fährst du?
Ich weiß es noch nicht. Können wir uns morgen noch einmal sehen?
Nein.
Weshalb hast du dich von Renzo getrennt?
Warum? Lieber Himmel, Georg, das kann ich nicht so einfach sagen.
Dann laß es lieber, sagte er.
Sie umarmte ihn.
Er hielt nicht die in den Armen, die sie gewesen war.
Der Löwenbändiger – sagte er, küßte sie auf die Stirn, schob sie von sich weg. Sie lief vor ihm her, immer schneller, in kurzen, heftigen Sätzen.
Er sah ihr nach.

# 9

Er hatte Hunger, schlenderte durch die Halle des Stuttgarter Bahnhofs, fuhr die Rolltreppe hinunter in die Klett-Passage, las an den Kiosken die Überschriften der Zeitungen, und, obwohl sie sich wiederholten, vergaß er sie gleich wieder. Er hätte sich an einem der Stände ohne weiteres eine Bratwurst oder ein belegtes Brötchen kaufen können, doch er strafte sich – wofür wußte er nicht.
Vor dem Zeitungsstand mitten in der Halle gab es plötzlich Unruhe, Menschen liefen weg, andere stellten sich in einen Kreis, der sich ständig bewegte. Er ging hin, drückte sich zwischen die Neugierigen. Niemand, das wußte er, als er ihn sah, konnte dem helfen, der auf dem Boden lag, unendlich ruhig, in einer dem Tod nahen Bewußtlosigkeit.
Es war ein gutgekleideter, älterer Mann. Er lag, die Beine leicht angezogen, die Arme angewinkelt, auf dem Bauch, das Gesicht gegen die schmutzigen Steinplatten gedrückt. Nicht einer traute sich, ihn anzurühren.
Kann denn keiner helfen? fragte jemand.
Erst als ein junger Ausländer in den Kreis trat, löste sich die Erstarrung aller und sie sahen zu, wie er mit großer Selbstverständlichkeit sich neben den Mann hinkniete, ihm sacht mit der Hand über den Kopf strich und ruhig in die Runde fragte, ob denn die Sanität gerufen sei. Keiner wußte es. Der Junge blieb hocken, die schlaffe Hand des Mannes haltend. Als kurz danach zwei Sanitäter und ein Polizist erschienen, verließ er den Kreis erst, als der, dem er beigestanden hatte, auf der Bahre lag und fortgetragen wurde. Georg hätte gerne mit ihm gesprochen.
Da er noch Zeit hatte bis zur Abfahrt des Zuges nach Reutlin-

gen, setzte er sich in die Gaststätte, schrieb an dem Brief an Hella weiter:
Du, ich bin zweimal an Wallstadt vorbeigefahren. Das eine Mal vergaß ich, weil ich an Laura dachte, aus dem Fenster zu schauen. Auf der Rückreise wartete ich gespannt. Doch der Zug fuhr so schnell, daß sich mein Blick an nichts festhalten konnte. Vielleicht ist es gut so. Denke bloß nicht, ich hätte Heimweh, dazu komme ich nicht. Wahrscheinlich habe ich mich schon zu weit entfernt und auf eine andere Umgebung eingelassen, die mich herausforderte. Daß Ihr, Du und die Kinder, mir trotzdem gegenwärtig seid, daß ich mit Euch rede, von Euch träume, Euch ausweiche, auch beschwindle, stört mich immer weniger.

# 10

Frau Windmenger war es gelungen, alle, die er gut kannte, zu mobilisieren, Leo, Hannes, den wortmächtigen Wasserwerker, Fritz Süß, den Friseur, und Heinzinger, den Hausarzt der Gegend. Sie hatten sich unter ihrer Anleitung präpariert, fielen über ihn her, kreisten ihn mit Vorschlägen und Vorwürfen ein, ließen ihn nicht zu Wort kommen, waren mit allem, was er begonnen, was er sich vorgenommen hatte, nicht einverstanden. Entweder betrachte er den Aufenthalt in Endringen schlicht als Urlaub und fahre demnächst wieder nach Hause, oder er müsse wieder arbeiten, dazwischen gäbe es nichts, gar nichts. Er solle sich und die Seinen nicht ins Unglück stürzen. Wie sie denn darauf kämen, nur weil er noch nicht die bis jetzt übliche Altersgrenze – und was sei das überhaupt für eine Grenze – erreicht habe, wollten sie ihn zu einer Arbeit zwingen, die nichts als eine Demonstration von Arbeit wäre; er arbeite ununterbrochen, das könne er ihnen versichern. Er sei immerhin Mitte fünfzig, trage Verantwortung für seine Familie. – Und wenn schon! schrie er, rutscht mir doch den Buckel herunter mit eurer Angst, daß einer mit seiner Angst nicht fertig werde. Ich lebe auf. Merkt ihr's nicht? Ich atme durch. Und wenn ihr meint, ich spinne, ich sei nicht ganz dicht, dann täuscht ihr euch nicht, nur frage ich mich, was mit euch geschieht: Ihr verkommt und versteinert, ödet euch gegenseitig an, verleumdet, übervorteilt euch, lügt und beschönigt und nennt das Ganze Politik oder soziales Verhalten, aber da steigt mir die Galle hoch, und wenn ihr mich jetzt nicht in Frieden laßt, wenn ihr weiter an meinen Nerven zerrt, dann bitte ich Leo, und zwar gegen alle Laune und Vernunft, mir einen seiner Drachen zu leihen und –

Jetzt redet der Drucker beinahe wie ein Dichter, sagte Süß andächtig.
Was heißt hier Drucker, wenn schon, Setzer, schrie Georg. Er flüchtete auf sein Zimmer, wußte, daß sie ihn nicht lange allein lassen würden, hörte auch schon Schritte auf der Treppe, drehte den Schlüssel im Schloß und bekam darauf die ruhige Antwort: Mach auf, Landerer.
Es war Heinzinger.
Er mußte neuerdings etwas ausstrahlen, das jeden aufforderte, ihn zu duzen.
Der Doktor stand vor der Tür, er dahinter – sie könnten ihre Stirn gegen das Holz drücken, warten, bis die Gedanken des einen auf die des andern träfen.
Komm, wir fahren hinüber zum Kornbühl, gehen dort ein wenig rum, lassen uns vom November mit einem wuchtigen Regenwind pritschen und blühen danach auf mit einem Obstler. Was meinst du? Zieh dir aber einen warmen Mantel an, Drukker.
Setzer, sagte er gegen die Tür.
Ich warte unten im Hof, im Auto und verspreche dir, daß dir keiner über den Weg laufen wird.
Sie redeten erst, nachdem sie schon eine Zeit gewandert waren. Der starke Wind hätte ihnen ohnehin die Silben einzeln von den Lippen gerissen. Das wilde Wetter vergrößerte die Landschaft, hob sie, wie eine Bühne für ein Shakespeare-Stück, gegen den Himmel, einfache, ausholende Linien umrissen die Hügel. Am Horizont wanderten einzelne Bäume, vom Wind getrieben, auf den felsigen Absturz zu. Bis in den September hielt sich im allgemeinen die Bläue, in der das ganze Gebirge aufgehen konnte, wie in einer Erinnerung ans Meer. Doch nun hatte sich ein in Fetzen fliegendes Grau durchgesetzt, dem Schwarz nah.

Es machte ihm Spaß, neben dem Doktor herzugehen. Sie waren gleich groß, gleich schwer, der Arzt, obwohl einige Jahre älter als er, ein geübter Spaziergänger. Unter dem vorspringenden Dach einer Feldscheuer stellten sie sich unter, das Sausen des Sturms brach jäh ab, die Stille machte sie taub und sie rissen, nach Atem ringend, die Münder auf.

Herrgott, tut das gut! Heinzinger wischte mit dem Handrükken das Wasser aus dem Mantel. Georg tat es ihm nach, sagte nichts, genoß es, wie das Wasser über Stirn und Backen zum Kinn rann, sich dort in Tropfen sammelte. Es war ein kindlicher Genuß, der ihn spürbar befreite.

Heinzinger sah ihn von der Seite an, wischte sich dabei mit einem Taschentuch das Gesicht trocken. Was hast du vor? fragte er. Meinst du wirklich, der Grüne Baum könnte eine Station auf deiner Pilgerfahrt sein?

Er sei sich nicht mehr so sicher. Irgendwo habe er schließlich beginnen müssen. Und ganz ins Unvertraute habe er sich nicht gleich gewagt.

Der Doktor trat einen Schritt nach vorn, fragte, ohne sich nach Georg umzusehen, mit einem breiten, abwartenden Rücken: Wann hat das begonnen?

Was?

Daß du alles aufgeben oder etwas anderes anfangen wolltest.

Wann? Fragst du wirklich nach einem Datum, Doktor, nach einem Zeitpunkt, einem Einschnitt?

Es könnte ja sein.

Mit meiner Krankheit.

Ich weiß, Hypertonie, Diabetes mellitus, Herzinsuffizienzen.

Ja. Von wem weißt du das?

Das ist doch egal. Ich will wissen, weshalb du ausgebrochen bist?

Ausgebrochen klingt gut. Ich hab es schon öfter zu erklären

versucht. Es ging mir ja vorher ordentlich. Die Schwierigkeiten mit den Kindern hielten sich in Grenzen. Hella liebe ich. Auch jetzt. Das erstaunt dich wahrscheinlich.
Nein. Der Doktor lehnte sich wieder ans Tor, so nahe neben ihm, daß er seine Schulter spürte.
Weißt du, plötzlich stimmte nichts mehr. Die Arbeit verlor ihren Sinn. Jedes Gespräch verletzte mich. bevor es geführt wurde, ich fürchtete mich vor jedem Kunden, der mich besuchte, mit dem ich über einen Auftrag verhandeln mußte. Die Nachrichten im Fernsehen bestätigten mir meinen Zustand. Der schwarze Sud stieg in mir hoch. Fast jede Nacht wünschte ich mir, daran zu ersticken. Ich wollte nachhelfen und traute mich nicht.
Die Nässe kroch ihm jetzt doch durch die Kleider auf die Haut. Er fror. Heinzinger packte ihn unterm Arm, riß ihn neben sich her. Wenn sie sich kräftig bewegten, würden sie, noch ehe sie beim Auto angelangt wären, dampfen wie die Rösser.
Wieder lief er aus sich hinaus, trennte sich von sich, nur für einen Augenblick, sah den beiden Männern hinterher, zwei gekrümmte Riesen in schlappenden, vom Regen schweren Mänteln, hörte ihren röchelnden, angestrengten Atem. Dann rennt er sich nach, möchte verstehen, was der Doktor ihm, die Wörter zwischen Atemzügen verteilend, rät: Du solltest dich nicht dauernd von innen abklopfen. Das hilft dir wenig. Aus der Pubertät bist du raus. Wen hast du da eigentlich besucht auf deiner Reise? Eine alte Liebe?
Ja.
Und? Flog ein Funken?
Ach, Unsinn.
Was du so beginnst, ist alles unsinnig; nicht mehr als ein seniler Wunschtraum, Zeit wiederholen zu können.
Der Regen hatte den Weg aufgeweicht. Sie hüpften über Pfüt-

zen, Rinnsale weg und standen sich auf einmal gegenüber, getrennt durch einen kleinen Teich. Das sei ein Wetter für Landärzte, sagte Heinzinger, nicht für seelenwunde Flüchtlinge; er werde ihn jetzt schleunigst heim in den Grünen Baum und zu einem Glühwein chauffieren. Bei dem Wetter könnte er sich eine Grippe holen.

Im Laufe des Abends trank sich Georg einen Rausch an, stritt mit dem Friseur, der alle diese Umweltprediger für Dummköpfe hielt, über klares Wasser, sterbende Wälder, Müll jeglicher Art, menschliche Restbestände, ließ sich von Hannes, der von sich behauptete, er habe eine »ungeheure Entwicklung« durchgemacht, wortreich verteidigen, rühmte den Doktor, pries die Vorzüge der Alb im Regen, was der Windmengerin offenbar reichte, denn sie drängte ihn, sich vom Hannes, solange der noch halbwegs sicher auf den Beinen sei, die Treppe hochhelfen zu lassen. Dem widersetzte er sich nicht.

Georg wachte früh auf und hatte die vom Doktor vorausgesagte Grippe. Heinzinger ließ, obwohl ihn die Windmengerin angerufen hatte, auf sich warten, und als er ins Zimmer trat, war, nach einem flüchtigen Blick auf den Kranken, die erste Frage, ob er nicht übertreibe? Danach zog er die Jacke aus, legte sich halb auf Georg und begann, seinen Brustkorb zu massieren. Während seine Hände drückten und preßten, redete er stoßweise auf ihn ein: Das ist ja auch wieder so eine Art Flucht, mein Lieber. Mach uns doch nichts vor. Du kriegst keinen Boden unter die Füße, meinst, mit einem großen Schritt alles hinter dir zu lassen, dein Leben vergessen zu können und insgeheim kalkulierst du doch mit Versicherungspolicen und Sperrkonten, mit einem Haus, in das du, wann immer du willst, heimkehren kannst.

Hör auf, Doktor, du drückst mir die Luft aus der Lunge. Habe ich denn nicht wirklich Fieber?

Doch. Heinzinger ließ ihn in Ruhe, kramte in seiner Ledertasche. Ganz ordentlich für dein Alter, deine inneren Verhältnisse, 39,3.
Und?
Du wirst ein paar Tabletten mehr einnehmen als sonst, schwitzen, im Bett bleiben, alles Jammern unterlassen, viel schlafen, außerdem werde ich dafür sorgen, daß du aus dieser Wirtschaft ausziehst, nicht, weil ich den drei Windmengerschen Weibern mißtraue, im Gegenteil, die mästen dir eine neue Bequemlichkeit unter die Haut und die hast du dir ja nicht gewünscht, nein, weil ich dir helfen möchte, zu dir zu kommen. In der Mühle, beim Kannabich, ist ein Zimmer frei. Er erwartet dich und ich werde dich, sobald das Fieber runter ist, zu ihm bringen.
Laß mich in Frieden, Doktor.
Was augenblicklich geschehen soll.
Heinzinger schickte sich an, das Feld zu räumen. Wozu er nicht kam. Die Wirtin fing ihn aufgeregt in der Tür ab: Sie habe Frau Landerer dazu überreden können, morgen nach ihrem kranken Mann zu sehen.
Das kann nicht wahr sein!
Reg dich nicht auf, Landerer.
Doch!
Also gut, reg dich auf.
Georg sprang aus dem Bett, schlug einen Bogen um die verdatterte Wirtin und rannte im Pyjama hinunter in die Küche zum Telefon. Sein Erscheinen vertrieb den Kochlehrling.
Kann ich mal telefonieren? fragte er Lore.
Ja, schon.
In dem Augenblick, als Hella sich meldete, bereute er es, sie angerufen zu haben. Ihre Stimme traf ihn, machte ihn wehrlos.

Wer ist denn dort?
Ich, sagte er leise, Georg.
Du? Ihr Staunen stellte wieder einen kleinen Abstand her.
Jaja. Frau Windmenger bat dich doch zu kommen.
Bist du nicht krank? Von wo aus rufst du an?
Aus der Küche.
Sie lachte, schien den Hörer etwas von sich weg zu halten.
Wie geht es dir denn nun wirklich?
Ich habe Fieber, nicht viel.
Also muß ich nicht kommen?
Auf keinen Fall. Was er nicht so rasch und entschieden hatte sagen wollen.
Und warum nicht?
Hella, verstehst du nicht? Ich bin einfach noch nicht soweit.
Das versteh ich zwar nicht ganz, Georg, ich bin auch nicht begierig, mich auf deine Philosophie einzulassen – also kommen werde ich nicht.
Danke, du. Und wie geht es dir?
Nicht übel. Bis auf die Geschäfte. Keiner kauft mehr Bücher.
Und die Kinder?
Es kann sein, daß Alexander dich mal überrascht. Er hat so etwas vor.
Ja?
Darf er? Oder schaffst du auch ihn nicht?
Ach, Hella.
Du, ich muß jetzt fort, laß dir's gut gehen, Georg.
Hella! Sie durfte nicht so ohne weiteres abbrechen.
Sie sollte noch ein wenig weiter reden. Hella!
Ja?
Ich zieh um, in die Mühle.
Ändert sich dann auch deine Adresse?
Ja, Endringen, Mühle, Stettener Straße, bei Baldur Kannabich.

Wie heißt der?
Kannabich. Baldur. Er ist Bildhauer.
Sie lachte, legte lachend auf.

## 11

Kannabich hatte, was ihm Frau Windmenger merkwürdigerweise nicht verübelte, im Lauf der drei Jahre, in denen er schon in der Mühle wohnte, den Grünen Baum nur ein einziges Mal besucht, nicht, um zu bleiben, um wenigstens ein Bier zu trinken, sondern, da es Sonntag war und die Geschäfte zu, drei oder vier Flaschen Wein einzukaufen für überraschend eingetroffene Gäste.

Er sei ein Eigenbrötler, könne ja ein bedeutender Künstler sein, sicher, doch daß einer sein ganzes langes Leben nichts anderes mache als Stelen aus dem Stein hauen oder aus Holz schnitzen, lasse nicht auf übermäßig viel Phantasie schließen. Wenn er sie schon habe, werde er von ihr nicht als Bildhauer, viel eher als Erfinder geplagt. Immer wieder breche er mit einer neuen Erfindung nach München auf, lasse sie sich dort patentieren. Unlängst habe er dem Gemeinderat einen kniehohen Roboter vorgeführt, den man auf Wohltätigkeitsveranstaltungen als Sammler loslassen könne. Er gleite durch die Menschenmenge, ohne anzurempeln, bitte mit einer gräßlichen Automatenstimme um eine Gabe, strecke fordernd seine Blechhand aus und wenn sie Geld, ob aus Metall oder aus Papier, zu spüren bekomme, ziehe der Sammelmann sie mit einem krähenden Dank zurück, stopfe die Spende in ein Loch in seinem Bauch und beginne, dies sei die Sensation, vor Dankbarkeit am ganzen Eisenleib zu glühen.

Seit einiger Zeit beschäftige sich Kannabich mit einem stromerzeugenden Windrad, für dessen Errichtung er jedoch von der Behörde keine Genehmigung erhalte.

Fleißig sei er ja. Die heruntergekommene Mühle habe er mit Geschick wieder instand gesetzt, hübsch eingerichtet. Er

komme aus der Tischlerei, sei, worauf er Wert lege, kein Sudete, vielmehr ein Deutsch-Mähre.
Der Doktor versicherte Georg, er werde sich mit Kannabich bestimmt gut verstehen. Die Miete habe er ausgehandelt. Zweihundert Mark im Monat für zwei Zimmer unterm Dach. Jetzt solle er sein Fieber wegschlafen. Er könne vorsorglich schon von Kannabich träumen oder von den Irrungen einer alternativen Existenz. Hä, wie wär's, Landerer?
Doch er konnte nicht träumen und das Fieber hielt sich hartnäckig; Heinzinger stellte zusätzlich eine leichte Lungenentzündung fest, überlegte, ob er ihn nach Reutlingen in die Klinik schaffen solle. Georg weigerte sich, der Doktor gab nach. Frau Windmenger ersetze sowieso drei Schwestern. Obwohl er es sich jeden Tag vornahm, den langen Brief an Hella fortzusetzen, brachte er die Kraft dazu nicht auf. Er hatte Heimweh. Es konnte aber auch, so beschwichtigte er sich, ein bißchen Angst vor dem Umzug in die Mühle sein.
Frau Windmengers Pflege half ihm auf die Beine. An dem Tag, an dem er umzog, fiel der erste Schnee.
Heinzinger hupte und wartete im Auto. Die Windmengerfrauen hatten ihm am Abend zuvor erklärt, sie würden sich nicht von ihm verabschieden, denn er bleibe ja im Dorf. Sein Platz am Stammtisch sei ihm sicher.
Heinzinger packte die beiden Koffer, verstaute sie im Fond des Autos. Es sei nicht viel, was man benötige. Zwei Koffer, daraus lasse sich leben. Als er einstieg, griff Heinzinger ihm helfend unter den Arm. Es war rutschig und in den Knien war er noch schwach.
Sie sahen Kannabich schon von weitem. Er erwartete sie an der Einmündung des Mühlwegs.
Das ist er! Der Doktor fuhr langsamer. Das ist Kannabich, der große Stelenschöpfer, der nur seines Namens wegen vom

Erfolg geschnitten wird: Baldur Kannabich. Wie kann einer so heißen und sich ernsthaft der Kunst widmen wollen? Du wirst sie gleich sehen, seine Totempfähle, sie werden uns Spalier stehen, und begleiten bis vors Haus, und manche andern Geister auch, inzwischen verwittert, mossüberzogen, im Gestrüpp.

Kanabich schien sich, je näher sie kamen, zu vervielfältigen in ein springendes, wedelndes, winkendes, alle nur denkbaren Verbeugungen übendes Empfangskomitee. Er war überraschend klein, zierlich, würde ihm, schätzte er, kaum bis zum Kinn reichen, trug über einem dicken weißen Pullover einen Blauen Anton, dessen weite Hosen nicht verbergen konnten, daß die Beine auffallend krumm waren – überhaupt glich Kannabich einem tatarischen Reiter mit schwarzem Haar unter der Pudelmütze und einem aufgerollten Bart über der Oberlippe. Das Gesicht, in dem die hohen Backen die Augen so gegen die ausbuchtende Stirn drückten, daß sie ständig wie zusammengekniffen wirkten, sammelte in vielen Falten Lust und List.

Laß dich nicht täuschen, er ist nicht so verrückt, wie er spielt. Im Gegenteil, er ist ängstlich, einsam und unbeirrbar freundlich.

Kannabich ordnete seine Glieder, riß die Mütze vom Kopf, trat neben das Fenster, das der Doktor heruntergekurbelt hatte, mußte sich kaum bücken, um in den Wagen zu schauen. Servus, sagte er, ich freue mich. Grüß Gott, Herr Landerer, willkommen in der Mühle – ist das nicht ein gebührlicher Empfang, schön daß es schneit. Oder finden Sie nicht? Sind Sie womöglich ein Verächter des Winters? Das könnte ich mir nicht denken. Also folgen Sie mir, Herr Doktor, fahren Sie mich, bittschön, nicht nieder.

Er hüpfte ihnen voraus, ein Säbeltänzer, den es auf die Alb verschlagen hat.

Ich werde gar nicht erst mit hinein kommen. Den Anfang solltet ihr alleine machen. Magst du Katzen?
Es geht.
Kannabich haust, glaube ich, mit fünfen.
Ich werde sehen, sagte er und es hörte sich kleinlaut an. Der Schwächere in ihm zog sich zusammen und suchte nach Schutz.
Kannabich hatte sich inzwischen erneut verwandelt. Nicht der Derwisch empfing ihn, sondern ein leiser, aufmerksamer, älterer Mann, der nur ab und zu seinen Witz aufblitzen ließ, so, als er ihm die steile Holzstiege in den ersten Stock vorankletternd, eine schwere, graugetigerte Katze vor sich hertrieb und nebenbei bemerkte: Der Kater habe den Namen Mao, jedoch nur die lyrische Seele des Großen Vorsitzenden aufgenommen. Im Gegensatz zu der rotfelligen Kassandra, die tatsächlich unter Gesichtern leide, und dem noch jungen Adenauer, der starke separatistische Neigungen habe, deshalb sich auch meistens drüben in der Scheune aufhalte.
Der Aufstieg zu seinem Zimmer hatte mit einem Schock begonnen. Er suchte, mit einem ängstlichen Blick auf die leiterähnliche Treppe, Halt am Geländer, spürte unter der Hand eine üppige Rundung, einen Popo, einen kräftigen Schenkel und beinahe wäre er gestürzt. Das Geländer, sah er nun, war ein einziger geschnitzter Balken, eine schräg gestellte Stele, auf der sich nackte Leiber in dauerhafter Liebe verknoteten.
Die beiden Zimmer am Ende der Leiter waren hell, durch eine große Schiebetür verbunden. Die einfachen Möbel mußte Kannabich selbst geschreinert haben. Durch zwei große, ins Dach geschnittene Fenster fiel gedämpftes Schneelicht. Hier würde er sich endlich bewegen können und nicht beengt fühlen.
Kannabich ließ ihn, nachdem er ihm noch, nicht ohne Stolz,

das Gästebad, wie er es nannte, vorgeführt hatte, allein. Wenn er etwas brauche, nicht zurechtkomme, solle er sich rühren.
Sie schonten sich gegenseitig, nahmen sich Zeit, einander kennenzulernen. Georg spazierte wieder viel, kehrte auch manchmal im Grünen Baum ein, weigerte sich jedoch, dort von Kannabich zu erzählen. Er hätte es können. Aber er war der Mitwisser eines Lebens geworden, das zu hüten er sich vorgenommen hatte. Sie hätten ohnehin nichts begriffen, sich nur lustig gemacht. Und vieles war auch nicht begreifbar.
Er gewöhnte sich daran, von einer lauten Morgenrede geweckt zu werden. Regelmäßig um halb sechs, in winterlicher Finsternis oder in sommerlich aufbrechendem Licht, sprach Kannabich die gerade anwesenden Katzen an. Mao und Kassandra waren meistens zugegen, Plisch und Plum sporadisch, Adenauer so gut wie nie. Nichts sparte er in diesen Reden aus, die mitunter nicht länger als vier Sätze oder fünf Flüche dauerten, oft aber auch sehr ausführlich und weitschweifig sein konnten. Er zürnte den Politikern, den erpresserischen Ölscheichs, den Militärs; er rechtete mit den stumpfsinnigen Verwaltern Gottes, mit den Verderbern der Luft und des Wassers, speziell mit einem Regierungsrat Lowitz, dem bösartigen Verhinderer des Windrads; er tadelte Mao wegen seiner Freßsucht, den Nachbarn Hannes wegen grundloser Saufgelage und sich selbst wegen unguter Melancholie; er rühmte das Glück, die Mühle gefunden zu haben, die Segnungen der Phantasie, die Schönheit des Sonnenbuckels und anderer Berge in der näheren Umgebung und die wunderbaren Begierden des Leibes.
An einem seiner ersten Morgende in der Mühle konnte Georg zuhören, wie Kannabich ihn den Katzen vorstellte: Es ist ein Neuer im Haus. Ihr habt es längst bemerkt, ich weiß nicht, ob er euch stinkt. Ich bitte euch, behutsam mit ihm zu sein oder

ihm aus dem Weg zu gehen. Er ist nicht mehr der jüngste. Ach, ihr mit euren sieben Leben wißt, wie schmerzlich und schwierig solche Übergänge sind. Manchmal bleibt man mitten im Sprung oder im Flug hängen und geht zwischen Vorsatz und Feigheit zugrunde. Nun zieht davon und geht, wie gesagt, ein wenig sacht um mit dem Neuen.

Manchmal arbeitete Kannabich durch, unterbrach Tüftelei und Schufterei nur, um sich in der Küche eine Suppe zu wärmen, ein Brot zu schmieren. Später richteten sie es so ein, daß Georg kochte, und, wenn es möglich war, auf Vorrat.

Als er sich das erste Mal in die Werkstatt traute, stand Kannabich nachdenklich vor einem an eine Tafel gepinnten Bauplan; er stellte ein Art Luftbagger dar.

Kannabich wies ihm mit einer ungeduldigen Handbewegung einen Hocker an der Wand zu. Auf dem saß Georg oft stundenlang und beobachtete Kannabich bei der Arbeit, ohne ein Wort mit ihm zu wechseln.

Mit der Zeit wurde ihm klar, wovon Kannabich lebte. Nicht von seinen Erfindungen, die ihm häufig Ärger einbrachten, sondern von den Stelen. Kannabichs Kunst hatte Bewunderer, sie wurde gesammelt. Manchmal erschienen seine Verehrer in der Mühle, nachdem sie sich brieflich angemeldet hatten – Telefon gab es nicht –, Kannabich führte sie zu seinen neuesten Werken, die von Mal zu Mal wüster und wilder wucherten, hörte mit einem Lächeln den Abwägungen zu, nannte ohne Scheu gesalzene Preise und versprach, den steinernen oder hölzernen Phallus so bald wie möglich zu liefern. Was ihm die Gelegenheit gab, auf Reisen zu gehen, oft für eine Woche zu verschwinden.

In einem an die Scheune angebauten Verschlag stand ein ziemlich ramponierter kleiner Lastwagen, auf dessen Pritsche Kannabich mit Hilfe eines Flaschenzugs und zahlloser unflätiger Flüche die verkauften Stelen wuchtete. Später reiste Georg gelegentlich mit, lernte einen Kannabich kennen, der ihm Furcht einflößte, einen ausgehungerten Phantasten, der sich in die billigsten Nachtlokale stürzte, schwadronierte, Weibern mit Erfolg nachstellte, ein mit den Phantasien seiner Einsamkeit prahlender Bock.

Ein einziges Mal begleitete er Kannabich auf solch einer Nachtwanderung. Danach ließ er ihn allein ziehen. In diesen Höllen brauchte Kannabich keinen Gefährten.

Georg traute sich nicht, ihn zu fragen, weshalb er sich so verliere. Nur Kassandra zeigte unverhohlen ihre Mißbilligung. Wann immer Kannabich heimkehrte, empfing sie ihn fauchend, den Buckel zu einem Pagodendach gekrümmt und verschwand für ein paar Tage spurlos.

Immer häufiger saßen sie abends zusammen, redeten sich die Köpfe heiß über Katzen und Leute, über die verdorbene Erde und Windräder, über den Starrsinn der Baubehörden. Kannabich hatte einen dritten, abgeänderten Antrag gestellt, auf dem Sonnenbuckel probeweise das Windrad errichten und die Mühle mit dem so gewonnenen Strom versorgen zu dürfen.

Es seien Federfuchser, Klugscheißer, Angsthasen, besonders aber Knechte der Energiemonopole, die darauf achteten, daß ihnen keiner Strom abzapfe und in die Preise pfusche. Ach, Mann, da faseln die immer von den Vorzügen der Privatwirtschaft und verfügen in Kartellen, was privat und was Wirtschaft ist.

Was hast du vor, fragte Kannabich nach einem derartigen Rundschlag, ist dir eine neue Haut gewachsen, denkst du anders, als du dachtest?

Er hatte erlebt, wie der Winter sich mit Wasser und Schlamm zurückzog, der Frühling ins Mühltal brach, mit dem leichte-

sten Grün, das ihm je vor die Augen gekommen war, mit einer Luft, die streichelte und aufsässig machte.
Ich weiß es nicht. Wenn du mich loshaben willst, Kannabich, sag es.
Wollte dein Sohn dich nicht besuchen?
Ja.
Also warten wir den Jungen ab. Du sagtest, er gehe auf die Kunstschule?
Ich hoffe, er hat sein Studium nicht abgebrochen.
Soll ich ihn in die Mangel nehmen?
Das brauchst du nicht. Alexander ist scheu und vorsichtig.
Also kein Bär wie du.
Bin ich ein Bär?
Da ich Bären nur aus Beschreibungen, besonders poetischen, kenne, bestehe ich nicht darauf, Landerer.
Mit diesem umständlichen Satz erklärte Kannabich, Georg begriff es sofort, seine Freundschaft.
Als Alexander, von Kannabich eingewiesen, die Treppe heraufkam, Hallo Vater rief, ihn umarmte, wovor er sich bisher gescheut hatte, kamen Georg die Tränen.
Ich soll dich grüßen.
Von Mutter?
Ja, und von den andern, auch von den Nachbarn.
Vielleicht erwartete Alex, daß er weiterfrage. Er tat es nicht.
Kannabich möchte dir, gewissermaßen als Kollege, das Anwesen und seine Arbeiten zeigen.
Sie standen unter dem Atelierfenster. Alexander, wie immer ein wenig linkisch, musterte ihn.
Möchtest du Kaffee trinken?
Ja, er brauche eine Aufmunterung, er sei um vier Uhr früh losgefahren.
Die Mühlküche gefiel Alexander. Er setzte sich an das eine

Ende der gescheuerten Tafel, sah sich um, fand den ausladenden Eisenherd mit den sechs Platten besonders schön, fragte, ob er immer schon hier gestanden oder ob Kannabich ihn hergebracht habe.
Georg wußte es nicht. Frag ihn, wenn er dich herumführt, er mag Neugierige.
Kommst du mit ihm aus?
Er hätte einschränken, auf die Verrücktheiten, die Obsessionen Kannabichs kommen können, aber er sagte nur: Wir sind Freunde, und spürte, wie die Auskunft ihn bestärkte, mehr noch, wie er sich mit ihr gegen den Sohn wappnete. Wir sind Freunde.
Er fragte ihn nicht nach Hella. Im Grunde brannte er darauf, von ihr zu hören, wie sie die Trennung verkraftete, ob sie in Bornheim wohne, ob sie womöglich einen Freund gefunden habe. Daran zu denken, tat ihm weh.
Ich geh schon mal raus, sagte er. Trink deinen Kaffee nur in Ruhe; Kannabich wird nach dir rufen.
Was wenig später geschah. Kannabich stieß den Jungen aus dem Schrecken in den Zauber, holte, um seine Stelen tanzend wie ein Indianer um den Totempfahl, zu phantastischen Beschreibungen seiner Träume und Wünsche aus: Du mußt wissen, junger Mann, es wäre mir ein Bedürfnis, realiter die Vorhöllen studieren zu dürfen, also bilde ich es mir ein, also bilde ich es, verstehst du? Was dabei herauskommt, sind diese von Leibern eingebundenen, von Alpträumen umrankten Steinschwänze.
Um Alex nicht in die Flucht zu schlagen, wechselte Kannabich das Thema, führte ihm seine Roboterkinder vor, den vor Freude glühenden Spendensammler, den übereifrigen Atelierbodenputzer und den Ersatzhund, ein blecherner Bastard aus Wolf und Kalb, der, näherte sich seinem elektronischen

Auge ein fremder Gegenstand, furchterregend heulte, blaue Blitze spie und mit Feueraugen drohte. Da er selbst einen Spatz für einen Eindringling hielt, hatte er nur zwei Tage als Wächter vor dem Atelier gelegen und danach von dem übermüdeten Kannabich eine Sonnenbrille aufs Stelenauge gesetzt bekommen, damit er endlich die Blechschnauze halte.
Die Fabelwesen entzückten Alex ebenso wie der Entwurf des Windrades, das, ganz gleich, wieviel Strom es erzeugen werde, ein großes Kunstwerk sei. Dagegen hatte Kannabich nichts einzuwenden. Und Alex, angeregt, bat, bei der Aufstellung helfen zu dürfen. Er werde sich für dieses Abenteuer freinehmen, wenn's nötig sei, den Unterricht schwänzen.
Wenn es nur ein Abenteuer wird, seufzte Kannabich.
Sie hätten auch ein paar liebevolle Worte über ihn gewechselt, bemerkte Alex beim Abschied.
Liebevolle?
Besonders Kannabich, er hat dich ins Herz geschlossen.
Ich ihn auch.
Zwei große Freunde! Alex lachte, setzte sich ins Auto. Du hast dich verändert, Vater.
Wirklich? Wie?
Ich kann es dir nicht sagen. Aber du paßt hierher.
Grüße Mutter und Martin und –
Als der Wagen abfuhr, stand Kannabich plötzlich neben Georg und winkte so heftig wie er. Das sei ein gescheiter Bursche. Er freue sich auf seine Hilfe.
Georg hatte Alexanders Abschiedssätze wie einen Freispruch aufgefaßt. Er hatte die Prüfung bestanden, wenigstens vorläufig. Nun konnte er sich ganz auf den Kampf ums Windrad konzentrieren, Kannabich beistehen und für sich lernen. Er übernahm den Part des Unterhändlers, da Kannabich behauptete, Bürogesichter trieben ihn zu unnötigen Exzessen.

Die erste Aufgabe war schwierig genug. Es galt, den Bauer zu überreden, der seine Wiese auf dem Sonnenbuckel dem planenden Kannabich ohne weitere Umstände verpachtet hatte. Er wollte den Vertrag auf Anraten der Baubehörde zurückziehen und für ungültig erklären.
Sie saßen beim Frühstück und Kannabich sah die Post durch. Aufgebracht sprang er auf, zerknüllte den eben gelesenen Brief, schrie: Dieser Verräter, dieser dreckige Stierarsch! Dem werde ich's zeigen! Er begnügte sich nicht mit den Verfluchungen, füllte sich den Mund mit Kaffee, spie ihn in den Raum, worauf es braune Tröpfchen auf Steine, Stelen, Baupläne, Notizen und Illustrierte regnete. Dann griff er sich Meißel und Hammer, suchte nach einem geeigneten Objekt für seinen Zorn, fand es in einer Steintrommel, auf der nichts als zahllose menschliche Hinterteile wucherten, und kerbte sie mit sicherer und wütender Hand.
Sag ihm! Aber das alles sagte er nicht.
Georg erwischte den Bauern, den er vom Sehen kannte, als er mit dem Traktor aus dem Hof fuhr. Er bat ihn ein Stück mitfahren zu dürfen, hatte Mühe, den Sitz auf dem Rad zu erklimmen, ließ sich hochziehen und fühlte sich dabei gedemütigt.
Grüß Gott, Herr Pfitzer. Ich komme im Auftrag von Herrn Kannabich.
Pfitzer brummte, das sei ihm klar. Er könne sich auch denken, weshalb. Doch selbst mit Engelszungen werde er da nichts mehr ausrichten.
Nein, Herr Pfitzer, wenn es sich bloß um die Spinnereien eines alten Tüftlers handelte, um den Krach eines Querulanten mit Bürokraten, dann säße ich nicht hier neben Ihnen, ließe mich nicht durchschütteln. Ich habe auch erst von Baldur Kannabich lernen müssen, ihn auch erst für einen Phantasten

gehalten. Er ist es nicht. Ich weiß nicht, wieviel Strom sein Windrad erzeugen wird. Aber es wird keinen Qualm, keine Giftschwaden, keinen verdorbenen Regen geben. Warum soll es mit dem Strom nicht möglich sein, was die Endringer mit dem Wasser schon vor siebzig Jahren geschafft haben? Ein eigenes Wasserwerk? Es kommt, soviel ich weiß, billiger als die allgemeine Versorgung.

Wenn es nur so wäre, sagte Pfitzer. Noch blieb er hartnäckig. An der Abzweigung zum Triebachtal stoppte er. Es habe keinen Zweck. Außerdem habe er, wenn er weiter mitfahre, einen langen Heimweg.

Ein Spaziergang macht mir nichts aus.

Also gut. Mit einem unwilligen Satz startete Pfitzer wieder den Traktor.

Die schmale Straße stieg steil an, der Motor wurde noch lauter.

Ich weiß nicht, ob Sie an einen Gott glauben, Herr Pfitzer. Ich tu's wechselweise. Manchmal verlasse ich ihn, manchmal verläßt er mich. Aber nie auf Dauer. Also wenn wir glauben und wenn wir's so weiter treiben mit uns und unserem Planeten, dann steht am Schluß seines Plans tatsächlich die Apokalypse. Wieso sollten wir sie dann noch mit einigen Unternehmungen hinausschieben? Wozu auf einem Frieden bestehen, den Gott womöglich gar nicht vorhatte? Könnten wir ihn nicht dennoch mit seinem verspäteten Einverständnis üben? Kannabich ist davon überzeugt. Hat es Sinn, Herr Pfitzer, weiter zu reden?

Pfitzer bremste so heftig, daß Georg wieder Mühe hatte, sich auf dem Sitz zu halten. Mir, schrie er, mir wird Kannabich demnächst erklären, daß der Dünger, den ich seit Jahren verwende, Gift ist und nichts als Gift, und die Gülle nichts als ein Segen, wenn auch ein beschissener. Aber macht doch, was ihr wollt! Baut euer Rädle! Und jetzt reicht's!

Georg wollte Pfitzer die Hand drücken, doch der schob ihn vom Traktor hinunter, fuhr los.
Ade, schrie Georg, danke!
Es war der erste Schritt.
Kannabich tanzte eine Art schwäbisch-tatarischen Säbeltango auf dem Hof vor dem Atelier.
Am andern Tag begannen sie mit den Vorbereitungen für den Bau des kleinen Windrads. Das große sollte im Jahr darauf folgen. Auf fünfzehn Meter Höhe sollte das schlanke, leiterähnliche Gerüst über das Generatorhaus wachsen, das zwölfblättrige Rad tragen, das wiederum fünfzehn Meter Durchmesser haben sollte, leicht, die einzelnen Schwingen aus Aluminium.
Jeden Sturm sollte es aushalten, wenn es im Wind fliegt und im Licht aufgehen wird wie eine silberne Blume.
Kannabich schwärmte, zeichnete die Nächte durch, maß Details, rannte am Tage mindestens ein halbes dutzendmal zu Hannes ins Wasserwerk, um von dort aus mit einem Klempnermeister in Metzingen zu telefonieren, den er überredet hatte, für einen erschwinglichen Preis – wofür er alle seine Ersparnisse und eine größere Spende Georgs einberechnete – das Gerüst in transportablen Teilen zu schweißen; die Windflügel aus Aluminium wurden in einem anderen Betrieb geschnitten und geformt.
Daß die Gegner im Bauamt nicht schliefen, schlossen sie aus dem Besuch zweier Polizisten, die sich scheinheilig erkundigten, ob auch bei ihnen in der letzten Zeit eingebrochen worden sei, wie rundum in der Nachbarschaft. Kannabich dachte nicht daran, sie ins Atelier zu lassen, fertigte sie auf dem Hof ab: Er wüßte nicht, was in der Mühle gestohlen werden könnte, es sei denn, die Diebe hätten Kunstverstand und einen kleinen Tieflader. Dann könnten sie eine seiner Stelen

entwenden. Die Späher verabschiedeten sich ohne weitere Umstände.
Du würdest mich kaum wiedererkennen, schrieb er Hella, ich verwildere, vergesse mich zu rasieren, meine Cordhosen verlieren die Form, womöglich stinke ich nach Schweiß, Katzen, Motoröl, Wein, was weiß ich. Frag Frau Windmenger, die mir bei den gelegentlichen Besuchen im Grünen Baum attestiert, daß ich von Tag zu Tag gesünder aussehe. Kannabich, der Taugenichts, täte mir gut. Und das stimmt. Vom frühen Morgen an hocken wir im Atelier und schweißen die Eisenteile, die uns der Klempner in den Hof geworfen hat, zu großen Stükken zusammen, vertiefen uns in die raffinierte Anordnung von Zahnrädern oder Kannabich erläutert, indem er mich ständig auffordert, selber nachzusehen und zuzupacken, mit einem gewaltigen Wortschwall das Innere des Generators. Kindlich malen wir uns immer wieder den Augenblick aus, an dem das große Rad sich zum ersten Mal bewegen wird, leicht, auf einem mit Windgefühl ausgestatteten Lager, das sich Kannabich patentieren ließ.
Und doch falle ich manchmal zurück in einen Zustand alter Traurigkeit, macht mir diese neue Freiheit zu schaffen.
Gestern standen plötzlich Polizisten im Hof. Ihre Neugier war unverkennbar. Wir vermuteten, obwohl sie vorgaben, nach Dieben zu suchen, sie wollten nachprüfen, wie weit es mit dem Windrad steht. Kannabich gelang es, sie davonzutreiben. Noch nie, in meinem ganzen Leben, bin ich von der Polizei besucht worden. Schon fühlte ich mich in die Enge gedrängt, einer, dessen bürgerliche Sperrzone angegriffen wurde, der schutzloser geworden ist, gegen den man Verdacht schöpft, vorgeht. Das ist natürlich Unsinn, ich weiß es, Hella. Ich bin, ich gebe es zu, anfallsweise feig.
Es hängt aber auch mit unserer Unfähigkeit zu unabgespro-

chener Freiheit zusammen. Mit unserer Furcht, unser Leben zu erweitern.
Kannabich nahm ihn zu allen Fahrten mit. Er lernte den Metzinger Klempner kennen, einen eigensinnigen, von Kannabichs Traum überzeugten Mann. Auf ihn war, selbst wenn es zu Schwierigkeiten kommen würde, Verlaß.
Es konnte geschehen, daß sie vor lauter Erschöpfung, nach schwerer Arbeit im Atelier und einer Fahrt ins Tal, den Laster abstellten, nach einer Wiese suchten, einer Waldlichtung, sich nebeneinander auf den Rücken legten und gegen den Himmel miteinander redeten.
Es darf nicht schiefgehen.
Es geht nicht schief.
Und wenn die Polizei eingreift?
Wir müssen sie überrumpeln, Landerer. Überlaß es mir. Das Windrad muß stehen, für viele sichtbar. Ein Ausrufezeichen, ein Symbol. Für den Wind, der die Erde und unsere Köpfe streichelt, der nicht flau werden soll unter Schmutz und Gasen.
Manchmal greifst du mir zu hoch.
Weißt du, Landerer, diese Sätze sind wie indische Seile, an denen ich hochklettere, bis ich mir unter den Wolken einen Schnupfen hole und der Strick wieder in sich zusammensackt.
Er sprang auf, schlegelte mit den Armen: Schön war's hier. Wer kann es sich schon leisten, am frühen Abend mit solchen Gedanken am Fuße des Lichtensteins auszuruhen.
Georg sagte, als sie zum Wagen gingen: Wenn es so weitergeht, Kannabich, hole ich mich nicht mehr ein.

# 12

Als die Gerüstteile zusammengeschweißt waren, die Blätter fürs Windrad im Atelier gestapelt lagen, als sie den Generator mehrfach geprüft, die Nächte endgültig zum Tag gemacht hatten, als Kassandra Georg in die Wade biß und während eines gewaltigen Gewitters ein Blitz einen der hölzernen Schwänze spaltete, als der Himmel nachts einen hellen Rand behielt und der Bach nach Blüten roch, als Plisch wahrscheinlich von Plum sechs Junge kriegte und Kannabich eine berauschte Taufansprache hielt, als der dritte und endgültig abschlägige Bescheid der Baupolizei sie beide entrüstet hatte, als Hannes von einem Freund den Zement für den Sockel liefern ließ, als wiederholt Fremde in der Nähe der Mühle herumstrichen, entschied Kannabich, die Freunde zusammenzurufen, die Vorarbeiten noch in der Mühle zu erledigen, den Sockel auf dem Sonnenbuckel zu gießen und ein, zwei Nächte danach das Windrad in einem Handstreich aufzubauen. Den Tag, an dem Kannabich die Verwirklichung beschloß, schrieb Georg, der es sonst aufgegeben hatte, seinen unendlichen Brief an Hella noch durch Daten zu unterbrechen, über den einzigen Satz, mit dem er das Ereignis festhielt: 17. Juni 1979. Es geht los.

Kannabich warf sich, ehe er, wie auch Georg, Hilfskräfte alarmierte, in die Badewanne, sang inbrünstig Rosita Serranos »Roten Mohn«, vertrieb den neugierig gewordenen Mao mit Wasserspritzen, suchte, nackt im Haus herumrennend, vergeblich nach einem wirklich mannsgroßen Badehandtuch, das er, woran er sich noch gut entsinne, 1953 von einer Freundin geschenkt bekommen habe, die drauf aus gewesen sei, es mit ihm in der Wanne zu treiben.

Georg wiederum fand mit einem Mal das Haus verschmutzt, vernachlässigt, fing an mit Putzlumpen, Besen und dem stotternden Staubsauger durch die Zimmer und das Treppenhaus zu ziehen, den Gesängen des Freundes lauschend. Während er sich manchmal im Scheuerlappen verhedderte, der Schrubber die Treppe hinunterpolterte, der Sauger Staub erbrach, überlegte er sich, wo die Helfer untergebracht werden könnten, in welchen Zimmern und in welchen Ecken, denn auch das mußte geregelt werden. Kannabich hatte Hannes, den Metzinger Klempner und eine alte Freundin alarmiert, eine Stuttgarter Heilgymnastin mit dem sprechenden Namen Vera Krumm; Georg war es gelungen, die Windmengerin für die Versorgung der Windradaufsteller zu gewinnen, dazu kamen Alex und natürlich Leo, der Drachenflieger, und seine Kumpel, als Sanitäter Heinzinger und mit einer halben Zusage Süß, der Friseur.
Im Lauf des nächsten Tages trafen sie ein. Inzwischen hatte auch die Presse Wind bekommen. Kannabich hatte dem Reporter des »Generaler« zwar gedroht, seinen Geparden auf ihn zu jagen, doch mit wenig Erfolg. Der junge Mann hatte sich in seinen Wagen, der neben der Scheune geparkt war, zurückgezogen und beobachtete von dort aus, was zwischen Mühle und Atelier geschah. Er sah, wie Kannabich eine Stange aufrichtete, an der eine kleine, weiße Fahne hing, ahnte aber nicht, welchen Streit das Stück Tuch zwischen Kannabich und Georg ausgelöst hatte.
Er könne doch nicht von vornherein seine Kapitulation erklären.
Was das für eine Redeweise sei, er spreche wie ein kommandierender General und nicht wie ein erklärter Friedfertiger.
Ich bin friedfertig, Kannabich, du weißt es.
Also, was stört dich ein weißes, keusches Tüchlein im Wind?

Bist du sicher, daß Wind wehen wird?
Ich weiß es und äffe nicht mein Mährisch nach.
Warum ziehen wir nicht eine Fahne hoch, auf der ein Blatt gemalt ist oder eine Sonne oder, meinetwegen, dein Windrad.
Weil ich auf eine solche Fahnensymbolik pfeife.
Und dein weißer Fetzen soll nicht symbolisch sein?
Höchstens für Militaristen, Landerer, höchstens für die.
Jetzt hing sie. Nein, sie flatterte. Denn der Sommer bereitete sich mit einem aufmuckenden Wind offenkundig darauf vor, das Windrad bald in Bewegung zu setzen.
Der Reporter sah außerdem, wie Georg einen jungen Mann umarmte, Alexander, der eben auf einem Motorrad in den Hof geschossen kam, aber er konnte nicht wissen, daß hier ein Sohn dem Vater zu Hilfe eilte.
Er sah den Tag über viele kommen. Er würde sie kennenlernen. Den Doktor, Hannes, Leo, den Drachenflieger, und die Windmengerin kannte er sowieso. Aber zum Beispiel die ältere, energische Dame nicht, die sich vor Kannabich aufbaute, ihn vom Kopf bis zum Fuß maß, schließlich ungeschickt an sich riß und ihm einen knallenden Kuß auf die Stirn gab, den er, sich krümmend, mit einem »Ist das nötig, Vera?« quittierte.
Der Reporter war nicht der einzige, den das Gerücht vom Windrad mobilisert hatte. Noch ehe alle Freunde erschienen waren, tauchte, Georg und Kannabich beunruhigend, ein Pärchen in Jeans und T-Shirt auf, ausgerüstet mit Schlafsäkken, und erklärte kurzerhand, es wolle mitmachen.
Wobei? fragte Georg zurückhaltend.
Bei dem Windrad. Ob er sie auf den Arm nehmen wolle?
Wenn sie helfen wollten, könnten sie bleiben.
Sie richteten sich bescheiden in dem Verschlag ein, der üblicherweise als Garage diente, breiteten ihre Schlafsäcke aus,

legten ihre wenigen Utensilien darauf, setzten sich unter den Nußbaum, warteten, gelassen wie zwei buddhistische Bettelmönche, auf das, was sich ereignen würde.
Laß sie, sagte Kannabich, sie meinen es gut, sie könnten uns nützlich sein. Laß sie, sagte Georg. Kommst du mit? fragte Kannabich. Sie stiegen durch den Wald hinauf; noch am späten Nachmittag war es sehr warm. Als sie aus dem Wald traten, oben auf dem Buckel, blieben sie stehen. Kannabich ließ sich ins Gras fallen und atmete schwer.
Der Himmel war ungetrübt, im Zenit zog sich noch immer Licht kochend zusammen und am Rand sammelten sich kleine Wolken zu einer Flotte. Sie sahen hinüber zur Burgruine und dann hinunter ins Tal, auf den Mühlhof, wo Leute hin und her liefen und an einer Stange ein weißes Tüchlein wehte.
Ohne Eile spazierten sie über die Wiese, überquerten einen Acker, erreichten den höchsten Punkt, der dazu ausersehen war, das Windrad zu tragen.
Kannabich hatte das Geviert bereits vor einigen Tagen mit Reisig ausgelegt.
Wissen möcht ich, sagte er und verfiel in sein Brünnerisch, was sie mit uns anstellen möchten, die Behörden, wenn wir das Radl aufgerichtet haben.
Wir werden Ärger bekommen.
Das ist klar. Bloß welchen? Wie? Ob sie uns die Polizei auf den Hals hetzen?
Warum sollen wir uns jetzt schon Gedanken machen?
Du hast recht.
Kannabich schritt mit ausholenden Säbelbeinen das Geviert aus, sprang in dessen Mitte, schaute hoch, als sehe er schon die sausenden Propeller im Wind: Nichts, nichts werden sie uns anhaben können, Landerer, so wenig wie es irgendeinem je gelungen ist, Träume aus Köpfen zu reißen.

Kannabich hakte sich bei Georg ein und sie zogen den bequemeren Weg, Unbekannte wie Bekannte grüßend hinunter, wo sich auf dem Mühlhof, an einer langen Tafel, inzwischen die Helfer versammelt hatten. Die Windmengerin hatte ihnen einen Berg belegter Brote aufgetischt und aus Krügen, die nie leer wurden, gab es Trollinger.

Sauft euch keinen Rausch an, warnte Georg. Er zwängte sich zwischen Süß und Hannes auf die Bank. Wir dürfen in den nächsten Tagen und Nächten nicht hudeln. Er dachte an Leo, der noch fehlte, genaugenommen dachte er an Pokko.

Ich bin die Rita, ich bin der Tobel, sagte das Pärchen, das ihm gegenüber saß, zweistimmig.

Er wußte nicht, wie er sich den jungen Leuten vorstellen sollte. Sie kümmerten sich nicht um seine Verlegenheit, nannten ihn beim Vornamen und sagten: Du mußt uns rufen, wenn was abläuft. Das mußt du.

Wenn hier was abläuft, wiederholte er stockend.

Der Doktor, der am Ende der Tafel saß, prostete ihm lachend zu.

Kannabich hatte, in einem Anfall von Schläue oder Gutmütigkeit, den Reporter aus seinem Auto geholt, ihn zu Wein und Brot eingeladen, allerdings unter der Voraussetzung, daß er erst dann berichte, wenn er es ihm gestatte, sonst werde er vorsorglich gefangengenommen.

Der junge Mann ließ sich die Erpressung gefallen.

Georg hörte den schütteren Motor schon eine Weile. Es konnte nur der Pritschenwagen des Drachenfliegers sein. Er sah sich nicht um, aß, trank, wartete, grinste wortlos Rita und Tobel an.

Da kommen die beiden Drachenflieger! Kannabich erwartete wohl, daß er aufstehen, ihnen zur Begrüßung entgegengehe. Gleich. Er blieb lauernd sitzen.

Aber sie sind schon da, sagte Kannabich und schlug die Hände über dem Kopf zusammen, verzog sein Gesicht zu einem Faltenwurf von Freundlichkeit. Servus! Servus ihr beiden!
Also war Pokko doch nicht mitgekommen. Das ist Leo, rief er Alex zu, der, von dem ich dir erzählte.
Leos Arm war aus dem Gips.
Kannst du wieder fliegen?
Ja. Leo streichelte ihm über die Backe. Die unbeholfen zärtliche Begrüßung rührte ihn. Wir haben uns lange nicht gesehen. Georg.
Ja. Und jetzt sollen hier tolle Dinge geschehen. Hilfst du uns?
Das werde ich, mit beiden Armen, zusammen mit meinem Kumpel. Aber nicht länger als drei Tage. Bis dahin muß der Turm stehen. Nur so lange haben wir eine Aushilfe als Fluglehrer.
Sie gehen zu dritt zu dem langen Tisch, an dem alle enger rükken, den neuen Gästen Platz machen und endlich wagte er es, nach Pokko zu fragen.
Wie geht es Pokko?
Er ist dabei.
Er ist mit? fragte er. Und Gertrud?
Sie habe, erzählte Leo, mal wieder durchgedreht, sei schreiend und fluchend aus dem Haus gerannt, mit dem Bus nach Reutlingen gefahren. Irgendwann werde sie zurückkehren und das Theater beginne von neuem.
Wer kümmert sich um Pokko?
Wir alle. Das geht schon. Aber du fehlst uns ein bißchen.
Kannabich braucht mich jetzt dringender, sagte er und fügte, als wolle er ein wenig von der Festigkeit des Satzes zurücknehmen, hinzu: Wenigstens im Augenblick.
Es fing an zu dämmern. Sie redeten durcheinander, lachten, tranken sich zu. Die Spannung riß sie gemeinsam in eine aus-

gelassene, gewichtlose Wirklichkeit. Sie genossen diesen Zustand.

Er sah Pokko erst, als Hannes fragte, wer denn das Kind mitgebracht habe.

Ich. Leo war ebenso überrascht, daß Pokko das schützende Fahrerhaus verlassen hatte.

Er kam nicht zu ihnen, schlug, als führe ihn ein Zirkel, einen großen Kreis um den Tisch, die Arme ausgebreitet, als müsse er das Gleichgewicht halten oder als beginne er gleich zu fliegen. Georg zwang sich, nicht auf den Jungen zu achten.

Ist was mit ihm? fragte Süß.

Er ist ein bißchen zurückgeblieben, murmelte Leo. Das wird sich geben.

Pokko lief seine Kreise. Bald achtete niemand mehr auf ihn. Georg begriff, daß Pokko mit jedem Kreis um eine unmerkliche Spanne dem Tisch näherrückte. Es würde Nacht sein, wenn er ihn erreicht hatte. Doch mit der Zeit ließ die Geduld des Kindes nach; seine Kreise wurden rasch enger. Sollte er ihn rufen? Pokko! Er tat es nicht.

Jetzt konnte er seinen Atem hören, obwohl die anderen laut lachten, redeten. Genau hinter ihm hielt er an.

Pokko? fragte er leise. Ihm antwortete ein kurzer Laut, wie ein in der Kehle zusammengeschnurrtes Wort. Dann spürte er einen sehr leichten Druck unterhalb des Nackens. Pokko mußte Mut gefaßt und seine Hand dorthin gelegt haben. Georg wartete eine Weile, ohne sich zu regen. Vorsichtig wendete er den Kopf. Pokko schaute ihn flüchtig an, dann senkte er den Blick.

Grüß dich, Pokko. Willst du bei mir sitzen?

Der Junge rührte sich nicht.

Sollen wir uns mal umgucken, nachsehen, wo du schlafen könntest? Du mußt auch noch unsere Katzen begrüßen.

Er hatte, obwohl er inzwischen aufgestanden, über die Bank weggestiegen und Pokko nicht zurückgewichen war, nicht damit gerechnet, daß der Junge seine Hand fassen und ohne Umstand mit ihm gehen würde.
Ich zeige ihm, wo er schlafen kann, sagte er Leo im Vorbeigehen.
Er nahm sich Zeit, hoffte, daß dieser Anflug von Glück nicht gleich wieder verlorengehe. Erst führte er das Kind durchs Atelier, zeigte ihm die Eisenteile, erzählte ihm von dem mächtigen Rad, das der Wind drehen würde, dann liefen sie Kassandra nach, die elegant zwischen Gerümpel verschwand, dann führte er ihm Plischs Brut vor, sechs mäusegroße noch blinde Geschöpfe und Pokko kauerte andächtig und lange vor dem Korb, schließlich führte er ihn durchs Haus, hinauf unters Dach in seine Zimmer, erklärte, daß dies seine Wohnung sei und wenn er Lust habe, könne er auf dieser Matratze, die er eigentlich für Leo reserviert habe, schlafen. Ja? fragte er. Pokko wiegte sich in den Hüften und schnalzte. Georg setzte sich auf den Bettrand, sah auffordernd auf die Matratze. Aber ich schnarche, sagte er, das weißt du ja. Worauf Pokko wieder still hielt, seinen Mund halb aufriß und einen gelungenen Schnarchlaut ausstieß. Als Georg lachte, sprang ein Funken in die Augen des Kindes.
Kommst du wieder mit?
Pokko warf sich auf die Matratze, zog die Beine an den Bauch und stellte sich schlafend.
Er bekam dieses Bild nicht los. Es verfolgte ihn und als sie auf dem Sonnenbuckel schufteten, er den Zement im Schubkarren zur Verschalung fuhr, um ihn herum gemurmelt und geflucht wurde, sah er Pokko in dieser zufriedenen Schutzlosigkeit.
Er wird jetzt schlafen, sagte er zu Kannabich.

Wer?
Pokko.
Du bist doch nicht ganz in Ordnung, Landerer.
Das kann sein.

# 13

Süß, der Friseur, nahm ihnen mit seinen Bedenken beinahe den Schwung. Kannabich, Leo, der Metzinger Klempner hatten die drei Lastwagen in Kolonne aufgestellt und waren daran, sie zu beladen. Auf den einen den Betonmischer, die Zementsäcke, auf den andern die Füße des Windrads, wie Kannabich die schweren Eisenstreben nannte, die in den Betonsockel verankert werden sollten. Der dritte Pritschenwagen würde alle Helfer auf den Berg schaffen.

Es war dunkel geworden. Das Licht aus den Fenstern reichte nicht aus, den Hof zu beleuchten. Kannabich hatte Fackeln in die Erde gepflockt. Der Raum zwischen Mühle und Atelier war von ständiger Bewegung erfüllt. Schatten gerieten ins Licht, wurden zu Körpern, verloren sich wieder. Nur selten wurden Stimmen laut; manchmal schlug Metall gegen Metall oder schwere Lasten schleiften über die Erde. Tobel sang mit hoher, heiserer Stimme »Like a bird on the wire« und da und dort, in den Ecken, leuchteten plötzlich die Augen einer Katze, als ginge ein Stern auf.

Vera Krumm und Süß waren als einzige am Tisch zurückgeblieben, redeten aufeinander ein, stritten. Sie hob die Arme über den Kopf, als müsse sie sich vor dem Friseur ergeben. Kannabich! rief sie, Landerer! helft mir, kommt her. Euer Freund will aufgeben. Nein, nein, er habe nur Bedenken. Das sei doch verständlich. Was sie vorhätten, sei einfach nicht legal. Das könnten sie doch nicht bestreiten.

Was?

Vera Krumms Aufruhr war Süß mehr als peinlich. Sie stieß ihn aufmunternd in die Seite. Nun erklär mal allen, was los ist.

Süß, der, sichtbar geschrumpft, nur noch mit einem Viertel

seines Hinterns auf der Bank saß, rang nach Worten: Ich versteh euch, ja, ich versteh euch. Ihr legt euch aber mit dem Staat an. Er erlaubt es nicht, daß das Windrad gebaut wird. Die Behörden haben so entschieden. Es kann sich auch nicht jeder seinen Strom selber machen.
Warum nicht?
Weil die Ärmeren es sowieso nicht könnten, viele andere nicht wollten, einige von wenigen abhängig wären, weil die Versorgung dort besser, dort schlechter gelänge, weil solche Windräder Erzeugnisse von Launen sind, Spinnereien, und weil mit Spinnereien die Stromversorgung eines Industrievolkes nicht garantiert ist.
Das war gekonnt, stellte der Doktor beeindruckt fest.
Für wen machst du Propaganda, Süß? fragte Leo.
Für niemanden.
Für die Neckarwerke, verbesserte Kannabich.
Ihr wollt mich nicht verstehen. Wenn ihr unbedingt Wert auf meine Anwesenheit legt, werde ich bleiben. Aber ich kann euch nicht helfen. Ich würde mich schuldig machen.
Ist es wahr, daß das Windrad gar nicht gebaut werden darf? Tobel biß nachdenklich auf seinen Daumen.
Ja, Kannabich sammelte Speichel im Mund, kehrte allen den Rücken zu und spie in den dunklen Hof.
Prima. Tobel schien sich durch diese Auskunft erst recht angespornt zu fühlen.
Und die Polizei droht mit Maßnahmen. Kannabich rieb sich die Hände. Er stand zwischen Leo und Georg. Die Wollmütze war ihm bis auf die Brauen gerutscht. Georg hatte dem Wortwechsel schweigend zugehört. Ihm war nicht wohl. Er hatte ähnliche Befürchtungen wie der Friseur. Ganz sicher würden sie ohne Ärger nicht davonkommen, ohne eine Konfrontation mit den Behörden, und wahrscheinlich war sich Kannabich

nicht im klaren, wie weit das führen konnte, oder er sah endlich die Gelegenheit, den Staat, den er verachtete mit seinen Robotern und Bürohengsten, auf die Probe zu stellen. Er warf Kannabich einen fragenden Blick zu. Wie zur Antwort hörte er ihn murmeln: Es wird über unseren Köpfen sausen, über den Köpfen aller, wird unsere Stirn kühlen, unsere Träume erhitzen und niemand wird uns etwas anhaben können, wir werden unverletzbar sein. Luftgeister gegen die Papiertiger.

Ich bleibe, sagte er leise, ich bleib.

Wolltest du gehen oder er? Kannabich trat hinter Süß, beugte sich über ihn, fuhr ihm mit der Hand durchs Haar: Was sollst du dich über uns ärgern und über die andern dazu, Süß. Es ist besser, du ziehst dich in deinen Laden zurück und wenn alles vorbei ist, laß ich mir meinen Bart bei dir schneiden. Servus, sagte er, zog Süß hoch, fragte, ob er ihn begleiten solle, doch Süß schüttelte dankend den Kopf, im Fackellicht sah es aus, als seien ihm Tränen in die Augen gestiegen, vielleicht, weil er so weit hatte gar nicht gehen wollen, weil es ihn nun doch betrübte, aus dem Spiel ausgestoßen zu werden. Rita und Vera Krumm nahmen ihn in die Mitte, hakten sich bei ihm ein, brachten ihn bis zur Straße.

Danach konzentrierten sie sich auf die Arbeit. Kannabich sah noch einmal die Werkzeuge durch, prüfte ein letztes Mal die Bretter, die in den letzten Tagen für die Verschalung zurechtgeschnitten worden waren, saß, wie durch Zauberei, plötzlich hinterm Steuer seiner Karre, rief zum Aufbruch, bat den Reporter neben sich, damit er auf keine Dummheiten komme, womöglich noch von der Telefonzelle an der Straße die Redaktion anrufe, damit die Polizei auf die Beine bringe – also los! Georg stieg zu Leo ins Fahrerhaus. Der überstürzte Aufbruch erlaubte es ihm nicht mehr, nach Pokko zu sehen.

Ich werd verrückt, sang Leo vor sich hin, ich werd verrückt. Er drehte sich um, spähte durch das kleine Fenster nach den andern auf der Pritsche. Wir sind vollzählig, rief der Doktor. Bis zum Morgengrauen hatten sie nicht mehr als fünf Stunden Zeit. Die Nacht war dichter geworden. Georg fürchtete, es könnte regnen, doch Leo, mit seinen Drachen wetterkundig geworden, hielt es für unmöglich. Die Wolken sind zu hoch, zu schnell, nicht schwer genug, verstehst du?

Sie schufteten, hoben die Grube für das Fundament aus, paßten die Verschalung an, fluchten, redeten sich Kraft ein, berührten sich manchmal, wie um sich Energien zu übertragen, lösten sich ab im Schubkarrenfahren, an der Zementmaschine, die von einer großen Batterie Strom bekam, versicherten sich gegenseitig, daß es noch Zeit sei und die Dunkelheit sie schütze.

Kannabich maß die Abstände der Verankerungen immer wieder: Nicht, daß wir uns übermorgen die Haare ausraufen, wenn nichts paßt, wenn wir geschlampt haben, das darf nicht sein, ihr Brüder. Als Kannabich nach getaner Arbeit ins Feld, in die Wiese lief, genügend Kraft besaß für seine Bocksprünge, glücklich die Arme hochwarf, ging Georg in die Knie. Er hatte sich zuviel zugemutet. Erst hatte er die Schwäche kaum gespürt, nur Leo den Schubkarren überlassen. Dann hatte sich sein Brustkorb gedehnt, Herz und Lunge waren geschwollen, drückten gegen die Rippen. Ihm fiel ein, daß er am Morgen vergessen hatte, die Tabletten einzunehmen. Es wäre schade, dachte er, wenn ich stürbe, ohne das Windrad erlebt zu haben. Er dachte auch an Pokko, der, die Beine an den Bauch gezogen, wohl auf der Matratze schlief. Er wurde schwer, er würde stürzen. Um dem zuvorzukommen, kniete er hin. Ehe er nach vorn fiel, sah er Heinzinger auf sich zukommen. Er war doch ein guter Sanitäter. Gleich darauf

hockte er nebem ihm, tätschelte ihm die Backe, zog ihm die Lider hoch, sah ihm in die Augen, nahm ihn in die Arme, fragte, ob er wieder aufstehen könne oder sich erst einmal flach legen wolle.
Aufstehen, sagte er, aufstehen, ich möchte aufstehen, Doktor.
Gut, dann tu's, ich helfe dir. Atme kräftig durch, atme! Der Schmerz wich überraschend schnell aus der Brust. Georg fühlte sich erleichtert. Die Angst wechselte in eine Art von Hochgefühl. Er blieb, auf Heinzinger gestützt, stehen, atmete die frische Luft ein, war glücklich, als endlich auch Kannabich sich vor ihm aufpflanzte, schwitzend und verdreckt: Das war zuviel für dich, Landerer, du Saukopf, du Aufschneider.
Georg zog die Schultern hoch.
Was mußt du Karren mit Zement schieben. Von nun an sorgst du für die Organisation oder bleibst unten in der Mühle bei deinem verrückten Pokko, bei der kochenden Windmengerin. Kannabich versuchte zu verbergen, wie sehr er sich sorgte. Ob es nicht klüger sei, wenn der Doktor ihn gleich mitnehme und gründlich untersuche, ein EKG mache.
Heinzinger stützte ihn noch immer, aber Georg machte sich los: Nein. Erst, wenn alles vorüber ist, das Windrad steht, wenn unser Glück ausbricht, wenn wir erfahren haben, wie es sich spürt, danach ist mir alles egal. Dann komm ich, leg mich auf deinen Schragen und laß mich abklopfen, abhorchen, du kannst mir Blut abzapfen, meinen Blutdruck und meine Hirnströme messen. Ich werde mich dir ergeben. Erst dann. Mir ist schon wieder gut.
Kannabich hüpfte aus dem Stand wie ein Tänzer.
Ich versteh dich, Landerer. Nur verbiete ich dir, schwere Arbeit zu verrichten. Du bist der Organisator. Wenn du versagst, wirst du aus der Mühle gejagt.

Die Müdigkeit trieb sie förmlich zusammen. Einer suchte die Nähe des andern, Schutz. So standen sie eine Weile, gedrängt, tuschelnd, ein Knäuel von dampfenden Körpern, bis Kannabich zum Aufbruch mahnte, sie müßten verschwunden sein, ehe die ersten Neugierigen erschienen, doch eine Wache sollte bleiben, wozu sich Tobel und Rita bereit erklärten.
Das Startsignal für den Bau gebe ich, sagte Kannabich. Nicht daß uns noch alles verpatzt wird. Spätestens in zwei Tagen richten wir den Turm auf.
Langsam, jeder Rinne, jedem Schlagloch ausweichend, fuhren die drei Lastwagen hintereinander her. Seid leise, hatte Kannabich gebeten, weckt mir bloß nicht die schlafenden Hunde.
Die aber waren längst wach und unterwegs. Die Buschtrommeln hatten funktioniert, Gerüchte füllten die Köpfe, die Szene wurde unruhig. Aus allen Windrichtungen kamen Junge und Alte, jeder hatte auf seine Weise das Ausrufezeichen Kannabichs verstanden als eines, das die Vergangenheit als bessere Zukunft ausruft, oder als eines, das sich vor der Gegenwart nicht fürchtet, aber auf eine menschenfreundlichere Zukunft weist. Oder als eines, das sich erst einmal gegen alles wendet, gegen die Technik, die Macht der Großen und der Bürokraten, gegen die massenmordenden Waffen – ein Ausrufezeichen, das sie von Plakaten und aus Flugblättern kannten.
In Kannabichs Vorstellung glich sein Bauwerk jedoch eher einem Leuchtturm über einer Gegend, in der der Mensch zögernd, sich prüfend, bei sich bleibend, von neuem zu existieren beginnt. Kannabich hatte eine Schwäche für Entwürfe, die sich nicht vollenden ließen.
Der noch immer dunkle Hof war voller Geräusche. Georg ging auf sein Zimmer, zog sich aus, ließ die Kleider auf den

Boden fallen und Pokko sah, die Arme vor der Brust gekreuzt, zu.
Ich bin hundemüde, Pokko, schlaf noch eine Weile mit.
Pokko bewegte sich nicht. So, stumm, die Arme vor der Brust, begleitete er ihn in einen bodenlosen Schlaf.
Lore weckte ihn. Vera Krumm stand, frisch, wie aus dem Ei gepellt, hinter ihr in der Tür. Er müsse sich beeilen. Der Bürgermeister warte in der Küche.
Der Bürgermeister? In seinem Kopf rannten fragende Sätze sich über den Haufen.
Welcher Bürgermeister?
Unserer, der aus Endringen, erklärte Lore.
Wieso der? Und warum? Georg kannte den Bürgermeister, der vor fünf Jahren zur Überraschung aller die Wahl gegen den alten gewonnen hatte. Er war klein, gedrungen, behend, trug meistens, als wäre es eine Art Uniform, Kniebundhosen und Trachtenkittel.
Der Bürgermeister.
Vera Krumm drängte: Komm doch endlich zu dir, Georg. Wir können ihn nicht so lange warten lassen.
Und Kannabich? Er sah, daß Pokko fort war. Wo ist Pokko?
Die beiden Frauen fielen sich, um ihn mit ihren Antworten nicht aufzuhalten, ins Wort, lachten, und Vera Krumm meinte schließlich für beide: Den Pokko sah ich auf einem der Steine von Kannabich reiten und Kannabich wiederum weigert sich, mit dem Bürgermeister zu verhandeln. Du seist der Diplomat, der Organisator. Das sei ausgemacht.
Jetzt zieh dich doch an, mahnte Lore.
Die ganze Zeit hatte er in schlappenden Unterhosen vor den beiden Frauen gestanden. Schert euch weg.
Ich komme gleich nach.
Sie kicherten auf der Treppe wie Schulmädchen. Er hätte ih-

nen den nassen Schwamm nachwerfen sollen, den er sich über dem Kopf ausdrückte.
Der Himmel in den beiden Dachfenstern war von einem ausgewaschenen Blau, ohne Wolken. Im August mußt du dir die Nägel putzen, sagte es plötzlich in seinem Kopf. Wieder eines jener Gedichte, die sich eine Weile in seinem Gedächtnis einnisteten und dann verloren gingen: Im August mußt du dir die Nägel putzen,/den Kindern runde Wörter schenken/und auf die Wiesen singen gehen./Im August mußt du die Hände ins Wasser halten,/die jubelnden Zungen der Lerchen sammeln/ und den Sonnenstaub von der Schwelle fegen.
Pokko! rief er. Der Junge meldete sich nicht. Er fand kein frisches Hemd mehr und ärgerte sich. Dem Bürgermeister würde das abgetragene nicht auffallen. Er sah sie sowieso als Tagediebe und Störenfriede.
Ohne Eile ging er hinunter. Auf dem Treppenabsatz lag Kassandra, versperrte ihm den Weg. Du meinst es gut, rotes Ungeheuer. Aber es hilft mir nichts, die Obrigkeit läßt nicht mit sich spaßen.
Lore hatte dem Bürgermeister Kaffee vorgesetzt und Vera Krumm ihn offenbar unterhalten. Jetzt allerdings saßen sie schweigend nebeneinander, glichen einem Bauernpaar auf einem Ölgemälde aus dem Kaufhaus.
Grüß Gott, Herr Bürgermeister! Ihm fiel, als er grüßte, auch der Name des Mannes ein. Schöttle. Grüß Gott, Herr Schöttle. Der Bürgermeister erhob sich, erwiderte den Gruß, bemerkte, er habe mit Herrn Kannabich gerechnet, der ja der Urheber der Unruhe und der Bauherr des Windrades sei.
Ich bin an beidem beteiligt, sagte Georg, schob sich auf die Bank. Er saß, wie es sich für eine solche Verhandlung gehört, dem Bürgermeister gegenüber. Lore brachte ihm Kaffee.
Aber Sie tragen nicht die Verantwortung?

Wie meinen Sie das?
Da der Bürgermeister sich reckte, war ein grundlegender Satz zu erwarten: Ich meine, vor dem Gesetz.
Ach so. Das kann ich so genau nicht beantworten, da ich mich mit Kannabich nie über eine Aufteilung der Verantwortung verständigt habe.
Es habe keinen Sinn, rabulistisch zu werden. Die Zeit eile.
Das weiß ich schon.
Ob Kannabich einen Pachtvertrag mit Pfitzer geschlossen habe?
Ja.
Ob Pfitzer diesen Vertrag habe zurückziehen wollen?
Ja.
Und?
Ich habe es ihm ausgeredet.
Sie? Der Bürgermeister schaute ihn zweifelnd an, als wäre er mit dieser Auskunft ein anderer geworden.
Ja. Und Pfitzer hat nachgegeben.
Das war ein Fehler.
Wieso?
Weil Kannabich meint, er könne nun auf seinem Land das Windrad bauen, wäre also wenigstens zur Hälfte im Recht.
Gibt es das, ein halbes Recht? fragte Georg, brachte den Bürgermeister aber nicht aus dem Konzept.
Pfitzer rief mich heute morgen an und sagte mir, sie hätten auf dem Sonnenbuckel das Fundament ausgegossen.
Das stimmt.
Sie werden die Aufstellung unterlassen und das Fundament beseitigen.
Ich?
Kannabich, Sie und Ihre Helfershelfer.
Das können wir nicht.

Ich erkläre es Ihnen als Amtsperson und werde Ihnen im Laufe des Tages noch eine schriftliche Weisung überbringen lassen.
Vera Krumm fragte an seiner Stelle, womit sie zu rechnen hätten, wenn sie das Windrad dennoch aufstellten?
Der Bürgermeister wich aus. Er hätte damals schon, als Kannabich in die Mühle gezogen sei, erwartet, daß das kein gutes Ende nehmen werde, und nun kamen noch andere Fremde, in den letzten Tagen immer mehr, erkundigten sich nach Kannabich, nach der Mühle, dem Sonnenbuckel, lauter Chaoten, Ausgestiegene, bestimmt auch Gesindel darunter. Ob er sich vorstellen könne, wie sehr die Endringer beunruhigt seien.
Nein.
Sie werden nichts gegen diese ungebetenen Gäste unternehmen?
Nichts. Sie können uns alle helfen.
Das Fenster stand offen. Georg vermutete, daß auf der Bank darunter Kannabich lauschte, und malte sich aus, wie der, zusammengeduckt, sich am Bart reißend, womöglich Mao auf dem Schoß, das Gespräch verfolgte und nur mit Mühe an sich hielt.
Der Bürgermeister erhob sich, reichte ihm aber zum Abschied nicht die Hand. Also, sagte er, also, Sie bekommen die schriftliche Weisung und haben ihr Folge zu leisten, andernfalls müssen Kannabich und Sie mit einer Bestrafung und weiterer rechtlicher Verfolgung rechnen.
Ade, Herr Schöttle. Georg verabschiedete sich etwas zu laut, um Kannabich zu warnen.
Ein Bote brachte kurz danach die Anordnung, den Bau des Windrades zu unterlassen und das Fundament binnen vierundzwanzig Stunden von dem gepachteten Grundstück zu entfernen.

Kannabich, inzwischen in der Lektüre amtlicher Schreiben geübt, regte sich nicht auf, sondern heftete das Blatt mit einem Reißnagel an die Tür zum Atelier, damit jeder wisse, woran er sei.

# 14

Ich bin mir nicht sicher, Hella, ob Du mich auch nur noch andeutungsweise verstehst. Wahrscheinlich nicht. Alex, der mir geholfen hat, den ich in dieser Nacht aus dem Auge verlor, der nicht einmal meinen Schwächeanfall mitbekam, ihm erlaubtest du wahrscheinlich solche Sprünge über die Grenze zwischen Anstand und Abstand. Mir nicht. Ich habe Abstand genommen. Wie, das wird sich zeigen. Meine Empfindlichkeit wächst.
Morgen nacht werden wir das Windrad bauen. Inzwischen lagern Hunderte von Menschen rund um die Mühle und oben auf dem Sonnenbuckel. Du wirst sicher bald in den Zeitungen über uns lesen. Doch nicht so, wie es sich in Wirklichkeit abspielt. Was Kannabich da anlockt, ist auch uns unheimlich. Wir werden dem nicht gewachsen sein, ich bin sicher. Eben besuchte er mich. Zum ersten Mal kam er uneingeladen in mein Zimmer. Er flüsterte, um Pokko nicht zu wecken. Die ständig wachsende Menschenmenge mache ihm Angst. Er sei kein Rattenfänger, beteuerte er, dazu habe er nicht das Zeug. Am liebsten risse er aus, mache sich unsichtbar, überließe die Sache einem andern, der ausdrücken kann, worum es geht und den Suchenden einen Widerschein von Glück unter den Himmel zaubert. Ach Landerer, murmelte er, nah neben meinem Ohr, auf dem Bettrand sitzend, wir sind uns über den Kopf gewachsen, mit unseren Träumen, Plänen und Wünschen. Ich bin ein wenig schwerhörig, Landerer, doch Dürers Reiter kann ich schon hören. Sie nähern sich und unsere alte Erde bekommt Risse. Warum sollte ich nicht, um ihnen davonzukommen, in meine Kindheit fliehen und zum Trotz ein großes Windrad aufrichten? Komm, laß mich eine Stunde ne-

ben dir schlafen, Landerer. Daheim, in Brünn schlupfte ich, wenn die Welt unüberschaubar wurde und mich mit Ungewißheit bedrohte, zu Bohumila, unserer Dienstmagd, ins Bett, sie roch nach dem Essen vom Tag.
So roch er nicht. Er stank. Es fiel mir schwer, nicht von ihm abzurücken. Ein Dunst von Öl und Schweiß und ungewaschenen Kleidern hüllte mich ein. Nach einer Weile sagte ich zu ihm: Du hast nichts dagegen, wenn ich dir den Rücken zudrehe? Nichts, sagte er, denn du bleibst ja neben mir.
So, Hella, gehen meine Nachtgespräche, wenn ich überhaupt welche führe. Meinem Pokko zerbröseln noch immer die Wörter auf der Zunge.

# 15

Sie kamen auf allen Straßen und Wegen, aus allen Himmelsrichtungen. In manchen Köpfen hatte sich das Windrad schon vervielfacht zu einer großen Versammlung von Windfallen und Windschöpfern; andern war das Rad gleichgültig, sie wollten nur dabeisein, wenn man sich die alte Zeit austreibe und in eine bessere aufbreche. Auf welche Weise auch immer. Sie kamen, weil sie sich allein oder unglücklich fühlten, weil sie keine Arbeit fanden oder finden wollten, weil sie, wie sie sagten, auf nichts mehr einen Bock hatten, weil ihnen die Köpfe müd und die Arme schwer wurden, sie kamen zu Fuß, ließen sich von Autos mitnehmen, fuhren in rostigen, buntbemalten Vehikeln, sie schleppten ihre Bündel und Schlafsäcke, verschwitzt, nach schwarzem Tabak oder Shit riechend, rieben sich, wenn sie sich kannten, aneinander wie Kinder, liefen durchs Haus, schauten in alle Zimmer und Kammern, fingen an, ohne jemanden zu fragen, sich zu duschen, zu waschen, beschlagnahmten den Herd, warfen in die Kochtöpfe, was sie in den Schränken fanden, legten sich hin, wo sie der Schlaf überfiel, in den Zimmern, auf der Treppe, im Atelier, auf dem Hof, zwischen den Autos und ihr tiefer gemeinsamer Schlaf wurde laut in ängstlichen Seufzern, gehetzten Murmelwörtern und sattem Schnarchen.
Kannabich hatte sich in seiner Werkstatt verbarrikadiert. Er wollte niemanden sehen, niemanden sprechen, habe keinen Hunger, keinen Durst. Leo solle vorne am Weg dafür sorgen, daß alle diese Wahnsinnigen eingewiesen würden. Georg sah vom Fenster aus zu, wie Leo, ruppig und gelassen, an der Weggabelung jeden anhielt, ausfragte, die Ankömmlinge an Vera Krumm weitergab, die ihnen einen Platz auf dem Hof

anwies, brüllend erklärte, daß die Werkstatt da drüben, der große Bau, nicht betreten werden dürfe, aus Gründen der Sicherheit und damit nichts vorzeitig verraten würde.
Die Gymnastin wurde von Anfang an respektiert, die Vera, die Alte, wenn ihr was braucht, fragt sie, wenn ihr nicht weiter wißt, fragt sie, wenn dir was fehlt, frag sie, die Vera. Sie schrie, bettelte und bettete, trieb auseinander und zusammen, bis die neuen, die nun noch eintrafen, sich von selbst zurechtfanden und die Unordnung selbst Georg zu vergnügen begann, der von oben beobachtete, wie in der Nacht an den Ecken des Hofs Feuer angezündet wurden, wie sich Gruppen bildeten, auflösten und wiederfanden, wie da und dort Gitarre gespielt, gesungen wurde, Stimmen sich plötzlich zu Chören verbanden, wie eine sonderbar erwartungsvolle, ja, beinahe festliche Stimmung alle ergriff, auch er nicht mehr an die Folgen dachte, nichts fürchtete, nicht, daß alles zerschlagen, alles überschwemmt werden könnte von Wut und Gewalt. Es war ihm auch gleichgültig, daß sich der Reporter vom »Generaler« inzwischen mit anderen Journalisten zusammengetan hatte. Sogar aus München und Frankfurt seien sie geschickt worden.
Die Wolkendecke riß; bleiernes Licht breitete sich aus; es würde nicht regnen. Es würde Wind kommen.
Im Haus befand sich so gut wie nichts mehr an seinem Platz. Einen Augenblick ärgerte er sich über die Nachlässigkeit und Gleichgültigkeit dieser Kinder, als er aber sah, wie ein dickes Mädchen mit Pokko sich unterhielt, mit unglaublich beweglichen Fingern redete, deutete, dazu den Körper wiegte, nahm er sich vor, das Chaos zu ertragen.
Pokko! rief er leise und stahl sich in die einseitige Unterhaltung.
Heißt er Pokko?

Ja.
Er kann nicht reden? stellte sie fragend fest. Er kann nicht reden. Dabei redete sie schon wieder mit ihm. Sie fragte nicht, ob er krank sei, zu wem er gehöre, was er hier suche, warum sich niemand um ihn gekümmert habe. Sie hatte ihn eben entdeckt und gab sich nun mit ihm ab, würde ihn trösten, wenn ihm etwas zustieße, ihn an ihren weichen Leib drücken, selbstverständlich.
Setz dich doch, lud sie ihn ein. Er gehörte für sie zu Pokko. Wie jedesmal bereitete es ihm Mühe, sich auf die Erde zu setzen, und wie jedesmal nahm er sich fest vor, seinen Wanst wegzuhungern, leicht zu werden wie Kannabich, gelenkig wie Vera.
Warum bist du gekommen?
Sie verzog das Gesicht, reichte ihm einen Becher mit Kaffee. Und du?
Ich wohne hier.
Dann bist du der andere, der Freund von Kannabich?
Ich bin Georg, sagte er und staunte, wie leicht es ihm fiel.
Ich Susanna, mit einem a am Ende.
Pokko schob sich zwischen ihre Beine, lehnte sich gegen sie. Georg glaubte sich für die Zudringlichkeit des Kindes entschuldigen zu müssen. Er ist eigentlich schon zu groß, um sich so benehmen zu können.
Er ist klein, sagte sie, schloß die Arme um den Jungen, der sich die Hände vor die Augen legte, als wolle er nichts mehr sehen, bloß noch die Umarmung genießen.
Du tust ihm gut, sagte er.
Die Dunkelheit fiel ein, sichtbar für alle, ein dünner Flaum, ein aus Luft und schwindendem Licht gewobener Vorhang schwebte über den Sonnenbuckel und fiel, Schwärze aufsaugend, dichter und schwerer werdend ins Tal.

Kannabich rief nach ihm. Landerer, komm her! Ich brauche dich! Er rannte in einem Mäander zwischen den Lagernden über den Hof; Kannabich erwartete ihn vor der Werkstatt. Er grinste. In seinem Mundwinkel hing eine Virginia. Er habe sie geschenkt bekommen. Das Ding sei aus Kunststoff. So auf jeden Fall schmecke es. Ich hab keine Ruhe, sagte er. Ich muß noch mal nach dem Fundament sehen. Überhaupt, ob alles in Ordnung ist. Kaum zu glauben, was da zusammenströmt. Fährst du mit hinauf?
Die Unruhe der andern zerrte an ihm. Zum ersten Mal zog er die Fahrt dem Spaziergang vor. Sie mußten langsam fahren, immer wieder Fußgängern, die zum Sonnenbuckel unterwegs waren, ausweichen.
Vielleicht werde ich in die Geschichte eingehen, sagte Kannabich, als Auslöser einer Massenbewegung. Nur weiß ich noch keinen Namen für sie. Ihm werde aber schon noch etwas einfallen, beteuerte er.
Von fern sahen sie Feuer. Kannabich schüttelte entsetzt den Kopf.
Warum regst du dich auf? Sie wärmen sich und kochen Kaffee.
Sie alarmierten sämtliche Denunzianten im weiten Umkreis und die Polizei. Wenn ich das geahnt hätte, Landerer, hätte ich mich damit begnügt, mein Windrad auf den Sonnenbuckel zu denken.
Willst du die Geschichte noch abbrechen?
Nein! Er trat aufs Gas, die alte Karre schoß den Rest der Steigung hinauf, als wolle sie gleich abheben. Ich fühle mich ja wohl. Ich sehe das Rad schon einen silbernen Kreis in die Luft zeichnen. Diese lieben Menschen da werden ihm alle in die Flügel blasen, wenn es uns an Wind fehlt. Er senkte die Stimme, kniff die Augen zusammen und duckte sich übers

Steuer: Es ist alles gut, Landerer, bloß wenn ich mir hier dieses Heerlager ansehe und an die amtlichen Schreiben denke, dann bleibt uns kaum noch Zeit. Wir können nicht bis zur nächsten Nacht warten, wir müssen heut früh anfangen zu bauen.

Aber brauchst du dazu nicht den Kran? Soll der nicht erst am Abend kommen?

Ich war vorher, zusammen mit Leo, beim Hannes im Wasserwerk, und bat ihn, den Kranfahrer zu verständigen. Er weiß, worum's geht, und wenn er keine Bedenken bekommen hat, wird er zur Stelle sein. Ich zweifle nicht daran. Unsere Idee gibt nämlich vielen die Gelegenheit, Landerer, für ein paar Tage oder Stunden aus den Gewohnheiten zu springen. Wer will das nicht?

Ein Kreis von Rücken empfing sie, ein halbes Hundert hockte eng zusammen ums Feuer. Rita und Tobel hatten nie allein wachen müssen. Wie in einer dramatischen Filmszene tauchte plötzlich der Kopf von Alex vor den Flammen auf. Eigentlich müßte er Leo helfen, dachte Georg, war dennoch froh, den Jungen hier im Durcheinander wiederentdeckt zu haben, sprang aus dem Fahrerhaus, rief: Alex! Doch der hörte ihn nicht. Georg stieg über Liegende, Sitzende hinweg, die Wärme des Holzfeuers fuhr ihm gegen den Hals und ins Gesicht. Alex hielt ein Mädchen im Arm, das einer belebten Puppe glich. Ich helfe hier oben ein bißchen mit, sagte er. Es habe Krach gegeben. Er sei gar nicht so rasch zu schlichten gewesen.

Schlaue Demo-Händler hätten Glühwein und belegte Brote verkaufen wollen, doch nicht mit Frau Windmenger gerechnet. Die habe den Braten gerochen, sei hochgekommen, habe eine flammende Ansprache gehalten und versprochen, alle umsonst mit Suppe und Kaffee zu versorgen. Der Kerl habe

sie verprügeln wollen, aber da seien alle auf ihn losgegangen. Kannabich prüfte, während er Alexander zuhörte, die Verankerungen. Ich bitte euch, paßt auf.
Wann das Rad denn gebaute werde?
Bald.
Als sie hinunterfuhren, Kannabich den Wagen über die Schlaglöcher springen ließ, hellwach und angespannt, stieß er Georg mit dem Ellenbogen und fragte nach der Zeit.
Es ist halb vier.
Um neun, Alter, starten wir die Aktion. Schlaf noch ein paar Stunden, leg dich hin, sammle Kräfte und vergiß nicht: keine Schwerarbeit, ich habe sie dir verboten. Du bist der Organisator.
Was soll ich organisieren, Kannabich?
Das wird sich geben, mein Lieber. Also sieh dich vor, Landerer.
Auf dem Mühlenweg stellte Kannabich sachlich wie ein Stratege fest, daß die Polizei alles vereiteln könne, wenn sie nur die Zufahrt zur Mühle sperre. Sie säßen gefangen. Aber dafür, fügte er hinzu, nehmen sie mich zu wenig ernst und sind selber ein bissel zu blöd.
Georg lehnte sich einen Atemzug lang gegen ihn.
Ja, du großer Spinner.
Unten, vor der Holzstiege, zog er die Schuhe aus, er wollte Pokko auf keinen Fall wecken.
Im Dunkeln stieß er gegen einen Stuhl.
Bist du es? frage eine Frauenstimme.
Er schreckte zusammen. Wahrscheinlich war das Mädchen Pokkos wegen hier. Und wer bist du? Angestrengt starrte er zu dem Matratzenlager hinüber.
Weißt du noch, wir haben uns vorher über deinen Pokko unterhalten. Ich bin Susanna.

Ja, flüsterte er erleichtert. Fehlt Pokko was?
Nein.
Ich muß jetzt schlafen. Ich bin hundemüde.
Gute Nacht, sagte sie.
Er legte sich auf den Rücken, lauschte, ob sie sich auch hinlegte, wollte sie atmen hören, eine einzige Regung, wünschte, daß sie einen Satz sage, an den er denken könne, wurde schwer, gab der Müdigkeit nach. Ehe er einschlief, schmeckte er Apfelkuchen auf der Zunge und sah sich Hella gegenüber sitzen, die ihm aufmunternd zunickte: Laß dich doch nicht bitten, Georg.
An einer fremden Bewegung wachte er auf, zog die Knie an, stieß gegen einen Widerstand.
Hab ich dich erschreckt? fragte sie leise und freundlich und legte ihre Hand leicht auf seine Brust. Schläfst du immer auf dem Rücken?
Ja.
Du hast ziemlich laut geschnarcht.
Ich weiß.
Wieso weißt du das?
Ich höre mich manchmal selber.
Vorsichtig lachte sie auf und drückte sich gegen ihn. Pokko reißt mir dauernd die Decke weg. Kann ich eine Weile bei dir schlafen?
Wenn das Bett dir nicht zu schmal ist. Vielleicht bin ich noch unfreundlicher mit der Decke als Pokko.
Ich werde sie schon festhalten.
Er spürte sie jetzt ganz neben sich, von den Waden bis zur Schulter, fürchtete, sich falsch zu bewegen. Sie hatte ihn überfallen, und er konnte sich nicht gegen sie wehren. Die geringste Berührung spannte seine Haut, machte seinen Atem schnell, trieb sein Herz zu hastigen, kurzen Schlägen. Er war

es nicht mehr gewöhnt, mit jemandem zu schlafen. Auf sie war er nicht vorbereitet.
Schläft Pokko?
Ja.
Schlaf du auch, Susanna.
Willst du, daß ich schlafe?
Anstatt ihr zu antworten, holte er tief Atem, um etwas leichter zu werden, sich aus der Müdigkeit zu stehlen.
Ich kann jetzt nicht schlafen, sagte sie.
Ich auch nicht.
Sollen wir reden?
Dann wecken wir Pokko auf. Sei still. Ich bin es auch.
Gut. Sie rückte um eine Winzigkeit näher. Es kam ihm vor, als erobere sie ihn, nehme ihn ein. Sie redete weiter, indem sie atmete. Er gab sich nach, nicht ihr, wendete sich ihr zu, lag mit seinem Gesicht vor ihrem, roch ihren Atem, der so roch wie der Pokkos, nach saurer Milch und ungeputzten Zähnen.
Riech ich aus dem Mund, fragte sie und er ahnte ihr Lächeln.
Ja. Machst du dich über mich lustig?
Nein. Es stört dich doch.
Es stimmt.
Soll ich den Atem anhalten?
Sei still. Pokko schläft.
Du mit deinem blöden Pokko.
Er ist nicht blöd.
So hab ich das nicht gemeint.
Ich weiß.
Wenn du mich nicht riechen willst, brauchst du mir bloß einen Kuß zu geben. Sie sagte es ohne Zögern, spielte den Satz aus, lud ihn ein, über seinen Schatten zu springen.
Komm, sagte sie, zog ihn an sich.
Er verlor sein Gedächtnis, rannte ihr nach, hielt die Augen zu,

hinter seinen geschlossenen Lidern zogen purzelnde Bilder aus einem kindlichen Paradies vorbei.
Ich zieh mich aus, sagte sie.
Er hielt still, wartete, bis sie ihn anstieß.
Schlaf nicht ein, zieh dich auch aus. Sei nicht so lahm, sagte sie.
Als er sich ungeschickt bewegte, riß ein Schmerz die linke Brust auf. Er stöhnte.
Ist dir was?
Ihre Haut war warm, weich, sonderbar nachgiebig. Als er auf ihr lag, bäumte sie sich kurz auf, als wolle sie ihn wieder abwerfen. Sein Atem strengte ihn an.
Sei ruhig, sei doch lieb. Sie redete neben seinem Ohr. Rammel doch nicht einfach los, Mann. Sie lachte mit ihrem Bauch gegen den seinen, schob ihn behutsam zur Seite, wälzte ihn auf den Rücken, streichelte ihn mit ihren Brüsten, setzte sich auf ihn. Jetzt kannst du. Und ich auch.
Nach einer Weile legte sie sich sanft auf ihn. Er sah hinter seinen Lidern ein sphinxähnliches Wesen, eine Frau mit dem Leib einer Löwin.
So kannst du immer bleiben, wenn du willst.
Wenn ich könnte, sagte sie.
Er hörte, wie Pokko sich auf der Matratze wälzte, seufzte und danach von neuem ruhig atmete, vom tiefen Morgenschlaf fortgerissen.
Wir haben noch ein bißchen Zeit, sagte er. Sie schlief neben ihm ein und wachte auch nicht auf, als er aufstand. Er trat vor die Tür, staunte über Kannabich, der den Kranwagen beim Laden der Lastautos dirigierte. Für einen Augenblick dachte er, alle würden ihn anstarren und ihm die Nacht vom Gesicht lesen können.
Leo und Alex hakten sich bei ihm unter, rüttelten ihn, schlaf

nicht ein, wach auf, Mann, du bist spät dran, wir waren schon dreimal auf dem Berg, die Bauteile sind fast alle abtransportiert, wir müssen uns beeilen, die Bullen sind unterwegs.
Wer? fragte er, stolperte auf die Lastwagen zu.
Die Polizisten, erklärte Alex nachsichtig und Leo fragte, ob Pokko versorgt sei.
Ja, auf den paßt dieses Mädchen auf, Susanna, die sich schon gestern um ihn gekümmert hat.
Servus, rief Kannabich, schlug die Hände über der Brust zusammen, und es gelang ihm, mit dieser Geste Begeisterung und Bestürzung zu vereinen. Servus, Landerer. Schau dir das an, du hast als Organisator die Hälfte der Aktion verschlafen. Du kannst dir gar nicht vorstellen, was um uns herum geschieht. Die halbe Welt ist auf den Beinen und eine Armee von Polizisten auf dem Weg zu uns.
Auf der Fahrt zum Sonnenbuckel erfuhr er von Leo, daß Kannabich, um auf jeden Fall mit dem Bau des Windrads den Behörde zuvorzukommen, den Generator erst einmal nicht aufstelle, nur das Gerüst und die Flügel, gleichsam als Zeichen.
Eigentlich die reine Kunst, sagte Leo. Er beugte sich vor, tupfte mit seiner Stirn gegen das Steuerrad, zeigte so seine Ratlosigkeit, und Georg verstand ihn: Er war unglücklich darüber, daß das Windrad erst einmal seine Wirklichkeit verlor.
Ständig versperrten ihnen Fußgänger die schmale Straße. Junge Leute, die trotz der Wärme Parkas trugen, Rücksäcke schleppten, Taschen und Tüten, ihnen zuwinkten, mit gespreizten Victoryfingern Figuren und Wörter in die Luft zeichneten. Leo beugte sich aus dem Fenster, fluchte vergnügt. Ab und zu erkannte Georg Leute aus dem Dorf, die ihrer Neugier nun doch nachgaben, das große Spektakel nicht versäumen wollten, aber deutlich Abstand hielten zu den Fremden.

Das Blut rauschte ihm wieder in den Ohren und der Druck gegen die Schädeldecke nahm zu. Er roch an der Hand, roch die Haut Susannas. Warum war er aufgestanden? Niemand hätte ihn geweckt, selbst Kannabich hätte es ihm nicht verübelt, wenn er erst mit der letzten Fuhre hinaufgekommen wäre. Jetzt fühlte er sich elend und diesem Aufbruch, der rundum Glück verbreitete, nicht gewachsen. Zwar hatte er seine Tabletten, bevor er das Haus verließ, noch geschluckt, doch ihre Wirkung reichte anscheinend unter solchen Umständen nicht aus. Warum konnte er nicht mit Leo verrückt spielen, warum nicht selig aus der Haut fahren, an nichts denken als an dieses Fest, das so viele Menschen unerwartet versammelte?
Schau sie dir an, rief Leo, ließ das Steuer los, schau sie dir an, lauter Verbündete, lauter Körnerfresser, Friedensfreunde und Staatsfeinde.
Paß auf! Georg griff ans Steuer. Du fährst noch einen um.
Leo hielt, um ihn zu beruhigen, das Steuer wieder fest: Es geht dir nicht gut, Georg, ich weiß es. Der Doktor hat mir versprochen, auf dich aufzupassen. Du mußt dich einfach fallen lassen, stürzen, wie einer, der am Drachen hängt, irgendwo, am Rande der Erde, am Rande des Himmels. Du darfst dich nicht sträuben, Kumpel, sonst verlierst du den Faden, sonst gehst du drauf. Also, du kannst gar nicht anders, Georg, du bist auf dem Sprung.
Leo ließ das Steuer los, packte Georg am Kopf, zog ihn an sich, küßte ihn auf Backe und Stirn. Glaub bloß nicht, daß ich dich weiter so verwöhne. Und jetzt reiß die Augen auf, Alter, wir fangen an, miteinander zu träumen.
Der Sonnenbuckel hatte sich in eine Spielwiese verwandelt. Noch vor wenigen Wochen war er da spaziert, ohne jemandem zu begegnen, allein. Nichts erinnerte mehr an die stille Hochfläche. Bis zum Waldrand und zum Steilabhang wogte

es, Menschengruppen fanden sich zu immer neuen Mustern, trieben wieder auseinander; plötzlich öffneten sich freie Räume, auf denen einzelne zu tanzen schienen; die fortwährend aufspringenden Farbkleckse von kleinen oder größeren Transparenten, die Drachen, die ruhig unter den rasch dahinziehenden Wolken standen, verliehen dem Treiben einen sanften, heiteren Charakter.

Er bat Leo, kurz anzuhalten. Den Rest des Wegs wolle er lieber zu Fuß gehen, sich ein bißchen umhören, auf jeden Fall dem Bürgermeister und seinen Helfern ausweichen. Laß dich nicht aufhalten, sagte Leo.

Manchmal wurde er gegrüßt, grüßte zurück, ohne sich auf Gespräche einzulassen. Als ein Bündel Luftballone aufstieg, sah er ihm nach und hatte, den Kopf im Nacken, das Gefühl zu schrumpfen, klein zu werden, unendlich viele Jahre aus dem Gedächtnis zu verlieren. Er war stehengeblieben, hielt andere auf, wurde geschubst, gestoßen und trottete schließlich weiter. Vielleicht, dachte er, wird mich bald niemand mehr kennen, ich werde allen so fremd sein wie mir selbst.

Der Bau des Gerüsts war schon weit gediehen; gut zur Hälfte; es glich, wenn auch zierlicher, dem Mast einer Hochspannungsleitung. Die beiden, die in dem Gestänge arbeiteten, sahen wie gezeichnete Figuren aus, wie bewegliche Strichmännchen.

Ungefragt hakte eine ältere Frau sich bei ihm ein. Er wollte sich erst, befangen, wieder losmachen, aber sie lachte ihn an, sagte, sie sei schon seit drei Stunden unterwegs und habe Blei in den Schuhen. So zog er sie mit.

Spirihonda, leierte die Kinderstimme in seinem Kopf, die er lange nicht mehr gehört hatte: Spirihonda, spring runter, spring hoch, geh weg und komm nie wieder, Spirihonda, laß es sein.

Sie gehören zu den Leuten hier, nicht wahr? fragte die Frau. Sie war außer Atem geraten und er ging langsamer.
Ja.
Das ist ein wunderbarer Einfall, sagte sie.
Er gab ihr recht, nur habe er an dem Einfall so gut wie keinen Anteil, ihn habe man allein Baldur Kannabich zu verdanken.
Wissen Sie, sagte die Frau, ich bin einfach losgegangen, als ich es hörte. Ich bin keine Sektiererin, auch keine Grüne. Ich bin einfach aufgebrochen. Ich habe, als ich von dem Windrad las, von Kannabich und dem Sonnenbuckel, alles stehen- und liegengelassen.
Er ließ sie reden, hörte auf andere Stimmen; die Wörter gaben ihren Sinn auf. Wenn ihn sein erregtes Gehör nicht trog, sang irgendwo Tobel wieder eines seiner traurigen amerikanischen Lieder.
Dann sah er Kannabich. Oder nein: Er sah neben den beiden sich heftig bewegenden Strichmännern mit einem Mal eine dritte Gestalt, lebendiger als die andern, und er hatte den Eindruck, als ob sich allein durch ihre Anwesenheit der begonnene Bau verändere.
Ein paar Leute fingen an zu winken, machten die andern aufmerksam auf Kannabich. Bald winkten alle. Das Spiel hätte zu einer dröhnenden Kundgebung werden können. Aber alle blieben gelassen, freundlich. Behutsam zog er seinen Arm aus dem der Frau, verabschiedete sich: Er habe in diesem Tohuwabohu auch Aufgaben und müsse schauen, daß er zum Windrad durchkomme. Wobei ihm Leo half, der mit einer neuen Fuhre die Menge auseinandertrieb. Er sprang aufs Trittbrett, hielt sich mit angewinkelten Armen in dem offenen Fenster fest, fand sich ungeheuer verwegen.
Da bin ich wieder, Leo.
Kannabich habe schon nach ihm gesucht und gefragt. Denn

vorne am Gerüst halte sich inzwischen nicht nur der Bürgermeister samt seinen Begleitpolizisten, sondern auch irgendein Landtagsabgeordneter auf. Jemand müsse diese Typen beruhigen. Die seien allesamt auf hundert, schnappten ständig nach Luft, erklärten Kannabich für unzurechnungsfähig und die ganze Versammlung für aufgelöst, für eine Revolte von Anarchisten und Staatsfeinden. Ach Mann, macht das Spaß. Piribimba, Piribimba, kreischte die Kinderstimme in seinem Kopf, schnapp auf, schnapp unter, schnapp weg und schnapp über, Piribimba! Piribimba, rief er.

Was meinst du? Leo tippte mit dem Zeigefinger gegen die Schläfe. Laß doch den Quatsch. Er griff unter den Sitz, zog ein Megaphon heraus. Dafür hast du jetzt die Verantwortung, wir werden es noch brauchen. Und wenn du willst, kannst du ja mal dein Piribimba in die Menge brüllen.

Zögernd blies er in das Mundstück der blechernen Tüte und sie tönte nicht. Er müsse erst die Batterie einstellen. Als er von neuem pustete, wurde ein brausender Windstoß daraus. Nein, mit diesem Gerät würde er nie umgehen können. Ihm fehlte das Talent zum Redner im Gegensatz zu Leo, der sich daran vergnügte oder auch Kannabich, den der Zorn doch zum Tribunen machen konnte.

Sag den Leuten mal was, Georg.

Was denn?

Daß sie auf den Händen gehen sollen.

Wie?

Du mußt sie freundlich, aber laut bitten.

Hör doch auf. In solchen Dingen versteh ich keinen Spaß.

Wie willst du dann die Welt verstehen?

Ich bin kein Philosoph wie du, Leo, ich bin Setzer, ich habe Setzer gelernt und im Augenblick weiß ich nicht, was ich bin und wo mir den Kopf steht.

Aber den beiden Schlappärschen da vorn kannst du mal erklären, daß sie aus der Fahrbahn weichen sollen.
Ehe er das Megaphon an den Mund setzen konnte, war das Pärchen schon zur Seite gehüpft, fiel sich in die Arme, als sei es einer Katastrophe entronnen.
Sie übertreiben alle, meinte er. Das wird nicht gut enden.
Zum ersten Mal hast du heute recht, Georg, und das ist übel.
Der Wind nahm zu, er bereitete sich vor, in die Flügel zu fahren, sie zu treiben, ein lauer, den Hals und das Gesicht feucht tupfender Morgenwind. Der Wagen warf ihn, über ein Schlagloch holpernd, ab, es gelang ihm jedoch, sich auf den Beinen zu halten, er stolperte nach vorn, gegen eine lebende Mauer, die sich um das Fundament gebildet hatte, sich nur zu einer Gasse öffnete, wenn die Transporter sich näherten, wie jetzt. Ein paar Verstockte rührten sich dennoch nicht, schliefen, dachten störrisch in sich hinein. Es würde ihm nichts anderes übrigbleiben, als sie mit Hilfe der Flüstertüte an den Rand zu treiben. Er hob sie gegen den Mund, seine Stimme sprang fremd von ihm weg, viel lauter als er erwartet hatte, selbstbewußt und fordernd: Macht doch mal Platz, bitte. Das geht doch nicht. Wir können nicht weiterfahren. Wollt ihr das?
Nur widerstrebend traten sie zur Seite.
Können wir das nicht überhaupt freihalten? Wenigstens solange hier gefahren wird? Können ein paar von euch dafür sorgen?
Es redete aus ihm. Immerhin hatte Kannabich ihn als den Sprecher identifiziert, denn er zappelte oben im Gestänge, rief, was niemand verstehen konnte, winkte ihm zu, gab Zeichen, trieb ihn auf diese Weise direkt unter den Mast, dort, wo auch, ziemlich verlegen, der Bürgermeister und der Abgeordnete sich aufhielten, es sichtlich vorgezogen hätten, ohne ein

Wort zu verschwinden, aber sie mußten von Amts wegen aushalten und so standen sie, mit steinernen Gesichtern, hielten ihre Wut hinter den Zähnen. Ihre Zeit würde kommen.
Kannabich schrie und wedelte unbeirrt weiter. Neben lauter unverständlichen, vom Wind zerrissenen Sätzen erreichte Georg unerwartet einer, der wie ein Signal wirkte, auch auf die andern, der eine Art Wunder einleitete: Der Baukran kommt, schaut doch nur!
Er kroch, ein gelbes Ungetüm, die Straße entlang, begleitet von Applaudierenden, arbeitete sich durch ein Spalier von tobenden Narren.
Georg legte den Kopf in den Nacken, sah zu Kannabich hoch, genoß den kindlichen Jubel rundum, dachte daran, wie der Freund in den letzten Monaten pausenlos entworfen, gearbeitet, geträumt, ihn dabei so gut wie nie beansprucht hatte, sondern nebenher, während des Essens, eines Spaziergangs oder eines Besuchs im Atelier wissen ließ, daß er da einen Klempner habe überreden können oder daß der Baukran auf jeden Fall zur Verfügung stehe. Wie es ihm gelang, die Vorsichtigen, allzu Geschäftstüchtigen oder die Skeptiker zu bewegen, blieb Georg ein Rätsel. Vielleicht übertrug sich die Hoffnung auf eine menschenfreundlichere Zukunft wie ein Virus, vielleicht aber war's auch nur ein noch undeutliches Gefühl von Bedrohung, das ihm die Helfer zutrieb.
Wunderbar, rief er Kannabich zu, der, auf den Streben balancierend, hämmerte und schweißte. Die Zeit drängte. Sicher würde die Polizei bald eingreifen.
Als Georg wieder seiner Unruhe nachgeben und sich in die Menge wühlen wollte, kein Organisator, eher ein Mitgerissener, stellte sich ihm der Bürgermeister in Begleitung des Landtagsabgeordneten in den Weg. Beinahe wäre es ihm gelungen, noch einen Haken zu schlagen, ihnen zu entwischen. Schöttle

schwitzte in seinem säuberlichen Trachtenanzug, in dem er sich ohnehin kurios ausnahm, zwischen T-Shirts, Jeans und nackten Oberkörpern.
Ich werden den Baukran stoppen. Wem er das erklärte, sich oder Georg oder dem Landtagsabgeordneten, blieb offen. Er wiederholte die Androhung, lauter werdend, packte den Abgeordneten um Beistand suchend am Arm, doch der machte sich verlegen los, wich ein paar Schritte zur Seite, zog offenbar die Strategie des Abwartens vor oder wußte sowieso mehr.
Herr Landerer!
Amüsiert dachte Georg, daß der Bürgermeister genaugenommen einen anderen anhalte und verantwortlich mache, den es gar nicht mehr gab, diesen Herrn Landerer, der sich in Kannabichs Lebens- und Zauberkunst aufgelöst hatte – also mußte er sich nicht angesprochen fühlen, keine Verantwortung oder was sonst auch immer auf sich laden. Er konnte im Namen dessen, der er nicht mehr war, zuhören und davongehen.
Schöttle bat mit gesenkter, um Vertrauen flehender Stimme: Nehmen Sie doch bitte Vernunft an. Ich kenne Sie nun seit Jahren als besonnenen Bürger, Familienvater, wie viele Male saßen wir im Grünen Baum, lachten miteinander, verstanden uns. Und jetzt? Sie sind nicht wiederzuerkennen. Geben alles auf, lassen sich mit einem Halbverrückten ein – ich bitte Sie, nehmen Sie doch Vernunft an!
Je heftiger Schöttle drängte, um so gelassener wurde er.
Von wem? fragte er, warf einen prüfenden Blick hoch zu Kannabich, der schon wieder dem Himmel ein Stück näher turnte.
Was? Schöttle verstand nicht.
Von wem soll ich die Vernunft annehmen? Von Ihnen oder von meinem Freund Kannabich?
Schöttle wischte sich den Schweiß von der Stirn, wendete ihm den Rücken zu, knöpfte endlich den Janker auf.

Mit hämmerndem Motor näherte sich der Baukran; das Geschrei der Menge wurde zum Chor. Unwillig traten Schöttle und seine Begleiter zur Seite. Sie mußten auf Unterstützung warten.

Georg hängte sich bei jemandem ein. Sie alle hatten Fieber, waren außer sich, spielten Glück und wußten, es würde ihnen vergehen. Er wünschte Alex oder Leo oder Vera Krumm neben sich, sah aber nur fremde Gesichter. Die Menschenketten begannen sich hin und her zu bewegen, zu schunkeln, Ornamente zu bilden, wie nach einer unhörbaren Musik. Der Kran erreichte den Turm. Einige von Kannabichs Helfern machten sich am Fundament zu schaffen. Mit einem Male schwenkte der Arm des Krans hoch, trug eine Strebe, als habe sie kein Gewicht. Wieder applaudierten alle, einige fingen an zu singen, sangen erst gegeneinander, dann miteinander.

Ich glaube, ich träum, sagt eine junge Frau neben ihm. Bleib in deinem Traum, sagte er, überrascht von der Zärtlichkeit, die ihn überkam.

Jedes weitere Turmstück wurde mit Rufen und Wünschen und Gesängen begleitet.

Die drei, die im Turm arbeiteten, mußten längst erschöpft sein. Es war ihnen nichts anzumerken. Sie bewegten sich leicht, Kannabich hantierte mit seinem Schweißgerät, und von unten sah es aus, als ritte er auf einem Feuerstrahl. Endlich kletterte eine Ablösung hoch. Kannabich weigerte sich, die beiden anderen nahmen die Gelegenheit wahr, kauerten noch eine Weile kraftlos zwischen den Streben. Kannabich wird sich auflösen, dachte er, er wird ein Stück des Turms werden, zu einer Art knöcherner Äolsharfe.

Es wurde Mittag. Sie standen, starrten, bewegten sich gegeneinander, den Wind vorausahnend, der das große Rad treiben sollte. Manchmal redeten sie aufeinander ein oder Gruppen

lösten sich auf, vereinten sich mit anderen. Die Windmengerin verteilte mit ihren Töchtern aus drei riesigen Bottichen Suppe, wetterte nicht mehr gegen die alternativen Beutelschneider, die inzwischen mehrere Stände aufgemacht hatten, Traktate und Aufkleber anboten, Kräuter und Landwein. Immer wieder stiegen Luftballons hoch.
Es könnte ein Gewitter geben, meinte einer der zuschauenden Bauern aus dem Dorf, die Sonne steche ungut, was aber Süß, der seine Angst überwunden hatte, nicht davon abhielt, mit einigen anderen Dorfbewohnern, nachdem alle Transporte den Turm erreicht hatten, auf der Straße mit dem Bau einer Barrikade gegen irgendwelche Gegner, die er vorsorglich nicht beim Namen nannte, zu beginnen.
Der Bürgermeister fuhr davon.
Leo stand auf einmal neben ihm, löffelte Kartoffelsuppe aus einem Pappnapf, wunderte sich, daß Georg noch immer das Megaphon mit sich schleppte; er hatte es die ganze Zeit in der Hand gehalten und vergessen.
Viel Zeit bleibe nicht mehr. Eine Hundertschaft der Polizei solle schon unterwegs sein.
Ein paar Kinder liefen dem Auto des Bürgermeisters nach, winkten oder schüttelten die geballten Fäuste.
Eine Weile trottete er neben Leo her, bis der irgendwo hängenblieb, sich zu schaffen machte. Es ärgerte ihn, daß er Kanabichs Auftrag, sich als Organisator nützlich zu machen, nicht erfüllen konnte. Er wußte gar nicht, wo er hätte anfangen sollen. Sollte er die Stände verbieten? Leute herumtreiben oder die vielen kleinen Zelte am Rande der Wiese abreißen lassen?
Zufällig geriet er vor Heinzingers Sanitätszelt. Der Doktor saß davor wie ein Expeditionsarzt, schwitzend, das Hemd aufgeknöpft, barfüßig.

Grüß dich, Landerer. Kannst du noch schnaufen? Wie geht's deiner Pumpe? Laß mich mal den Puls fühlen.
Er setzte sich neben Heinzinger ins Gras, mitgenommen, nicht erschöpft. Laß es. Warum soll ich meine Wehwehchen jetzt bestätigt bekommen, gerade jetzt. Siehst du, Kannabich setzt dem Ganzen schon die Krone auf, das Gelenk, in das die Flügel eingehängt werden. Heinzingers Daumen drückte schon auf die Vene am Handgelenk.
Er könnte besser sein. Paß auf dich auf, Landerer, überleg es dir dreimal, bevor du dich aufregst.
Mensch, sieh doch! Was er sah, riß ihn hoch. Kannabichs Patent funktionierte tatsächlich. Der erste Flügel war angebracht, das Aluminium schimmerte silbern, im Gegenlicht schien es, als habe sich Licht in der Luft gesammelt. Niemand applaudierte mehr, alle hielten den Atem an.
Wenn das kein Zauber ist. So andächtig hatte er Heinzinger nie sprechen hören. Niemand wird es vergessen, Landerer, niemand, der dabei war; sie werden von ihm erzählen, so daß die andern begierig sind, ebenfalls den Wind zu fangen, Türme zu bauen.
Die letzten beiden Flügel widersetzten sich. Kannabich riß verzweifelt die Arme hoch, rief um Hilfe: Wo ist der Metzinger, wo ist der Hannes? Die kletterten, nicht sonderlich geschickt, zu ihm hinauf. Er erklärte ihnen gebärdenreich die Schwierigkeiten. Da nahmen die drei ihre Positionen ein. Der Kran trug ein zweites Mal den Propeller zu. Er war im Nu angebracht, der letzte ebenso.
Noch war das Windrad gebremst; Kannabich rief Leo zu, er könne nun die Achse, die im Grunde das Rad mit dem Generator hätte verbinden sollen, in die provisorische Nabe einführen. Die Stange rastete ein, Kannabich löste die Bremse. Den Kopf im Nacken kletterten die Männer langsam herunter.

Das Rad mußte sich erst mit dem Wind vertraut machen, mußte ihn erst spüren, seine Lust, seine Kraft. Es suchte nach der günstigsten Stellung, kippte hin und her, wie Kannabich es geplant hatte. Vor lauter Spannung stöhnten einige Zuschauer auf, andere riefen dem großen Flügel zu: Nun dreh dich doch schon! Nun fang doch an!
Vom Westen her zog eine schwarze Wand, schickte kleine Wölkchen wie eine Flottille voraus, Boten, Windboten. Der Wind nahm zu. Kannabichs Wunder sollte vollkommen werden, so daß selbst der Doktor, der seinen Arm um Georgs Schulter gelegt hatte, nichts auszusetzen hatte. Das kann doch nicht wahr und wirklich sein, Landerer.
Das riesige Rad drehte sich und redete in vielen verschiedenen Stimmen. Anfänglich sirrte es, man konnte auch die Lager noch ein wenig knirschen hören. Dann kam ein Sausen dazu, ein tiefer Orgelton.
Kannabich und seine Helfer hingen noch immer am Turm, wollten dort wohl bleiben, weil sich die Kraft des Rads auch auf das Gerüst übertrug, mehr noch, sie nahm es in Anspruch, spannte es, zerrte an ihm, so daß es kreischte und knirschte, und in allen die Furcht aufstieg, der Turm könne das kreisende Rad nicht halten, es werde ihn aus der Verankerung reißen und mit ihm aufsteigen gegen die Sonne.
Ein Gewitter hält das Ding nie aus.
Wir werden es erleben.
Jetzt warfen sie die Arme über den Kopf, liefen, lachten, drehten sich um sich selbst, fingen an zu tanzen, rannten in lebendigen Ketten über den Sonnenbuckel, ließen jedoch nie das rauschende Wunder aus dem Blick, das Rad, das nicht mehr als Rad zu erkennen war, sondern als Schein, als weißglühender Kreis, als silbernes Windloch.
Georg erinnerte sich, von solchen Festen gelesen zu haben,

und sie waren in den Büchern nie gut ausgegangen. Er lachte Heinzinger zu. Was auch immer geschehen wird, sagte er leise, dieses Bild können sie uns nie mehr ausreden.
Neben Kannabich hing jetzt Leo im Gerüst, deutete zur Straße hin, setzte das Megaphon an den Mund, sprach etwas verwundert, doch betont ruhig: Sie kommen, die Bullen kommen. Dennoch fuhr diese Mitteilung in die Menge, sie stob auseinander, als wollten alle kopflos fliehen, sich verstecken.
Bleibt doch ruhig! rief Leo. Anscheinend hatte er mit der Aufregung gerechnet. Nur wer sich mit denen nicht einlassen will, soll so schnell wie möglich abhauen. Die andern setzen sich rund um den Turm. Wir wollen das Windrad mit uns selber schützen. Macht los, Leute, damit die großen Strategen uns nicht zuvorkommen.
Vor fünf oder sechs Mannschaftswagen fuhren ein Jeep und einige andere Autos her.
Er setzte sich mit dem Rücken zum Windrad, Heinzinger neben sich.
Leo baute im Gestänge eine bequemere Plattform aus Brettern. Auf ihr ließ sich Kannabich erschöpft, doch ständig winkend nieder. Er sah seinen Widersachern vergnügt entgegen.
Einer, sichtlich geübt in derartigen Auseinandersetzungen, forderte freundlich alle in der Runde auf, sobald die Polizisten den Kreis zu sprengen versuchten, sich untereinander einzuhaken und sitzen zu bleiben. Und ehe sie abgeführt würden, sollten sie nicht vergessen, anderen ihren Namen zuzurufen.

# 16

Siehst du sie? Kannst du sie sehen? fragte Leo durchs Megaphon und Georg wußte, daß er angesprochen war. Wen sollte er sehen und wo? Auf der Wiese zwischen Polizeiwagen und dem Menschenwall rund um den Turm rannten im Zickzack zwei Figuren. Die eine, schwerere, bemühte sich, die andere zu fangen. Und deren Bewegungen wiederum konnte er buchstabieren, jede für sich. Flink und gleichzeitig wie in Zeitlupe, eckig und weltverloren, jede Berührung meidend. Also hatte Susanna Pokko doch nicht halten können. Sie wird eingeschlafen sein, er ist lautlos, wie immer, die Treppe hinunter, hinaus, dorthin, wo er die andern wußte.

Heinzinger zog ihn wieder zu sich hinunter. Bleib sitzen, Alter. Du bist eine Palisade im Zaun, ein Stein im Wall.

Aber –

Ich weiß schon, der Junge. Was willst du tun? Unter diesen Umständen wird keiner mit ihm fertig. Leo nicht, du auch nicht. Laß das Mädchen mit ihm. Er spielt mit ihr. Wie willst du den Polizisten erklären, weshalb du dich gerade jetzt um das Kind kümmerst?

Jetzt steh ich einfach auf, steig über eine Menge von Leuten hinweg und gehe, als wär ich ein Emissär, doch ohne weiße Fahne, aufs Feld und fang mir den Pokko ein.

Wenn du Glück hast.

Du sagst es.

Sie lassen ihn durch, geduldig, freundlich, im Schutz des sirrenden Rads, beugen sich zur Seite, zupfen an seinen Kleidern, weisen ihm den bequemsten Weg.

Pokko rennt, die Arme an den Leib gepreßt, einen abweisenden Achter, der immer kleiner und heftiger wird.

Laß ihn, Susanna, ruft er.
Ein paar Polizisten und der Bürgermeister, der also mit ihnen zurückgekehrt ist, wagen sich ein paar Meter auf die noch von beiden Seiten als neutral verstandene Wiese.
Pokko, ruft er, kommst du mit mir? Wir wollen Kannabichs Windrad anschauen. Es wird dich freuen. Es macht Musik. Komm!
Er sei, erklärt Susanna atemlos, verschwunden, ohne daß es ihr aufgefallen wäre.
Ja.
Dann habe er im Hof gefaucht wie Kassandra, und als sie nach ihm sah, habe er in phantastischen Sprüngen die Katze in die Flucht schlagen wollen. Aber der habe sein wüster Tanz gefallen. Ich weiß nicht, ob er sich fangen läßt, sagte sie.
Geh schon zu den andern, Susanna.
Sie schaut aus den Augenwinkeln fragend zu den Polizisten. Was ist mit denen?
Die werden nicht unfreundlich werden.
Glaubst du?
Er scheucht sie weg, sie traut ihm ebensowenig wie den Uniformierten, und als sie über die Wiese auf die Demonstranten zuläuft, sieht er ihrem runden Kinderrücken an, wie er sich gegen alles wehrt.
Pokko! Sein Ruf erreicht den Jungen nicht. Er sieht verwilderter aus denn je, hat nichts an als zerrissene Jeans und sein löchriges T-Shirt. Die Haare stehen ihm stachlig vom Kopf, sein Gesicht erschreckt ihn wieder wie damals, als er die Tabletten vom Tisch gewischt hatte – als wäre es von einer grausamen Hand gewendet und verformt, so springt die Stirn über die Augen und die Schläfen sehen aus wie wunde Löcher über den Backen.
Pokko!

Er läuft wieder einen größeren Achter.
Mit den Blicken verfolgt er das mechanisch stapfende, unerreichbare Kind, hat den Eindruck, daß alles andere zurückweicht, wegrutscht über einen Rand, ihn allein läßt mit dem Jungen in einem Raum, in dem die Schmerzen sichtbar werden wie natürliche Gegenstände, in dem alle Stimmen, die sonst einzeln in seinem Kopf laut werden, die kindliche und die uralte, die wichtigtuerische und die zaghafte, auf einmal zu sprechen anfangen.
Vorsichtig tritt er noch einen Schritt auf die von Pokko durchs Gras gezogene Spur zu, zögert, sich ihm in den Weg zu stellen, denn der Schreck könnte ihn womöglich noch mehr verschüchtern.
Nichts, ruft eine der Stimmen in seinem Kopf, nichts wird passieren, pack ihn. Er überrascht sich damit, daß er, wie Pokko, losläuft, neben dem Kind her, eine größere Schleife zieht, immer neben ihm her, die Arme hebt, flügelgleich, und wieder senkt, leicht im Laufen wird, dem Kind folgt und auf alle Stimmen hören kann, die in seinem Kopf dröhnen wie in einer Trommel: Du machst dich lächerlich, Landerer. Kannst du dir vorstellen, daß Hella am Rand des Buckels sitzt und zuschaut, dich anfeuert. Warum nicht? Wieso rennst du eigentlich? Vielleicht solltest du anhalten, denn ein Strang in deinem Herzen ist gerissen, es schmerzt. Es ist ein ungewohnter Schmerz. Lauf lieber weiter, Landerer, rede dir nichts ein, du bringst das Kind so zur Ruhe. Pokko! rufen ein paar Stimmen auf einmal und pochen gegen seine Schädelwand.
Pokko ist stehengeblieben, sieht ihm nun beim Laufen mit großen Augen zu. Dann setzt er sich in die Mitte des Achters, zieht die Beine an die Brust und dreht langsam den Kopf.
Georg wagt es nicht, anzuhalten, auf Pokko zuzugehen. Er hört ihn. Aus seinem Mund dringen Geräusche, die einem La-

chen ähnlich sind, ein schnarrendes Glucksen. Dann ist er mit ein paar Schritten bei dem Kind, kniet sich hin, zieht es an sich, es riecht wieder nach saurer Milch und Dreck, und während er es hält, wehrt er sich gegen die Tränen, redet sich ein, daß es Schweißtropfen seien, die ihn zum Lachen bringen. Ich regne, Pokko, und bin doch keine Wolke. Komm, sie sind lieb, sie werden dir nichts tun. Susanna sitzt auch schon unter Kannabichs Turm. Siehst du das Windrad? Er richtet sich auf, gerät einen Augenblick außer Atem, Pokko nimmt seine Hand, will loslaufen, dreht sich zu ihm um, sieht prüfend zu ihm hoch, sie gehen langsam, als hätten sie nur kurz einen Spaziergang unterbrochen, auf das Windrad zu, das seinen silbernen Kreis vor einem schwarzen, rasch wachsenden Wolkenturm schlägt.

Pokko, sagte er, und wie ein freundliches Echo antwortete das Kind: Pokko.

## 17

Sie fanden einen guten Platz, Alex saß in ihrer Nähe, beobachteten vergnügt die Windmengerinnen, die ihre Stellung an den Töpfen hielten. Pokko schlüpfte zwischen Georg und Susanna, die sich mit Freunden unterhielt. Sie kannte erstaunlich viele Demonstranten. Er döste vor sich hin, ein vielfach gebrülltes Pfui schreckte ihn auf. Was er sah, begriff er erst allmählich. Jenseits der Wiese hatte die Hundertschaft sich aufgestellt, bewaffnet mit Helmen und gläsernen Schilden, mit langen Knüppeln aus hellem Eschenholz. Sie rückten zusammen zu einer ledernen Walze, stumm, nur das Lederzeug knirschte. Sie warteten. Er dachte an Fotografien aus Warschau, Mexiko, aus Salvador und Frankfurt. Sie sind überall, dachte er. Eine Lautsprecherstimme hallte über den Platz: Hier spricht die Polizei. Hier spricht Hauptkommissar Dengler. Sie haben ohne Genehmigung ein Windrad aufgebaut und halten zu Unrecht diesen Platz besetzt. Wir fordern Sie auf, das Windrad innerhalb von sechs Stunden abzureißen und den Platz zu räumen. Andernfalls sehen wir uns genötigt, mit Gewalt vorzugehen.

Der Stimme des Polizisten antwortete belustigtes Geschrei. Georg schrie mit, sang, brummte, stammelte Gegenwörter, streichelte Pokko, den das allgemeine Aufbegehren so lustig stimmte, daß er sich zwischen ihm und Susanna hin und her warf, Töne ausstieß, die Faust gegen den Mund drückte.

Kannabich hob die Flüstertüte. Es wurde ruhig. Er stand bequem auf der von Leo gebauten Plattform, gegen die Sonne ein Papierschiffchen auf dem Kopf, die eine Hand in die ausgebeulte Tasche seiner Arbeitsmontur versenkt. Das Megaphon ließ seine sonst dunkle Stimme heller und angespannt

klingen, doch von Satz zu Satz löste sie sich, ihre wachsende Heiterkeit übertrug sich auf die Demonstranten.
Hier spricht Kannabich, gebürtig aus Brünn, derzeit Mühlenbewohner in Endringen, Bildhauer und Erfinder, Inhaber von dreiundzwanzig Patenten, geschieden, seit Wochen lebend in einer Hausgemeinschaft mit Landerer, gebürtig aus Eßlingen, gelernter Setzer, ehemals Druckereibesitzer, auf der Suche nach etwas, das, ich bin sicher, in keine Uniform passen würde –
Wofür ihm Gelächter dankte, das er allerdings mit einer freundlichen Einschränkung dämpfte: was Sie mir als Unterstellung auslegen können, natürlich. Sie haben, werter Herr Offizier, uns aufgefordert, den Platz spätestens in sechs Stunden zu räumen und dieses Gebilde, von dem ich seit Jahren träume – ich möchte nicht fragen, wovon Sie seit Jahren träumen, Herr Kommissar –, dieses Windrad abzubrechen, auf den Müll zu werfen. Sie behaupten, Sie hätten das Recht auf ihrer Seite – nun unterstützen ihn Pfiffe, aber er verblüffte alle mit seiner Fortsetzung: und ich will es gar nicht bestreiten. Obwohl ich mich immerhin als Pächter des Grundstücks ausgeben kann, auf dem Sie sich ungebeten und ungefragt mit Ihren Leuten aufhalten. Gut, Sie haben das Recht. Aber wen treibt Ihr Recht davon und wen ruft es zur Ordnung? Es sind doch die, die euch tüchtigen Selbstmördern in die Arme fallen, die euch und euren Kindern ein Fortleben wünschen, die nicht unter einem vergifteten Himmel ersticken, auf einer verödeten Erde verkommen wollen.
Danach mußte er eine Weile warten, bis der Beifall endete.
Ich frage mich aus dieser Höhe, auf der ich mich nicht lange werde halten können, was euch das Recht gibt, ohne nachzudenken, das Recht eurer Enkel auszuüben. Treibt ihr es nicht zu weit? –

er machte eine Pause, drehte sich einmal um seine Achse, um die sicher tausenköpfige Schar seiner Mitstreiter ins Auge zu fassen: Davon abgesehen müßt ihr mich schon von diesem Gerüst herunterholen, wenn ihr das Rad zerstören wollt. Ich bleibe, solange mich meine Kräfte und meine Freunde nicht verlassen, hier oben. Ich mache mich strafbar. Damit stelle ich, verehrter Herr Kommissar, den Sprechverkehr ein, überlasse alles Weitere Ihrem Oberkommando und Ihrer Truppe.

Später war sich Georg nicht mehr sicher, ob das Unwetter gleich nach Kannabichs Rede auf sie niederging. Er erinnerte sich bloß noch, daß plötzlich Süß zusammen mit einem Endringer Bauern vor ihm saß und schlicht erklärte: Was die da drüben mit uns treiben, geht zu weit.

Das Gewitter kam der Polizei zuvor, ein Unwetter, eine elementare Prüfung, die sie nicht verdient hatten. Mit einem Mal spaltete sich der Wolkenturm über dem Hügel, riß auf, ein Blitz nach dem andern ging nieder, der Regen wurde zum Strom, die Nacht brach vorzeitig herein. Manchmal stießen Windböen über den Buckel, daß sie fürchten mußten, Kannabich und die anderen, die sich über ihnen auf der Plattform zusammenkauerten, würden mitsamt dem Windrad, das nun gefährlich sauste, fortgerissen. Sogar die Polizei sorgte sich. Als alle, selbst die wenigen, die unter Öljacken und Kunststoffplanen steckten, bis auf die Haut naß waren, als die Böen schon nachließen, die Blitze nur noch in der Ferne niederzackten, ließ sich der Hauptkommissar hören. Er warnte übers Megaphon: Das Windrad ziehe Blitze geradezu an und bei einem Einschlag sei auch die Menschenansammlung rund ums Gerüst gefährdet.

Leo erwiderte lakonisch und erschöpft: Ach, Mann.

Sie fröstelten in den nassen Kleidern. Viele zogen sich die Hemden und T-Shirts vom Leib, hielten sie zum Trocknen in

den Wind. Pokko hatte den Kopf in den Nacken gelegt, den Regen getrunken, immer wieder gurgelnd vergnügte Laute von sich gegeben. Jetzt fror er.
Soll Susanna dich hinunterbringen, Pokko?
Wie besessen schüttelte er den Kopf.
Es ist gut. Ich hab dich ja nur gefragt. Weil es dir kalt ist.
Ein paar standen auf, liefen herum, andere folgten ihnen. Leo mahnte, sie sollten sich ablösen, nicht alle auf einmal ihren Platz unterm Windrad verlassen. Dann hätten die Bullen ein leichtes Spiel.
Es wurde Nacht, sie wärmten sich an Feuern. Die Polizei sorgte mit starken Scheinwerfern für Licht. Ihre Gefühle wechselten rasch und heftig zwischen Euphorie und Müdigkeit, Wut und Furcht, Frechheit und Mutlosigkeit.
Tobel und Rita sangen ein Lied, das sie sich in den letzten Stunden ausgedacht hatten, sein flehender Refrain nistete sich in den Köpfen ein und bald sangen alle mit:

Saus, Windrad, saus
bald ist es mit uns aus,
bald schüttelt uns die Erde ab,
Damit sie's etwas leichter hab.
Pfeif, Windrad, pfeif,
daß es die Welt begreif.

Die sechs Stunden waren vergangen. Die Polizei rückte nicht vor. Offenbar war sie darauf aus, sie zu zermürben.
Georg sah, wie Frau Windmenger sich mit dem Bürgermeister stritt. Ein paar Leute verließen den Sonnenbuckel. Niemand hielt sie zurück. Jeder verstand sie.
Die Angst wuchs.
Werden sie knüppeln? fragte Susanna.

Da kannst du sicher sein, antwortete ihr einer aus der Menge.
Sie zog Pokko an sich. Ich kenn das, sagte sie.
Die Bullen wachsen irgendwie aus dem Boden, überall. Weißt du, warum?
Ach, frag die doch selber.
Die Polizei spielte mit ihnen. Sie löschte den Scheinwerfer, stellte sich mit Schilden und heruntergelassenen Visieren auf, rückte einige Schritte vor, so daß Leo aus der Höhe schon mahnte, den Kreis enger zu schließen, sich einzuhängen, sich festzuhalten, wenn die Polizei versuchte, den Ring aufzureißen, auf keinen Fall gewalttätig zu werden. Wehrt euch, indem ihr euch nicht wehrt!
Der Kommissar zog seine Leute wieder zurück, die Scheinwerfer gingen wieder an, waren nun so gerichtet, daß sie die Demonstranten blendeten. Sie legten die Hände vor die Augen, drückten die Schultern gegeneinander. Erneut verließen einige die Runde.
Sie haben einfach die Schnauze voll.
Sie haben Angst.
Die Erklärungen liefen ihnen nach, als wollten sie versuchen, sie festzuhalten: Bleibt doch bei uns.
Kannabich schläft, meldete Leo, flüsternd, von oben. Pokko auch. Und Alex auch.
Die werden euch schon wecken.
Auch Georg fiel es schwer, wach zu bleiben. Susannas Hand fuhr ihm in den Nacken, kraulte ihn.
Laß es.
Warum?
Ich weiß nicht.
Dann laß ich es nicht.
Leo lag flach auf der Plattform, den Kopf über den Rand, sprach in Georgs Richtung: Jetzt sind es zehn Stunden. Es ist

beinahe zwei. Geh doch mal rüber zu den Bullen und verhandle mit ihnen.
Was soll ich denn verhandeln?
Laß dir was einfallen. Sag ihnen, sie sollen abziehen und nichts zurücklassen. Oder sag ihnen, sie sollen sich beeilen und uns wegräumen. Oder sag ihnen einen schönen Gruß von uns allen, ausgenommen von Kannabich, der sich weigert, mit Bullen weiter zu reden und dich zum Unterhändler bestimmt hat.
Also gut. Seine Nachbarn ermunterten ihn, er solle sich nichts vergeben.
Nimm Pokko mit, bat Susanna, wenn der aufwacht und du bist nicht hier, dreht er durch.
Er schläft doch.
Er ist wach.
Es stimmte. Pokko kniff die Augen zu und verzerrte sein Gesicht. Es war nicht klar, ob er zu lächeln versuchte oder seinen Unmut zeigen wollte.
Willst du mich begleiten, Pokko?
Er stand schon neben ihm und faßte seine Hand.
Aber du mußt lieb sein, darfst mir nicht davonrennen. Es ist wichtig, was wir tun.
Sie liefen, hüpften kreuz und quer zwischen Sitzenden und über Liegende, ehe sie auf der Wiese standen, plötzlich allein, verfolgt von einem der Scheinwerfer.
Es ist kaum zu glauben, Pokko, diese Idioten spielen mit uns Krieg.
Unter dem Licht schrumpfte der Hügel; es gab keinen Wald am Rand, keinen Horizont, selbst wenn sie zum Himmel schauten, in dessen vom Wetter geputzter Unendlichkeit ein blanker Halbmond und viele Sterne trieben, sahen sie, geblendet, erst einmal nichts. Wenn wir dauernd anhalten und in den

Himmel starren, werden die Polizisten, fürchte ich, mißtrauisch.
Pokko gluckste, zeigte hinauf zum Mond.
Wenn du willst, setz ich dich auf die Sichel und du kannst schaukeln. Nur mußt du dich noch eine Weile gedulden, bis er runterkommt. Weiß der Teufel, ob wir ihn dann an der richtigen Stelle abpassen.
Das Gesicht des Jungen schien ganz flach in dem doppelt ausgekühlten Licht von Mond und Scheinwerfern. Er holte seufzend Atem und plötzlich fiel eine Silbe über seine Lippen: Ond. Georg sah auf den Kindermund. Mond, sagte er, Mond heißt es, Pokko.
Ond, erwiderte er.
Er zerrte den Jungen neben sich her, rief von neuem: Mond, Pokko.
Ond, echote der Junge.
Sie hörten nicht auf, bis sie die Polizeikette erreichten und hätten es am liebsten weitergetrieben: Ond und Mond.
Der Polizist, der ihnen entgegenkam, fragte, ob er sich ausweisen könne.
Natürlich, antwortete er, er sei darauf vorbereitet worden von jungen Leuten. Ehe sie auf den Sonnenbuckel zogen, hätten sie ihm geraten, für alle Fälle den Paß mitzunehmen, den er seit gut dreißig Jahren nur selten bei sich getragen habe und bisher sei er auch noch nie danach gefragt worden. Aber die Zeiten änderten sich ja, die Zahl der Polizisten nähme ständig zu, also auch die der Verdächtigen.
Ob er sich gleich mit ihm anlegen wolle? Der Polizist hob Georgs Ausweis ins Licht und begann nach dem üblichen Ritual zu buchstabieren: Landerer, Georg.
So ist es, bestätigte er.
Ond, fügte Pokko hinzu.

Über sein witterndes Gesicht huschte ein Schatten.
Was ist mit dem Kind?
Es fürchtet sich.
Vor wem?
Können Sie sich das nicht denken?
Aber nein, wir tun ihm ja nichts.
Nein?
Ist der Junge ganz in Ordnung?
Was er unter Ordnung verstünde? habe er den Polizisten zurückgefragt und ihn stehenlassen. Zu einer Verhandlung sei es nicht gekommen.

# 18

Als er später in dem Brief an Hella den Sturm der Polizisten und das Ende des Windrads beschreiben wollte, brachte er keinen Satz zustande: Die Bilder gerieten durcheinander, die Wörter waren der Ohnmacht nicht gewachsen.
Schloß er die Augen, sammelten sich bedrohliche Geräusche um ihn. Er hörte wieder das Trommeln, mit dem sie ihre langsame Attacke begannen. Es war ebenso lächerlich wie entsetzlich.
Schaut sie euch doch an, hatte Kannabich gerufen, der sich nach Stunden zum ersten Mal wieder laut regte.
Die Polizisten hatten sich in zwei oder drei Ketten aufgestellt, die Visiere an ihren Helmen heruntergezogen, und trommelten mit den Schlagstöcken gegen ihre Plexiglasschilde, wohl um sich Mut zu machen und den Wartenden unterm Windrad Angst einzuflößen.
Sie hätten mit Gelächter reagieren können. Sie taten es nicht, nicht ein einziger. Ein paar begannen zu weinen. Leo faßte sich und rief durch das Megaphon: Macht doch keinen Zauber! Und zu den Demonstranten gewendet: Wehrt euch nicht. Zeigt den Bullen eure Friedfertigkeit. Bleibt sitzen. Hakt euch untereinander ein. Und wenn's nicht anders geht, laßt euch wegtragen. Bleibt friedlich, Leute.
Pokko, der sich zu Susanna gesetzt hatte, wechselte, legte sich an Georgs Brust und röchelte.
Sie rückten im Gleichschritt vor. Ihr Lederzeug knirschte. Manchmal wurden Befehle laut. Sobald sie anhielten, eröffneten Demonstranten unterm Gerüst ihr, wie Kannabich es hieß, Windgeschrei. Zuerst hatten sie Reime ausprobiert, Abwehrverse: Wir lassen uns von Bullen nicht vertreiben / wir

werden auf dem Sonnenbuckel bleiben. Oder: Husch, husch, husch, / scheucht die Bullen in den Busch / hei, hei, hei, / die Gegend ist bullenfrei. Georg fand diese Chöre kindisch, doch dann rief Rita mit heller Stimme dazwischen, brachte die andern zur Ruhe.

Dreh dich, Windrad, dreh dich!
Pfeif im Wind. Ich seh dich.
Pfeif im Wind. Ich hör dich.
Keiner, keiner stör dich!
Auch nicht Don Quichottes Spieß,
der dich einmal halten ließ.
Dreh dich, Windrad, dreh dich!
Pfeif im Wind. Ich seh dich.

Der Einfall vom gewandelten Don Quichotte, der doch unwandelbar blieb, da es nun andere Gestalten zu besiegen galt, ging ihm nach. Leise redete er mit, beim nächsten Mal lauter. Pokko wurde steif wie ein Brett. Georg zog ihn noch fester an sich, streichelte ihn, murmelte beruhigend: Wir werden das schon überstehen, Pokko, auch wenn es neu für uns ist. Auch wenn wir es nicht so gut können wie die andern. Wir schaffen es schon.
Susanna lachte. Hast du Schiß?
Ja.
Vor den Bullen?
Ja.
Ich auch.
Die Polizei kreiste sie ein.
Er fragte sich, was geschähe, wenn er aufstünde, Pokko an der Hand faßte und einfach wegginge. Leo würde ihnen nachrufen oder Kannabich. Keiner würde sie begreifen, nicht ein-

mal die Polizisten. Aber sie würden sicher durchgelassen werden. Nein, Pokko, sagte er laut: Wir bleiben.
Hast du gehen wollen? Susanna schaute ihn überrascht von der Seite an.
Ich weiß nicht. Vielleicht.
Du spinnst ganz schön.
Sie werden gleich da sein, sagte er.
Die Reihe löste sich auf, die Polizisten griffen zu, zerrten fort, schweigend, sie sprachen nur mit ihren Monturen, knirschend, klopfend, die Schilde waren ihnen nun ebenso hinderlich wie die Knüppel.
Ich stehe auf, sagte er. Das Herz schlug ihm bis zum Halse. Sie könnten knüppeln und das Kind treffen.
Bleib sitzen, Mensch, bleib doch ruhig. Susanna legte den Arm um seine Schulter.
Hast du so was schon einmal erlebt?
Sie nickte. In Brokdorf. Da war's schlimm.
Und hier?
Was nicht ist, kann noch werden.
Als sie ihn packten, ihn hochrissen, schloß er die Augen, dachte nur an Pokko, der sich an ihn klammerte, sein Gesicht gegen seine Brust drückte. Ich steh ja schon, sagte er. Er sträubte sich gegen die fremden Hände. Bitte, lassen Sie mich. Jemand stieß ihn in den Rücken, trieb ihn aus dem Getümmel. Er blieb stehen, drehte sich um. Der Polizist war nicht älter als zwanzig. Jünger als seine beiden Söhne. Was denken Sie sich eigentlich? fragte er.
Sie wurden in Gruppen zusammengedrängt.
Er sei einer der Rädelsführer.
Wieder wurde er aufgefordert, Papiere vorzuzeigen.
Dann drangen unbekannte Geräusche zu ihm, anders als bisher, ein helles Klatschen, wie von Kasperpritschen.

Sie knüppeln. Dort drüben, schrie einer.
Er sah, wie Lederne sich über eine Gruppe beugten, auf sie eindroschen. Die Demonstranten hätten mit Steinen geworfen, sich zur Wehr gesetzt, die Polizisten angegriffen.
Die verdammten Bullen, klagte Susanna, jetzt geht es doch wieder los.
Leo rief durchs Megaphon: Keine Gewalt! Wehrt euch nicht! Setzt sie ins Unrecht! Laßt sie schlagen!
Einer der Polizeioffiziere forderte Georg auf, das Terrain zu verlassen, in die Mühle zu gehen.
Er denke nicht daran, bleibe, bis alles vorüber sei. Er trage die Verantwortung.
Für die werden Sie ganz schön blechen müssen.
Er bat Susanna, mit Pokko vorauszugehen.
Sie hatten zu schlagen aufgehört.
War das nötig? fragte er.
Ja, sagte der Offizier.
Was ist nicht alles schon nötig in diesem Land.
Er solle seine Anspielungen bleibenlassen.
Kommen Sie! Der Bürgermeister lud ihn, als befänden sie sich auf einem Gartenfest, hinüber zu einem der Mannschaftswagen ein. Er könne sich dort setzen, endlich auf einen Stuhl. Ihn müßten doch alle Glieder schmerzen nach dieser scheußlichen Nacht.
Danke. Ich möchte keinen Logenplatz. Er blieb stehen. Am liebsten möchte ich hoch zu Kannabich auf die Plattform.
Dazu sei es zu spät.
Es war eines der Bilder, das im Augenblick fest wurde, still hielt, das er mitnahm, eine Szene, in der sich kindliche Zuversicht und verordnete Zerstörung widersinnig verbanden. Der Platz um das Windrad war geräumt. Die Demonstranten waren in Gruppen oder einzeln über den Sonnenbuckel ver-

streut, manche standen, andere kauerten, sich umarmend, andere lagen auf dem Rücken. Zwischen ihnen liefen Polizisten hin und her. Die immer wieder zwischen Wolken erscheinende Morgensonne wärmte den regenfeuchten Boden. Sie hörten das Windrad sausen. Es zeichnete eine zweite große Sonne über dem Gerüst, auf dem Kannabich, Alex, Leo, Süß und Hannes sich ausnahmen wie Figuren eines Scherenschnitttheaters. Jäh wurde die Ruhe gebrochen. Polizisten hangelten sich am Turm hoch, spreizten Arme und Beine, glichen Spinnen, die sich im Gegenlicht ausspannten, sprangen von allen vier Seiten auf die Plattform, umringten Kannabich und seine Treuen, die erst wieder zu sehen waren, als sie, flankiert von Uniformierten, langsam, ständig anhaltend und zum Rad hinaufschauend, herunterkletterten. Georg sah, wie Kannabich am Ende zwischen zwei Polizisten zusammensank, im Gras kniete.

Ich muß zu ihm, ihm beistehen.

Der Polizeioffizier hielt ihn fest. Sie bleiben hier.

Georg riß sich los. Sie haben mir nichts zu befehlen. Herr Kommissar. Ich bin nicht festgenommen. Ich bin ein freier Mann.

Mit hölzernen, von der Nacht steifen Beinen stakste er über die Wiese, wußte, wie lächerlich er aussah, ein dicker Mann in derangierter Kleidung, ungekämmt, schmutzig.

Alexander winkte ihm zu.

Er kniete neben Kannabich nieder, umarmte ihn. Der Freund stank, obwohl das Gewitter ihn gewaschen, der Wind ihn gelüftet hatte, nach kaltem Virginiarauch.

Komm, wir gehen. Kannabichs Gesicht war naß von Tränen. Komm.

Sie lehnten sich gegeneinander, beide schwankend, Kannabichs luftwurzelhafte Leichtigkeit rührte ihn.

Wenn ich wollte, könnte ich dich tragen.
Das wirst du bleibenlassen.
Wie sie über die Wiese gingen, hinüber zum Weg, spürten sie die Blicke der jungen Leute im Rücken.
Sie spürten ihre Trauer, ihre Verbitterung.
Wenn das nicht alles beschissen ist, lieber Landerer. Kannabich gewann die Fassung wieder.
Sie mußten nicht zusehen, wie sie mit einem Kran das Windrad einrissen, das Gerüst zusammenbrach, die Flügel sich aus der Fassung lösten, noch immer blitzten, wenn das Licht sie traf.
Der Doktor stand, blaß, die Haare strähnig in der Stirn, die Lider gerötet, vor dem Atelier und behandelte einen blessierten Jungen.
Grüß Gott. Kurz blickte er auf, musterte beide. Legt euch schlafen. Und du, Landerer, vergiß nicht, deine Pillen zu schlukken, sonst schießt dir noch das Blut aus den Ohren.
Und ich? Was rätst du mir? fragte Kannabich.
Schlaf einen Tag und eine Nacht und dann hau eines deiner Totems aus dem Stein.

# 19

Zurückgekehrt in die Mühle fanden sie sich nicht zurecht. Mitten im Sprung waren sie aufgehalten worden, mitten im Satz hatten sie Wörter vergessen, mitten in einem tiefen Atemzug keine Luft mehr bekommen. Am folgenden Tag wurde Kannabich von zwei Polizisten abgeholt, in Reutlingen verhört, und als sie ihn nach Stunden zurückbrachten, meinte er nur, das Rad oder seine Trümmer lägen auf dem Bauhof und er müsse, ehe alles verschrottet werde, Miete dafür zahlen. Zu zahlen habe er ohnehin eine Menge, habe man ihm angedroht.

Leo hatten sie noch auf dem Sonnenbuckel festgenommen und bis zum nächsten Tag festhalten, er habe sich als Rädelsführer hervorgetan. Sie könnten sich auf Schadenersatzforderungen und Prozesse gefaßt machen.

Der Herbst brach vorzeitig herein. Nach dem Unwetter schwoll der Mühlbach an, überschwemmte einen Teil des Ateliers.

Tagelang hielten sich Polizisten rund um die Mühle auf, gaben, fragte man sie nach ihrem Auftrag, keine Auskunft. Tagelang kreiste immer wieder ein Hubschrauber über dem Tal, ein böses, sie beobachtendes Wesen. Tagelang suchten sie nach Dingen, die nicht mehr an ihrem Ort, die abhanden gekommen waren, beschuldigten und entschuldigten sich. Tagelang nahmen sie Abschied voneinander, erzählten sich zu spät, woher sie kamen, was sie planten, was sie zu arbeiten hätten, wer auf sie warte, redeten von Freudinnen, von Freunden, von Männern oder Kindern, von Wohngemeinschaften, von Schulen und besetzten Häusern, gewannen im Reden Gestalt und verschwanden.

Jedes Wort, jede Geste kam ihnen flüchtig vor und sie suchten verzweifelt nach Halt.
Die Unordnung, die sie umgab, ergriff sie. Georg hatte eine Zeitlang die Vorstellung, sein ganzer Körper sei von einem Ausschlag befallen und er sei nicht mehr fähig, einen zusammenhängenden Gedanken zu fassen.
Die sich häufende Post der Behörden hielt sie in Atem. Entweder wurden sie vorgeladen oder sie mußten im einzelnen und schriftlich Fragen beantworten. Da halfen die mitunter sympathisierenden Kommentare in Zeitungen oder die vielen sie anfeuernden Briefe ihrer Stimmung kaum auf.
Kannabich verschanzte sich in seinem Atelier, nachdem er Georg angefeuert hatte, den vermaledeiten Schriftverkehr zu übernehmen und ihn in seinem Sinn zu beantworten, nachdem Vera Krumm sich ausgiebig verabschiedet hatte – sie könne ihre Rheumatiker und Plattfüßler nicht im Stich lassen. Überraschend hatte Kannabich sie umarmt, was eher einem Kraftakt glich, sie auf den Mund geküßt und nach einem gehusteten Adieu stehenlassen. Sie mache sich Sorgen um Kannabich. Er habe eine federleichte Seele und Mißtrauen verwunde ihn tief. Passen Sie auf ihn auf, bat sie Georg, der sich fragte, auf wen er denn alles aufpassen solle, auf Kannabich, auf Pokko, auf sich selber und nicht zuletzt auf die übriggebliebenen Kinder, die mit ihrem Leben nicht zurechtkamen und es nun jedem beliebig heimzahlten. Sie waren der Nachlaß des Aufstandes, hatten offenbar keine Bleibe, wanderten von Unruhe zu Unruhe, waren vielfach geprüft und geprügelt, schlugen, wenn sie sich angegriffen meinten, sofort und blind um sich. Sie redeten wenig, in Kürzeln, stritten oft oder sanken plötzlich in sich zusammen, schwiegen so erbittert, daß es jeden, der sie beobachtete, erschreckte. Sie fraßen sich im Haus fest, türmten in der Küche schmutziges Geschirr, ge-

brauchten die Handtücher und Waschlappen Georgs, der sein Zimmer nur mit Mühe gegen sie verteidigen konnte. Vorwürfe beantworteten sie mit Flüchen.
Warum muß es so enden? fragte er Susanna, die noch eine Woche Urlaub hatte und solange bei ihm und Pokko bleiben wollte, der dann nach Melchingen zur Schule mußte. Leo war, aus der Haft entlassen, gleich nach Hause, um wenigstens die frühen Herbstwinde auszunützen für die Drachenschule. Warum muß es so enden? fragte er sie, warum bleibt von dem Glück, das uns unter Kannabichs Rad zusammenhielt, nichts zurück? Sie spazierten über den Sonnenbuckel, der räudig und verkommen aussah. Das Gras hatte sich nicht erholt, war niedergetrampelt, immer noch wehte es Papierreste und Kunststofftüten hin und her. Wir kommen, die Zukunft zu pflanzen, und hinterlassen Dreck.
Sie hing lachend an seinem Arm. Ganz so sei es nicht. Ich habe dich getroffen. Und Pokko. Und ich mag euch beide, sagte sie, sah vor sich auf den Weg, fügte leise hinzu: sehr.
Er hätte sie fragen können: Sehen wir uns wieder? Oder: Soll ich dich besuchen kommen? Traute sich aber nicht mehr zu planen und vorauszudenken. Sie lebte anders als er.
Ehe Alex, der sich von Leo noch die Flugschule hatte vorführen lassen und nun von Drachen schwärmte, sich verabschiedete, hatte er sich lange mit Susanna unterhalten, seinetwegen.
Ich mache mir Sorgen um dich, Vater.
Das sei nicht nötig. Nur solle er Hella nichts von dem Mädchen erzählen.
Was Alex versprach: Wenn du mich brauchst, du weißt, wo ich zu erreichen bin.
Ja.
Sag dem Pokko einen Gruß.

Ja.
Und deinem Kannabich.
Ja.
Und übertreib's nicht.
Was?
Das weißt du selber.
Georg hatte Susanna dann doch gefragt, was sie über ihn gelästert hätten.
Dein Sohn hängt an dir.
Ist das alles, was du weißt?
Sie legte sich gegen ihn, wie sonst Pokko, strich mit den flachen Händen leicht über seine Brust. Er hat mir von dir erzählt. Wie es war. Wie du warst. Und ich finde es gut, wie du jetzt bist. Wirklich.
Pokko hatte sich daran gewöhnt, daß Susanna bei ihnen im Zimmer schlief. Oft lief er ihr nach. Sie brachte ihm bei, mit den Katzenkindern vorsichtig umzugehen, sie nicht zu quetschen, in weitem Bogen von sich zu werfen. Das runde Wort, das er in der Nacht auf dem Sonnenbuckel gelernt hatte, Ond, schien er vergessen zu haben.
Nachts hörten sie Kannabich in der Werkstatt meißeln und hämmern. Auf dem Hof brannten weiter Feuer; die Übriggebliebenen scharten sich um sie.
Die letzte Nacht, die sie gemeinsam verbrachten, sagte Susanna, ihr Gesicht an seinem Hals: Jetzt hast du es nicht mehr so eilig, wenn du mich liebst. Jetzt kannst du es wieder. Und jetzt muß ich gehen.
Er wollte, um einem doppelten Abschied zu entgehen, erst Susanna zum Bus bringen und dann mit Pokko gleich weiter nach Melchingen wandern, vielleicht dort übernachten. Gertrud habe sich unerwartet eingestellt, hatte Leo ihn wissen lassen. Sie wolle sich wieder um das Kind kümmern.

Er hatte Pokko vorsichtig angedeutet, daß seine Mutter warte. Deine Mama, sagte er, worauf der Junge hochsprang, in die Hände klatschte, von selbst seine Tasche zu packen begann, wahllos und eifrig Kleider und Spielsachen hineinstopfte, gurgelnde Freudenlaute ausstieß.
Selbst der braucht mich nicht.
Susanna half dem Jungen, packte nebenher ihren Rucksack.
Aber er kann lieben, wen er will. Oder nicht?
Er hörte sie noch reden, ihre stolpernden kurzen Sätze, als der Bus in der Kurve verschwand.
Susanna – sie ist fort; Susanna ist fort, rief er hinter Pokko her, der mit ausgebreiteten Armen lief. Ich werde sie nie wieder sehen. Verstehst du mich, Pokko? Als sich das Kind näherte, in großen Schleifen auf ihn zukam, fragte er leise: Wie sehe ich aus? Sehe ich noch so aus, wie ich aussah? Er versuchte Pokko zu fassen. Quatsch. Ich nehme mich viel zu wichtig, kümmere mich viel zu wenig um Kannabich.
In Melchingen traf er auf eine ähnliche Unordnung wie in der Mühle. Gertrud hatte Freunde mitgebracht, die sich in dem Häuschen breit machten und Leo vergrätzten. Pokko verschwand, ohne sich noch einmal blicken zu lassen.
Er stellte die Reisetasche in den Flur, begrüßte Gertrud, die über die Endringer Windradrevolution spottete und fand, daß es besser sei, gleich umzukehren.
Leo versprach, von sich hören zu lassen.
Paßt auf Pokko auf.
Mitnichts, mitnichten, kreischte die Kindstimme in seinem Kopf, mitnichten und mitnichts, mitnichts und mitnichten.

# 20

Kannabichs unbändige Wut riß ihn aus dem morgendlichen Trödeln. Er war, wie immer, früh aufgestanden, hatte sich in der Küche einen Kaffee aufgebrüht, war in der andern Kammer über zwei Schläfer gestolpert, hatte geduscht, sich ans Fenster gesetzt, bis die nachsommerlich spät steigende Sonne den wuchtigen Schatten des Burgbergs in den Hof warf, hatte ein paar Worte mit Mao gewechselt, der, seit Georg wieder allein schlief, die letzten Stunden der Nacht zu seinen Füßen verbrachte, da schreckte ihn Kannabichs furchtbares Gebrüll hoch.

Was für ein Auftritt! Kannabich sprang aus dem Gebüsch am Hofrand, trug nichts als eine bis zu den Knien schlappende graue Unterhose. Er hüpfte hin und her, riß die Arme klagend hoch, drehte sich um sich selber, schrie immer wieder: Barbaren! Ihr Schweine, was habt ihr mir angetan! Alles ruiniert! Alles zerstört! Mein ganzes Leben. Ihr Bastarde, ihr verrotzten Müllkinder. Was bedeutet euch denn Kunst? Nichts! Nichts! Was ist für euch der Traum anderer? Nichts! Nichts! Ihr miesen Kümmerlinge! Er brach in die Knie.

Georg rührte sich nicht vom Fleck.

Kannabichs Wutgeschrei alarmierte die Schlafenden. Aus allen Türen taumelten sie ans Licht, auf den Hof. Sie begriffen nicht, murmelten Fragen, rieben sich die Augen, reckten sich, manche splitternackt, und bildeten einen weiten schütteren Kreis, in dessen Mitte Kannabich kniete. Als sein Blick auf einen der hilflosen, abwartenden Nackten fiel, sprang er so heftig auf, daß es für einen Augenblick schien, die Wut risse ihn in zwei Hälften: Du, brüllte er, du! Was hast du mit meinen Stelen getan, ich werde dich, ich – sein Gegenüber hatte schon

kehrtgemacht, da hielt Kannabich an, legte die Hände vors Gesicht, begann bitterlich zu weinen. Das Schluchzen beutelte und schüttelte seinen dürren Körper.
Georg lief die Treppe hinunter. Als er aus der Haustür trat, hatte sich der Kreis schon dicht um Kannabich geschlossen. Sie redeten leise auf ihn ein. Georg zwängte sich durch, schloß Kannabich in die Arme, erschrak, wie heiß er war, als hätte er hohes Fieber.
Was ist geschehen. Sag? Was ist passiert?
Es sei alles zu Ende. Seine Arbeit. Erst das Windrad, nun die Stelen. Alles zerstört. Nichts von ihm ist geblieben, nichts. Komm, ich zeige es dir, Landerer. Sie mußten nicht weit gehen. Zwischen den Büschen durch zu Kannabichs Stelen-Garten am Bach. Da standen sie, in Stein, in Holz, die von Traumbildern überwucherten und gesegneten Schwänze, und hatten sich auf entsetzliche Weise verändert, waren mit Farbe beschmiert, von bunten Buchstaben entstellt.
Das ist nicht zu reparieren, stammelte Kannabich, diese Farbe kriegst du vom Holz nicht weg, vom Stein höchstens mit einer Sandfräse.
Er schüttelte sich und lief an den besudelten Stelen vorbei zur Mühle, zur Werkstatt.
Georg war nahe daran, sich einen der Jungen zu packen, auf ihn einzuschlagen, einen dieser Gedankenlosen an ein Totem zu binden und leiden zu lassen.
Ihr Idioten!
Sie bewegten sich wie unter Wasser, verlangsamt, tonlos, ohne Verständnis für Kannabichs Unglück. Auch seine Wut erreichte sie nicht.
Ein Mädchen sagte: Ich geh zu dem Alten und rede mit ihm.
Laß es, bitte laß es.
Warum?

Ihr habt ihm unendlich wehgetan.
Aber wie denn?
Ihr seid übergeschnappt. Kann mir einer von euch erklären, warum ihr die Stelen beschmiert habt?
Sie schwiegen, trieben wie Fische um ihn herum. Doch ihre Tonlosigkeit bekam einen Grund von Trauer.
Wenn wir das gewußt hätten.
Habt ihr nicht begriffen, daß das Kunstwerke sind?
Aber doch –
Was: doch?
Aber das sind doch auch Sauereien.
Ja?
Aber es ist doch so. Das sind doch riesige Schwänze. Schau doch mal genau hin. Und was schadet es denen, wenn man sie färbt?
Es hat keinen Sinn, sagte er. Er sah in die Runde, kannte sie alle, wußte, daß dieses nackte, etwas fette Mädchen Gundel hieß, aus einem Heim fortgelaufen war und der Junge neben ihr, der aus Verlegenheit nicht ruhig stehen konnte, Asthma hatte und Heinzingers Hilfe brauchte. Ein wenig erinnerten sie ihn an jene Verlorenen, die auf mittelalterlichen Tafeln, zusammengetrieben und schon ergeben, vorm Höllentor warten.
Geht, sagte er, ich bitte euch, haut ab, packt eure Sachen, verschwindet.
Aber – Jemand fragte betont ruhig: Die ganze Aktion mit dem Windrad, die Demo, die Schlacht mit den Bullen, war das alles nichts? Oder wie?
Ihr wart lieb, sagte er. Er meinte es ernst.
Na ja. Eines der Mädchen ging hinüber zum Haus. Andere folgten ihr. Übrig blieben Gundel und ihr Freund. Ihr verscheißert uns. Das ist dir doch klar.

Es kann sein. Aber ihr paßt nicht hierher. Wir nehmen die Kunst ernst. Wir haben unsere Vorstellungen vom Leben. Die wollen wir nicht mehr ändern. Und – setzte er in einer Anwandlung von Trotz hinzu – wir wollen auch nicht in die Barbarei zurückfallen. Nur zerstören, nur noch genießen, nur noch der Wut nachgeben.
Laß es, wir gehen, sagte Gundel. Du hast es geschafft. Pack deinen Kannabich doch in Watte.
Versteht ihr uns denn nicht? rief Georg den beiden nach. Könnt ihr nicht verstehen, daß die Totems und das Windrad zusammengehörten?
Dennoch ging keiner, ohne sich zu verabschieden. Jeder tat es auf seine Weise. Georg saß in der Küche, schälte Quitten. Kannabich und er hatten sich, ehe sie das Windrad aufbauten, über ein Geleerezept geeinigt.
Die eine lugte nur in die Tür, rieb ihr Gesicht an dem Rahmen, lächelte ihm zu, der andere stürmte herein, patschte ihm die Backe und preßte ein Ade heraus oder eine andere stand wie aus dem Boden gewachsen vor ihm, gestand leise, daß es doch gut gewesen sei, was auch immer sie meinte, jener bat, ganz und gar unerwartet, er möchte sie alle bei Kannabich entschuldigen, selbst wenn er es für einen Scheiß halte, es nicht einsehen könne, aber Kannabich habe es nicht verdient, wie ein Hund zu leiden, nur weil sie nicht nachgedacht hätten, es nicht gewußt hätten, wie wichtig für ihn diese bescheuerten Schwänze seien. Ach Mann, sagte er, beugte sich und küßte Georg auf die Stirn. Sie zogen nicht auf einmal davon. Ihm wurde schnell klar, daß sie, erfahren und listig, die Autofahrer vorn an der Straße nicht mit einem Massenaufgebot erschrecken wollten.
Ade, sagte die letzte. Er sah ihr aus dem Fenster nach.

# 21

Zwei Tage und eine Nacht zeigte sich Kannabich nicht. Kein Laut war aus der Werkstatt zu hören. In der zweiten Nacht legte er sich, wie zu Beginn ihrer Freundschaft, zu Georg ins Bett. Er hatte sich anscheinend nicht gewaschen, stank nach Schmutz, Schweiß, kaltem Zigarrenrauch. Sein sonst mit Inbrunst gepflegter Tatarenbart verwilderte.
Rückst du ein wenig?
Er brauchte nicht viel Platz.
Ich hätte mich nicht so erregen dürfen, Landerer. Ich konnte nicht anders. Die Stelen sind mein Tagebuch. Diese schrecklichen und auch wieder lieben Kinder haben die Schrift aus Langeweile und Dummheit gelöscht.
Georg schwieg; was hätte er Kannabich erwidern, wie hätte er ihn trösten können. Seine Ruhe täuschte, das war ihm klar. Er war noch immer außer sich.
Es ist auch egal, Landerer. Sie könnten diese Schrift sowieso nicht lesen, sie haben es nie gelernt oder lernen wollen. Für wen sonst aber schrieb ich als für sie? Für unsereinen bestimmt nicht. Wir taumeln, nehmen uns entweder zu wichtig und schlagen aus, was auf uns zukommt oder halten den Schrekken nicht durch. Schläfst du?
Nein, Kannabich, ich höre dir zu. Er drückte kurz den Ellenbogen gegen den Arm des Freundes.
Dann ist's gut. Ich möchte dir nämlich sagen, wie wichtig mir unsere späte Freundschaft ist. Ich brauche sie. Ich lerne von dir.
Ach, Kannabich, wenn einer von einem hier lernt, dann bin ich es.
Na gut, dann lernen wir eben beide voneinander. Du hast in-

zwischen viel aufgegeben. Du bist leicht geworden. Ich schon wieder schwer.
Das stimmt nicht. Sie werden von dir, vom Windrad, von den Stelen reden. Sie werden deine Geschichte wie einen Hinweis auf ein besseres Leben verstehen.
Mach keine Sprüche, Landerer, wir sind Außenseiter. Die Herren mit den Aktenkoffern werden, fürchte ich, sogar wenn sie sich selber von der Erde gefegt haben, im Himmel oder in der Hölle weiter ihr altes Spiel spielen und uns als Narren verhöhnen. Ihre Gefühllosigkeit macht sie ausdauernd. Leisteten sie sich unsere Träume, fräße sie die Angst auf.
Er hörte auf zu reden. Georg lauschte auf seinen Atem, dachte nach einer Weile, er sei eingeschlafen. Da setzte er sich jäh auf, sagte: Ich verreise für ein paar Tage, Landerer. Es muß sein. Versteh mich. Ich muß eine andere Gegend sehen, mich vergessen, mir das alles austreiben.
Er schlich aus dem Zimmer.
Georg blieb wach, setzte sich ans Fenster, sah Plisch mit ihren Kindern den Hof überqueren, vielleicht zum ersten nächtlichen Ausflug. Kannabich rumorte im Parterre. Er sprach mit sich selber, badete ausgiebig. Georg nickte ein. Ein Ruf Kannabichs weckte ihn.
Was ist?
Möchtest du Kaffee trinken?
Nichts lieber als das.
Dann komm, laß dich nicht bitten.
Ein verwandelter Kannabich erwartete ihn, ein unbekannter, den er sich auch nicht hätte ausdenken können, ein feiner Herr in einem extravagant geschnittenen dunklen Zweireiher, ein tatarischer Potentat.
Kannabich genoß Georgs Verwirrung. No, komm zu dir. Bin ich schon einmal vornehm, verschlägt es jedem die Sprache.

Das ist auch kein Zustand. Ich habe auch noch einen ordentlichen dunklen Mantel und einen Hut. Du wirst sehen. Sogar eine Krawatte habe ich gefunden.
Sie saßen sich gegenüber an dem großen Küchentisch, wie so oft; eine Katze nach der andern prüfte, ob wieder alles im Lot sei, strich um ihre Beine. Ihre Neugier rührte beide.
Was für komplizierte Seelen. Kannabich tunkte die alte Semmel in den Kaffee, sog sie aus wie eine saftige Frucht. Das Geräusch ging Georg durch Mark und Bein. Ein paarmal hatte er Kannabich angefleht, die Brötchen nicht so obszön zu verspeisen, womit er ihn nur anspornte.
Manchmal, sagte Kannabich und sah Georg in die Augen, manchmal, wenn ich reiste, früher, oder in einer Stadt spazierte, dachte ich, wenn jemand an mir vorbeiging und unsere Blicke sich flüchtig berührten, den hast du versäumt. Der wird dir dein ganzes Leben lang fehlen. Ich bin mit vielen solchen Versäumten unterwegs. Doch du bist einer, vielleicht der einzige, der bei mir anhielt. Du wirst es mir nicht verübeln, wenn ich jetzt aufbreche. Hannes bringt mich zum Reutlinger Bahnhof.
Der Wagen fuhr vor. Kannabich eilte noch einmal in sein Zimmer, erschien, den Mantel überm Arm, den Hut aus der Stirn geschoben – eine leichte Reisetasche in der Hand.
Mehr brauchst du nicht?
Wenn ich etwas brauche, kannst du es mir nachschicken.
Rufst du an?
Nicht gleich. Warte nicht darauf. Vergnüg dich, Landerer. Sollte die Polizei nach mir fragen, sag ihr, ich laufe ihr nicht fort. Nein.
Er packte Georg in den Nacken, zog ihn zu sich herunter, drückte sein Gesicht an seines, küßte ihn auf die Lippen. Verzeih, das hat sein müssen.

Er drehte sich um die eigene Achse, die Arme vom Leib gestreckt und Hannes grinste, riß ihm Mantel und Tasche aus den Händen, verstaute sie auf dem Rücksitz, öffnete, wie ein Chauffeur, den Schlag, ließ Kannabich umständlich hineinklettern, schlug die Tür zu, umrundete mit ausholenden wichtigtuerischen Schritten den Wagen, warf sich hinters Steuer und startete mit durchdrehenden Rädern.

# 22

Kannabich hat sich seit einer Woche nicht gemeldet. Ich habe kein Lebenszeichen von ihm, schreibt er in seinem Brief an Hella. Trotzdem bin ich nicht besorgt, eher froh, daß er keine Spuren hinterließ, ich nicht sagen kann, wo er sich aufhält. Denn gleich nach seiner Abreise standen Polizisten vor der Tür, die, wie sie freundlich erklärten, Herrn Kannabich in der Sache noch einmal hören wollten. In der Sache. Als fürchteten sie, sich an der Wirklichkeit die Zunge zu verbrennen. Auf jeden Fall baten sie, Kannabich möge sich unverzüglich nach seiner Rückkehr in Tübingen melden. Ich versprach es ihnen, obwohl ich mir gar nicht so sicher war. Es könnte ja sein, daß er, erholt, sich einen Jux machen wollte. Überall im Haus und auf dem Hof stoße ich auf Hinterlassenschaften unserer Gäste. Büchsen, Tüten, Papier, Zeitungen, T-Shirts, Unterhosen. Ich räume auf, die Kleidungsstücke packe ich alle in einen Sack. Mao verfolgt meine Gänge aufmerksam und unverkennbar ängstlich. Er fürchtet wohl, daß ich die Mühle ebenfalls verlasse und er mit seinem Katzenpack zurückbleibt. Nachts wärmt er regelmäßig meine Füße. Vor ein paar Tagen überredete mich Hannes, ihn in den Grünen Baum zu begleiten. Ich gab ihm, zugegeben, gerne nach, erwartete allerdings, daß der Stammtisch durch die zurückliegenden Ereignisse gesprengt sei. Ich täuschte mich. Alle waren Feuer und Flamme, vor allem Süß, dessen Frisiersalon, wie ich hörte, sich inzwischen zu einem Werbezentrum für alternatives Denken entwickelt habe. Und selbst der Bauer, der Kannabich die Wiese auf dem Sonnenbuckel verpachtet hatte, schwärmte von dieser aufregenden Nacht mit dem Windrad. Das hätte Kannabich hören sollen. Ihm mußten die Ohren klingen.

Ein paarmal juckte es mich, nach Melchingen zu spazieren, um Pokko zu besuchen. Ich ließ es aber bleiben – wieso sollte ich mich Gertruds Gehässigkeit aussetzen? Hast du über uns gelesen? Leo sah auf einem der Photos sehr eindrucksvoll aus, die Haare in Dutzende von dünnen Zöpfen geflochten, den Blick auf einen sehr weit entfernten Punkt konzentriert, die linke Hand in die Taille gestemmt, in der rechten das Megaphon. Ahnten die Betrachter, wie anfällig und launenhaft der Drachenflieger in Wahrheit ist, wie wenig er zu einem Demagogen taugt, würden sie sich vielleicht fragen, wie ich es jetzt tue, ob solche Photos Wirklichkeit wiedergeben können.

# 23

Das Telegramm erreichte ihn unerwartet, machte ihn kopflos. Es kam aus Augsburg. Die Polizei dort bat ihn, sich sofort telefonisch zu melden. Er rannte durchs Haus, scheuchte Mao vor sich her, fragte sich, von wo aus er günstiger telefonieren könne, ob von der Zelle oder vom Grünen Baum. Er redete sich ein, es hinge mit dem Windrad zusammen oder mit Susanna, die ihn vielleicht als Bürgen angab, aber im Grunde wußte er, daß es um Kannabich ging. Er lief ins Bad, rasierte sich, zog sich um, ging danach in Kannabichs Zimmer, sah nach, ob sich etwas verändert habe.

Es nieselte, als er vors Haus trat. Er kehrte um, zog den Wettermantel an, schloß die Tür hinter sich ab. Er sah zum Wasserwerk hinüber und entschloß sich, von dort aus zu telefonieren. Vielleicht brauchte er die Hilfe von Hannes. Er sprang über die Pfützen, ein immer wieder aus dem Gleichgewicht geratender, laut atmender, dicker Mann, der manchmal innehielt und die Hand an den Hals legte, als wolle er den Atem prüfen.

Hannes wunderte sich über Georgs Aufzug. Willst du verreisen?

Es kann sein. Erst einmal aber möchte ich telefonieren. Er wählte, zögerte bei der letzten Nummer. Vielleicht konnte er die Geschichte noch aufhalten? Vielleicht brauchte sie ihn nicht? Hannes, der sich seiner Neugier sonst nicht schämte, hatte in einer raren Anwandlung von Diskretion das Zimmer verlassen. Es meldete sich tatsächlich die Polizeidirektion in Augsburg.

Ich habe ein Telegramm bekommen, mein Name ist Georg Landerer.

Unter welcher Verkehrsnummer?
Das kann ich nicht sagen.
Die Stimme reagierte unwillig. Es gibt keinen Schriftwechsel ohne Verkehrsnummer oder Aktenzeichen.
Aber es ist ein Telegramm.
Auch bei Telegrammen ist das der Fall.
Georg sah eine Chance, sich aus der Geschichte zu mogeln, und sagte rasch, die Lippen ganz nah an der Muschel: Also dann lassen wir's halt.
Nein. Ist ein Name angegeben?
Ein Herr oder eine Frau Schütz hätten unterzeichnet.
Ich verbinde weiter, sagte die Stimme.
Bitte, sagte er.
Der, mit dem er nun verbunden war, versicherte sich, ob er mit Herrn Georg Landerer spreche, teilte dann knapp mit, als läse er es ab, daß Herr Baldur Kannabich in der letzten Nacht im Gasthof Schönbichl sich das Leben genommen und ein Schreiben an ihn hinterlassen habe. Da er anscheinend der einzige Verwandte oder Vertraute des Verstorbenen sei, möchte er doch so rasch wie möglich nach Augsburg kommen zur Identifikation des Toten und zur Erledigung der übrigen Formalitäten.
Die Sätze wickelten sich wie Papierstreifen um seine Stirn.
Ich komme, sagte er. Ich komme gleich.
Er legte auf, ohne sich zu verabschieden, und die Kinderstimme in seinem Kopf schrie: Weg isch er / auf isch er / geschprunge isch er wie Glas / weg isch er / alleweil weg / und geschprunge isch sei Stirn / ich werd ihn nie mehr sehn.
Hannes wartete vor der Tür. Was ist?
Kannabich ist tot. Ich muß nach Augsburg, gleich.
Ja? Mit dem Zug?
Das wäre zu umständlich. Es eilt.

Er sagte: Er ist tot. Das Kind in seinem Kopf tobte und rannte gegen Wände und wollte ausbrechen. Hannes umarmte ihn; sie standen eine Weile schwankend, jeder spürte das Schluchzen des andern.
So ein Scheiß.
Das könnte Leo gesagt haben.
Ob Heinzinger mich fährt?
Als habe er nur auf ein Stichwort gewartet, stand Hannes schon am Telefon.
Selbstverständlich komme er. Nur müsse er noch seinen Stellvertreter auf die Beine bringen.
Ich muß packen, sagte er.
Ich begreif das nicht von Kannabich, redete Hannes vor sich hin. Jetzt, wo er berühmt ist, wo die Welt von ihm spricht, wo er von vielen bewundert wird. Warum jetzt? Hannes trottete hinter ihm her. Er warte vorm Haus auf ihn. Beeil dich!
Georg suchte nach einem Hemd, nach dem Ausweis, den er in den Jeans fand. Dann ging er in Kannabichs Zimmer, zog die obere Schublade auf, in der er, wie er wußte, seine Dokumente aufbewahrte. Wahrscheinlich brauchte er sie. Es widerstrebte ihm, zu stöbern, zu wühlen. Er schob sie wieder zu.
Als sie gingen, lief Mao hinter ihnen her wie ein Hund. Hannes versuchte ihn zu vertreiben, doch Georg kauerte sich hin, es fiel ihm schwer, er mußte sich mit einer Hand aufstützen. Hör her, Mao, ich verspreche dir, heimzukommen. Bloß ohne Kannabich. Den wirst du nie wiedersehen. Aber vielleicht hören, wenn du dein Katzenohr anstrengst. Seine Stimme wird um uns bleiben, seine Seele auch. Mao hatte seinen Kopf an Georgs Knie gelegt und ließ sich streicheln. Unser Kannabich ist tot, sagte Georg, auch wenn wir es nicht wahrhaben wollen.
Hannes half ihm hoch.

Ihr habt euch gegenseitig angesteckt, stellte er fest und ließ Georgs Arm nicht los.
Wer wen?
Kannabich dich und du ihn.
Ja. Heinzinger las ihn am Straßenrand auf und Hannes winkte ihnen nach. Sie fuhren über die Alb nach Ulm. Diese Straßen kannte er, er war sie mit dem Fahrrad gefahren, nach dem Krieg, und dann noch oft mit Hella und den Kindern.
Wo wirst du erwartet? fragte der Doktor kurz vor Augsburg. Bis dahin hatte er Georg schweigen lassen.
Im Polizeipräsidium.
Heinzinger hatte ihn, ohne es ihn merken zu lassen, durch die Ämter und Gespräche gelotst, hatte ihn vor dem Zorn der Wirtsleute geschützt, die noch dem toten Kannabich vorwarfen, mit seiner Untat, wie sie sagten, dem guten Ruf ihres Hauses geschadet zu haben, hatte ihn mit den Polizisten und dem Arzt reden lassen, die nötigen Fragen gestellt, ob Kannabich eine Mitteilung, ein Testament hinterlassen habe, ob man von Verwandten wisse und wo er bestattet werden solle.
Das alles hatte Kannabich vorsorglich selbst geregelt. In zwei Briefen wendete er sich an Georg. Den ausführlichen solle er bei Gelegenheit, aber auf jeden Fall erst lesen, wenn er in die Mühle heimgekehrt ist; der andere verfügte alle Notwendigkeiten: Er wünsche in Endringen begraben zu liegen, dort, wo er den Höhepunkt seines Lebens erfahren habe. Die Mühle vermache er der Gemeinde, allerdings mit der Auflage, daß sie nach Landerers Auszug, der so lange wohnen bleiben könne, wie er wolle, als Werkstatt und Wohnhaus an junge Künstler vermietet werde. Seine persönliche Habe falle, soweit er sie brauchen könne, Landerer zu, auch sein künstlerischer Nachlaß, vielmehr das, was davon noch übrig ist. Verwandte, die Ansprüche anmelden könnten, habe er nicht. Heinzinger ließ

ihn in einem Café sitzen, galoppierte von einem Amt zum andern, sorgte dafür, daß Kannabichs Leichnam überführt werde, erkundigte sich bei dem Arzt, den die Wirtsleute gerufen hatten, wie er Kannabich gefunden habe, an welchen Schlaftabletten er gestorben sei, bereitete Schöttle, den Endringer Bürgermeister, telefonisch auf das neueste, aber auch letzte Abenteuer Kannabichs vor, seine Beerdigung, die sicher nicht ohne größeres Aufsehen stattfinden werde, denn die Zeitungen würden über seinen Tod berichten.
Am frühen Abend konnten sie schon nach Hause fahren, wieder schweigend. Heinzinger setzte Georg, obwohl der Mühlweg zur Schlammspur geworden war, direkt vorm Haus ab.
Wenn du nicht schlafen kannst, sauf dir einen an. Aber du hast Kannabichs Brief. Lies ihn und sprich mit ihm. Ich schau morgen nach dir, Landerer. Gute Nacht.

# 24

Georg räumte in der Küche auf, ging durchs Haus, sammelte mit seinen Schritten die Katzen ein, lauschte auf den Regen, legte die Winterreise auf, lief den Liedern, die ihm in diesem Augenblick viel zu nah waren, davon, die Stiegen hinunter, setzte sich auf den Treppenabsatz, hörte die Stimme singen: Fremd bin ich eingezogen / fremd zieh ich wieder aus, griff in die Jackentasche, ob Kannabichs Brief noch vorhanden war, lief von neuem durch die Zimmer, löschte die Lichter, achtete darauf, daß wenigstens Mao ihm folge, aber nun ließen alle ihn nicht mehr aus ihren unbewegten, leuchtenden Augen, holte aus dem Küchenschrank die angebrochene Flasche Trollinger, setzte sich an den Tisch, zog den Brief aus der Tasche, faltete ihn auseinander, strich ihn glatt, begann zu lesen, hörte Kannabich reden.

Augsburg, 2. Oktober 1979

Mein lieber Landerer,
seit zwei Tagen logiere ich in diesem Gasthof, nach einer viertägigen Reise mit Bummelzügen durchs Oberland, einem regnerisch melancholischen Tag in Blaubeuren, unguten Erinnerungen. Die schwersten Gedanken habe ich mir aus dem Kopf geschüttelt. Erwarte nicht, daß ich Dir mein Leben erzähle. Es hat mich genug mitgenommen, was soll ich Dich damit behelligen. Wenn Du an mich denkst, denk Dir mein Leben aus. Es wird schon eines sein, das ich leben könnte. Diesem aber mache ich erst einmal ein Ende. Ich habe genug. Ich kann nicht mehr. Nicht, weil mich die Barbarei dieser Kinder und die Zerstörung meiner Stelen entmutigt hätten – ich verüble es ihnen nicht einmal mehr. Auf andere Weise haben sie mich ja be-

griffen. Und über meine Kunst sind sie hinweg. Sie ist alt, erreicht sie nicht mehr. Nicht ihr begreifliches Unverständnis bedrückt mich, sondern der Unverstand, die Arroganz meiner Altersgenossen. Wir haben unendlich viel vergessen müssen, um so weit zu kommen. Sie waren Nazis, viele von ihnen, wurden nach einer hurtigen Drehung, nach einem Purzelbaum, nach dem Verlust des Gewissens Demokraten. Sie waren heimgekehrt in abgerissenem Feldgrau als Neinsager, hatten sich – ich erinnere mich gut an unsere Schwüre – mit Borcherts Beckmann verbündet, Draußen vor der Tür, traten über die Schwelle und sagten plötzlich ja zu allem, fraßen sich die Bäuche voll, bekehrten sich zu ihren Vorteilen, spalteten das Atom, spalteten die Welt und erfanden, nachdem sie auch den letzten Schrecken überwunden hatten, das Gleichgewicht des Schreckens. So finden wir uns wieder und stellen fest, daß wir die Köpfe und die Seelen und die Leiber vergifteten, daß wir die Erde mißbrauchten, daß wir die Zukunft verplanten, daß wir Elende sind – und verwalten mit Bravour unser Elend. Aber die Jungen, und nicht nur sie, sind hellhörig geworden, empfindlich, aufsässig. Sie brechen das ohnedies fatal gewordene Gespräch mit den Pfründenhaltern, Schönrednern, den Bonzen und Machtverteilern ab und fangen ein anderes an: Mit den Verletzten, mit den Suchenden, mit den Vergessenen, mit den Empfindlichen. Auf die setze ich. Mir ging es so wie jemandem, zwischen dessen Beinen eine Eisscholle auseinanderbricht. Das strömende Wasser war stärker – so ließ ich mich fallen. Wir sind zwischen die Zeitalter geraten. Nicht jeder, dem das klar wird, hält es aus.
Ich lasse mich fallen. Aber nicht unglücklich und ohne Hoffnung. Ich habe Euch unter meinem Windrad gesehen und vergesse Euch nicht. Mehr und mehr werden sich wehren gegen die leeren Sätze, die verödende Welt. Aber ein Prophet

möchte ich nicht sein und auch kein Prediger. Also schlucke ich nun mein Quantum und sage: Mache, liebster Freund, kein zu blödes Gesicht, wenn Du diesen Brief liest und danke dem Zufall, der uns zusammenführte. Ich danke Dir und lege den Füller zur Seite. Kannabich

Der Brief beruhigte ihn. Nachdem er die Flasche leergetrunken hatte, las er ihn den Katzen vor. Hört her, was Kannabich euch und mir zu sagen hat.

Gegen Morgen träumte er von Kannabich oder von jemandem, den er für Kannabich halten mußte. Der Doktor führte ihn in einen großen, leeren Raum, der an eine Bahnhofshalle erinnerte. In dessen Mitte lag er, nicht aufgebahrt, hingeworfen wie eine Puppe. Die verdrehten Glieder mußte jemand eilig geordnet haben.

Er ist leer, sagte Heinzinger, um den mußt du nicht trauern.

# 25

Heinzinger fuhr mit ihm zum Friedhof, vor dessen Portal sich eine große Menschenmenge drängte, behütet und beobachtet von einer Hand voll Polizisten. Die Windmengerin zog Georg aus dem Wagen, redete auf ihn ein, sie könne es gar nicht fassen, daß der Kannabich – verschluckte Sätze, stieß ihn vor sich her, ließ ihn allein, bis Heinzinger ihn faßte, vor sich herschob, ihm ins Ohr tuschelte, er solle sich nicht so anstellen.
Pfeif bloß nicht auf alles, zeterte die Stimme in seinem Kopf, pfeif nicht auf alles, schrei lieber, schrei.
Die Kiesel auf dem Weg wuchsen, er sprang von einem zum andern, als müsse er einen Bach überqueren.
Susanna stellte sich ihm in den Weg, umarmte ihn, sagte: Ich hätte bei dir bleiben sollen, was er nicht wahrhaben wollte: Ich komme mit mir selber aus.
Und sie fragte: Wie geht es den Katzen? Gut, antwortete er.
Sie schob ihn vor sich her, zwischen ein Spalier von Stimmen, die ihm nachwisperten, von Blicken, die ihn berührten, von Zurufen, die er manchmal verstand.
Bravo, Landerer, das habt ihr gut gemacht!
Nichts, schrie die Stimme im Kopf, nichts und mitnichten, und nichts und mitnichten.
Vor der Kapelle erwartete ihn der Friedhofsdiener, den er sonst betrunken aus dem Grünen Baum kannte, rieb sich die Hände, schob eine spitze Zunge zwischen die Lippen, war seiner Nüchternheit und dem Andrang sichtlich nicht gewachsen, rülpste, als stieße ihm der Tod auf, fragte, ob in der Kapelle denn jemand zu reden beabsichtige, wenn schon kein Pfarrer da sei, da Kannabich ja keiner Religion angehört hätte, nein, sagte Georg, nein, das hat er nicht, was ihn auch

wieder wunderte, denn genaugenommen war Kannabich ein frommer Mann gewesen.
Er sah Tobel und Rita, er sah andere vertraute Gesichter. Er grüßte, grüßte über den Friedhofsdiener hinweg, der unter den Grüßen den Kopf einzog. Nein, reden werde in der Kapelle niemand, aber Rita und Tobel könnten unser Lied singen, wenn sie wollten.
Er mußte sie nicht bitten.
Sie drängten sich schon durch. Tobel hielt die Gitarre über den Kopf. Sie sangen. Vor der Kapelle begannen sie mitzusingen. Schließlich sangen alle. Ein Luftlied, ein Grablied.
Sie sollten, forderte der Friedhofsdiener, einen ordentlichen Zug bilden. Georg an der Spitze, als Leidtragender, direkt hinterm Sarg. Sie machten Platz, warteten auf Kannabich im Sarg, wurden allesamt enttäuscht durch einen billigen Auftritt – der Sarg wurde auf einem niedrigen Pritschenwagen von einem mißmutigen Helfer herangeschoben. Georg, nun von niemandem mehr geschubst, wehrte sich: Kannabichs Sarg müsse getragen werden, von sechs oder acht Leuten, so gehe das nicht, so werde er ja förmlich über die Erde geschleift.
Sie waren schnell, wie durch Zauber zur Stelle, Frauen und Männer, Heinzinger und die Windmengerin, Leo und Vera Krumm, Susanna und Süß. Es fiel ihnen nicht leicht, den Sarg auf die Schultern zu bekommen. Jetzt machte sich Kannabich schwer, jetzt wollte er sich ihnen aufladen.
Also los, befahl Georg, doch er wurde aufgehalten von einem vierschrötigen Kerl, in einem teuren Kamelhaarmantel, der ihm erklärte, er sei der Bruder.
Was für ein Bruder? fragte Georg, versuchte, dem Sarg nachzukommen, doch es hatte schon einer Stopp geschrien. Die sechs Sargträger, die den Kopf nicht wenden konnten, machten mit ihrer Last umständlich kehrt.

Was ist denn los, rief Leo, den traurigen Anlaß für einen Moment vergessend.
Dieser da behauptet, er sei ein Bruder.
Was für einer? Wessen Bruder?
Kannabichs Bruder, sagte der Mann.
Den gibt es nicht.
Aber ich bin er.
Einige, die dem Gespräch zuhörten, lachten.
Ich bitte euch, beschwor sie die Windmengerin, überlegt, wo ihr seid.
Kannabich hatte keinen Bruder.
Es kann sein, er hat ihn nie erwähnt. Ich bin aber sein Bruder. Und ich bestehe darauf, neben Ihnen hinter dem Sarg herzugehen.
Meinen Sie –
Was?
Meinen Sie, Kannabich wäre damit einverstanden?
Warum nicht? rief die Windmengerin.
Was soll's, meinte Susanna, der der Sarg schwer wurde.
Also ziehen wir weiter, stellte Heinzinger fest und, unter ihrer Last aufstöhnend, kehrten sie um, schritten gemessen vor der Trauergemeinde her, die von Georg und Kannabichs falschem oder wahrem Bruder angeführt wurde.
Sie erreichten die Grube.
Susanna fragte, wie der Sarg nun von den Schultern da tief hinunter solle?
Ich weiß es nicht, sagte Georg.
Dazu seien die Taue da, erläuterte der Friedhofsdiener, der sich mittlerweile in einen Totengräber verwandelt hatte und dem der Sargschieber von vorhin beistand.
Paßt auf! warnte Heinzinger.
Wir gehen am besten in die Hocke, befand Süß.

Aber dann? fragte die Windmengerin. Dann war es schon geschehen. Der Sarg rutschte über die Schultern von Süß und Susanna, die erschöpft als erste in die Knie gingen, rutschte über die Kante langsam in die Grube hinein, wurde geistesgegenwärtig von den beiden Totengräbern, die ihr Tau spannten, aufgefangen, die nun wiederum Heinzinger und Leo antrieben, das zweite Tau unterzuziehen. So fuhr Kannabich doch noch unbeschadet in die Grube.

Heinzinger hielt die Ansprache. Er erzählte, wie er den Verstorbenen kennengelernt habe, schilderte seine Eigenheiten, seine Kunst. Er beschrieb die Stelen. Er sprach, zum Vergnügen vieler, und zum Kummer einiger, am Grab das Wort Schwänze aus. Zum Schluß betete er. Er wisse nicht, ob Kannabich geglaubt habe, an Gott oder an Jesus, aber er habe die Menschen gemocht. Das genüge.

Während Heinzinger sprach, fiel Georg ein, wie er einmal als Kind mit Schauder in einem Buch gelesen habe, daß bei Toten die Fuß- und Fingernägel weiterwüchsen, und er dachte, jetzt brechen sie durch den Sargdeckel, unaufhaltsam, zwanzig bleiche, blattähnliche Nägel.

Heinzinger trat ab.

Überraschenderweise schickte sich Schöttle an, zu sprechen.

Nein, hörte sich Georg laut sagen. Er sah das Nein groß geschrieben vor seinem Mund, dann über der Grube. Es genügte nicht, hielt den Bürgermeister nicht auf, der stand schon da, faltete die Hände vorm Bauch, machte den Mund rund. Noch einmal schickte Georg ein Nein aus. Lauter und schärfer. Auch das hätte den Bürgermeister nicht vertrieben. Vera Krumm packte ihn am Ärmel seiner Trachtenjoppe und zog ihn einfach weg.

Ob denn noch einer rede?

Eine Ansprache reiche nicht aus.

Landerer, du!
Sie hätten ihn nicht drängen müssen. Er hatte sich vorgenommen, Kannabichs Brief vorzulesen. Was er nun tat. Es wurde still. Er nahm jeden Satz für sich und hörte den Freund sprechen. Blickte er vom Blatt hoch, sah er die Gesichter der Lauschenden, hinter ihnen die vom Herbst glühenden Bäume. Als er zu Ende war, sagte er: Wir haben dir weh getan, Kannabich. Wir haben dich allein gelassen. Ich dich. Du hast es nicht anders gewollt. Nun stehen wir da und fangen woanders an. Ade, mein Kannabich.
Sie warfen ihm Erde nach, Blumen, beschriebene Blätter. Sie zogen an Georg vorbei, drückten, umarmten, küßten ihn. Kannabichs Bruder stand neben ihm, aber jeder ließ ihn aus. Er schien das zu genießen. Ein paar fragten, ob sie in der Mühle übernachten dürften.
Die Werkstatt stünde für sie offen.
Ich komme mit, wenigstens für die nächsten Tage, sagte Susanna.
Die Windmengerin lud die engere Trauergesellschaft in den Grünen Baum ein. Dort hockten sie ein paar Stunden, redeten Kannabich nach, soffen, bis sie nur noch recht haben wollten oder schwiegen.
Susanna zog ihn hinter sich her.
Er fror.
Auf dem Hof brannten wieder Feuer. Er schloß die Werkstatt auf, bat, nichts kaputtzumachen, nichts mitzunehmen. Alles erinnere an Kannabich. Es rührte ihn, wie sie auf Zehenspitzen, Schlafsäcke neben sich schleifend, eintraten.
Mit Susanna saß er noch eine Weile in der Küche.
Kann ich bei dir schlafen? fragte sie.
Sie lagen nebeneinander. Er redete von der Reise nach Augsburg und von Heinzinger; daß ihm nicht mehr einfalle, mit

welchem Mittel sich Kannabich umgebracht habe, bis sie ihm mit der Hand den Mund schloß, er solle endlich schlafen, und er einschlief, ohne sich vor dem wartenden Traum zu fürchten.

# 26

Kannabichs Ruhm fiel auf ihn. Er bekam Post wie ein Star. Jeden Morgen überreichte die Briefträgerin einen Stapel, beeindruckt und beschwert von der Menge. Anfangs las er gewissenhaft, ordnete nach Inhalten, ließ sich ansprechen, bewegen, verwirren, lachte und wurde traurig, war bereit zu antworten, doch schon nach kurzer Zeit begannen ihn Sätze aus den Briefen zu verfolgen, zerrten an ihm, redeten auf ihn ein, drohten. Er hörte sie als Stimmen, unterhielt sich manchmal mit ihnen, meistens floh er sie aber.

Hallo, warum schreibst du nicht? Das ist mein dritter Brief. Ich bin die Hanne, die Sozialpädagogik aufgesteckt hat. Wenn du nicht schreibst, bringe ich mich um. Er hatte ihr schon telegrafieren wollen: Laß es, Mädchen, wenn du mich brauchst, komme ich angereist, aber da hätte er in alle Himmelsrichtungen aufbrechen müssen, denn ähnliche Hilferufe gab es viele, und ihre gespielte oder wahre Verzweiflung riß ihn hin und her.

Sag mal, kannst du uns eine Schrift über Kannabichs Lehre schicken? Gibt es überhaupt eine? Auf alle Fälle würden wir uns freuen, wenn du bei uns über Kannabich sprächest.

Aber worüber?

Sollte er den, der ihn bat, außer dem Konstruktionsplan des Windrades auch die Friedensgedanken Baldur Kannabichs zusenden, sollte er den freundlich betrügen und ein paar tiefe Sätze aus der Bibel oder aus anderen Büchern abschreiben, aus dem Turgenjew, in dem er weiterlas?

Sie redeten durcheinander. Jener, der ihn nach Basel einlud, im Rahmen einer Friedenswoche, über die Ereignisse auf dem Sonnenbuckel zu sprechen und über Kannabich natürlich;

oder jener, der ihn einlud an der Volkshochschule Erkenschwick über die Zukunft im allgemeinen zu referieren; jene, die ihn gleich für eine Serie von sieben Vorträgen gewinnen wollte, in den verschiedensten Bürgerinitiativen, wie sie ankündigte, selbstverständlich würden seine Auslagen beglichen; und jene, die eine Niederschrift von Kannabichs Ideen voraussetzten und ihn als Interpreten wünschten: Wenn die Gedanken auch noch in Broschüren verkauft werden könnten, für die gute Sache wäre das ein besonderer Clou.
Sie wollten ihn haben,
sie wollten ihn als Stellvertreter vorführen,
sie wollten ihn als Guru, als Berater, als Helden,
sie wollten ihn für die Gruppe, die Initiative, ins besetzte Haus.
Doch es meldeten sich auch andere, Dreckschmeißer, Verleumder, die ihm nachstellten: Du in deinem Alter, du dummes Schwein, fällst auf diese Chaoten rein und verführst unsere Kinder. Das wirst du bezahlen, diese Rechnung wirst du begleichen müssen. – Warte nur, du rote Sau, wart's ab, bis wir dich haben! – Unsere wehrhafte Demokratie wird solche Friedensschafe wie euch in einen Pferch treiben!
Und er kann Kinder dagegen reden lassen, wenn er will, wenn er überhaupt noch auf die Stimmen hört, die sich zu einem Geheul vermengen. Lieber Onkel Landerer. Ich habe in der Zeitung von eurem tollen Windrad gelesen und daß ihr es für die Kinder gebaut habt. Das finde ich prima. Kannst du mir ein Bild von dem Windrad schicken, mit deiner Unterschrift?
Bald gab er es auf, die Post überhaupt zu lesen, öffnete die Umschläge nur noch, wenn die Adressaten ihm bekannt waren, die Briefe von Freunden oder von Ämtern kamen:

Von Heinzinger, der ihn in die Praxis bestellte, seinen Besuch androhte, sich über die letzten Zuckerwerte entsetzte: Sauf nicht so viel, Landerer!
Von Susanna, die in einer Kindertagesstätte in Freiburg aushalf, versprach, von ihm zu träumen und ihrem Brief ein vierblättriges Kleeblatt für Pokko beigelegt hatte, das er nicht fand.
Von dem Metzinger Klempner, der ihm die Restschuld für den Windradbau erließ und dazu schrieb, die Bekanntschaft mit Kannbich sei ihm allein schon die Sache wert gewesen.
Von Dr. rer. nat. Sigurd Kannabich, der auf feinstem Briefpapier und unter Zürich, den 16. November 1979, ihn wissen ließ, er beanspruche nichts, aber auch gar nichts aus dem Erbe seines verstorbenen Bruders Baldur und überlasse ihm, Landerer, das Weitere.
Vom Amtsgericht Reutlingen, das ihm mitteilte, es werde wegen öffentlicher Störung gegen ihn geklagt.
Von Hella, die ihn zum ersten Mal, seitdem er sie verlassen hatte, mit drei fragenden Zeilen überraschte: Geht es Dir nach alledem, was hier in den Zeitungen zu lesen war, gut? Wirst Du in Endringen bleiben? Hast Du nicht Lust und Zeit, uns zu besuchen?
Worauf er die einzige Antwort schrieb, auf einer Ansichtskarte von der Mühle: Ich werde vielleicht kommen, vielleicht, liebe Hella, bei Gelegenheit. Im Moment bin ich mit diversen Nachlässen beschäftigt. Der Deine.
Aus Gewohnheit hatte er so unterschrieben, was ihm, als er die Karte einwarf, nachging. Er hoffte, Hella würde diese drei Silben nur als Floskel lesen.
Die Post, die nun kam, ließ er nicht mehr ins Haus, lagerte sie in Kannabichs Werkstatt. Womöglich, dachte er, treibt sich seine Seele hier herum und ich halte sie mit der Lektüre dieser

elenden Briefe ein wenig fest, wobei er voraussetzte, daß eine Seele durch nichts mehr verletzt werden könne.
Leo besuchte ihn öfters, versuchte ihn zu überreden, die Mühle gleich der Gemeinde zu überlassen, nach Melchingen umzuziehen. Er werde die Mühle kaum heizen können.
Und wenn er den ganzen Tag in der Küche verbringen müsse, er bleibe. Er erkundigte sich nach Pokko.
Den beanspruche jetzt wieder Gertrud.
Tagelang mühte er sich, mit Seifenlauge und Bürste Kannabichs steinerne und hölzerne Schwänze von der Farbe zu säubern. Ohne größeren Erfolg. Die Spuren blieben.
Der Winter brach mit einem endlosen Schneefall herein. Er fühlte sich eingeschlossen. Das Licht aus dem Wasserwerk blinkte zu ihm herüber, wie ein das Leben bestätigendes Signal. Hannes sorgte dafür, daß der Schneepflug den Weg zur Mühle räumte. Oft ließ er sich abends im Grünen Baum gehen, trank zuviel, redete sich mit Süß und anderen die Köpfe heiß über die Schwächen und Uneinigkeit der Alternativen, ließ sich von der Windmengerin verwöhnen, die ihn jedesmal mit einem Freßpaket ausrüstete.
Tagelang blieb er im Bett, las, es gelang ihm allmählich, die Stimmen aus den Briefen durch die aus Büchern zu vertreiben: »Sechs Monate waren vergangen und der Winter war gekommen, der starre Winter mit dem grausamen Schweigen des Frostes, wo der dichte Schnee knistert, Zweige der Bäume leis angehaucht sind von rosig schimmerndem Reif, wo Kuppeln dicken Rauchs über den Schornsteinen vom blaßblauen, wolkenlosen Himmel sich abheben, Wirbel warmer Luft aus den geöffneten Haustüren hervorbrechen . . .«
Je ruhiger er wurde, um so stärker empfand er die Nähe Kannabichs. Mit ihm konnte er sich wieder unterhalten:
Du machst mir ein wenig Kummer, Alter, läßt mich zu oft al-

lein. Paß auf, soll ich nun beginnen, deine Arbeiten in der Werkstatt zu ordnen, damit wenigstens einige Entwürfe, Zeichnungen, Bilder und Stelen erhalten bleiben? Soll ich? Die Arbeit half ihm über die Einsamkeit hinweg.
Den Jahreswechsel feierte er in der vertrauten Runde im Grünen Baum, wurde im Morgengrauen von der Windmengerin in das Zimmer am Sälchen geführt, wo er seinen Rausch ausschlief und am Geschwätz und Geschnatter einer Reisegesellschaft erwachte, die sich nebenan zum Mittagessen niedergelassen hatte.
Laß mich nicht ganz allein, Kannabich, flehte er dessen Schatten an.

# 27

Der Schnee schmutzte ein; der Winter zog sich hin. Obwohl Heinzinger und Hannes für Abwechslung sorgten, litt er unter Budenkoller, halfen die Unterhaltungen mit Mao ebensowenig wie die Ansprachen an Kannabich. In solchen Momenten warf er Zettel wie Notrufe aus dem Fenster, die Hannes, ohne ein Wort darüber zu verlieren, einsammelte:
Mao, ich bitte dich, hör auf, mir die Bettdecke zu versauen!
Komm doch endlich, Wärme, tau diese krustige Welt und mich auf!
Warum, Herr Doktor, lassen Sie mich Pillen schlucken, die mein Herz schwer und steinern machen!
Du könntest mal wieder vorbeischauen, Leo!
Lieber Hannes, kannst du mir das nächste Mal anstelle von Bier eine Flasche Riesling mitbringen?
Guten Morgen, Kassandra, ich hoffe, du kannst meinen Gruß lesen, denn ich erwarte dich seit Tagen vergeblich.
Das Reutlinger Amtsgericht teilte mit, daß das strafrechtliche Verfahren gegen ihn nicht eröffnet werde. Damit wäre also alles an Kannabich hängengeblieben.
Seine Melancholien nahmen überhand und er schob es nicht auf die Einsamkeit, sondern auf die Tabletten, die ihm Heinzinger zusätzlich gegen den Bluthochdruck verschrieb. Sein Kopf komme ihm manchmal vor wie ein mit Schwermut gefüllter Ballon.
Heinzinger riet ihm, mehr zu wandern.
Er denke nicht daran, bei diesem Sauwetter durch die Gegend zu streichen.
Alex überrumpelte ihn, einen Tag, nachdem er sein großes Trauer-Freuden-Abschiedsfeuer angezündet hatte. Er hatte

Kannabichs Werk mittlerweile halbwegs geordnet und übrig war noch ein Wust von unbehauenem Holz, zerknäueltem oder öligem Papier geblieben, und mehreren Körben unerledigter Post. Dies alles häufte er am späten Nachmittag auf dem Hof, ein ansehnlicher Berg von Holz und Papier, den er ohne Schwierigkeiten anzünden konnte und aus dem im Nu hohe Flammen schlugen. Mit einer Eisenstange lockerte er immer wieder die Scheiter. Die verkohlten Reste der Briefe wirbelten hoch. Sie sahen aus, wie aus Mündern gefallene, sich in der Hitze rollende Zungen.

Drüber naus bisch, drüber weg bisch, jubelte die Kinderstimme in seinem Kopf. Schlag's Feuer, schlag's.

Mit sich zufrieden, ging er schlafen. Eine Autohupe im Hof weckte ihn. Es war schon hell, Mao hatte seine Schlafstelle am Fußende des Bettes verlassen. Er lief zum Fenster. Alex stand neben seinem Auto, winkte, rief: Schließ doch auf, du Schlafmütze. Kopflos rannte er im Zimmer hin und her, suchte nach dem Hemd, nach dem Schlüssel, schlüpfte verkehrt in den Pullover, beteuerte zwischendurch, daß er gleich komme: Einen Augenblick noch, Alex.

Er wolle ihn mitnehmen. Ich will dich mitnehmen, nicht nach Hause, um Himmelswillen, denk das nicht, doch du solltest Mutter wenigstens besuchen. Sie hat diese ganze Geschichte zu sehr mitgenommen. Komm mit. Ich bring dich auch wieder her, wenn du nicht Zug fahren willst. Außerdem müßtest du, sagt Mutter, dringend zur Bank.

Was ist los?

Ich weiß es nicht.

Ich habe in letzter Zeit gar nicht nachgesehen, wie's mit dem Konto steht.

Zerbrich dir nicht den Kopf. Pack für ein paar Tage Sachen ein und komm.

Und die Katzen?
Gibt's den Hannes nicht mehr, der sich um sie kümmern kann?
Er überließ es Alex, Hannes über diese unerwartete Reise zu informieren. Es taute. Am Albtrauf rieben sich wasserschwere Wolken. Überall brach die Erde durch den Schnee, die Welt bereitete sich auf den Frühling vor.
Sie fuhren die Undinger Steige hinunter. Zum ersten Mal seit Wochen kam er über den engeren Umkreis hinaus, hinunter ins Tal.
Alex fragte nach Pokko, Leo, nach allen Bekannten. Georg geriet ins Erzählen.
Er habe gelesen, daß der Stuttgarter Kunstverein eine Kannabich-Ausstellung vorbereite. Ob das stimme?
In der nächsten Woche kommt mich deswegen einer besuchen. Da muß ich auf jeden Fall zurück sein.
Ist denn genug Material vorhanden?
Aber sicher.
Auch ohne die – Alex zögerte, noch immer eingeschüchtert von Kannabichs Zorn – auch ohne die Steine draußen ... Oder hast du sie reinigen können?
Nein, sagte er.
Sie verließen die Autobahn, es war nicht mehr weit bis Wallstadt. Georg zog sich ein wenig zusammen, nicht aus Angst, je vertrauter die Gegend wurde, um so fremder fühlte er sich. Alex fuhr langsamer, als wolle er seine Empfindungen schonen.
Es hat sich nicht viel verändert?
Nein.
Die Äcker vorm Ort lagen noch immer brach. Sozialbrache, wie das genannt wurde, und hinter Zäunen türmten sich Autowracks. Leise sagte er: Daß ich das nach dreißig Jahren noch

einmal ganz anders sehen werde. Wie auf einer Fotografie, die man mir aus meiner Vergangenheit zeigt.
Er sah sich: Kam sich entgegen auf dem Gehweg, die Häusermauern streifend, einen Koffer in der Hand, dem Aufbruch noch nicht trauend.
Sie fuhren in das Höfchen hinterm Haus. Hella erwartete ihn nicht, ließ sich nicht sehen. Das Haus war grauer geworden, kleiner.
Jetzt erst bemerkte er, daß kein Schnee mehr lag. Ihr seid weiter als wir oben auf der Alb.
Ob sie doch noch zur Haustür kommen würde? Er ärgerte sich über seine kindische Erwartung.
Vielleicht ist Mutter noch gar nicht zu Hause. Wir sind früher dran. Hast du einen Schlüssel?
Nein. Er sah sich, sah seinen Rücken, wie er sich bückte, hörte den Schlüssel in den Briefkasten fallen. Das war er nicht mehr.
Alex schloß auf. Das Haus roch anders. An der Garderobe hingen Sachen, die er nicht kannte. Wohnt Martin noch oben?
Nein. Mutter hat die Zimmer vermietet.
An wen?
Ich weiß es nicht.
Sie warteten im Wohnzimmer. Als er aus dem Fenster sah, bewegte sich hinter dem Vorhang des gegenüberliegenden Fensters eine undeutliche Gestalt.
Lebt die alte Frau Mersbach noch?
Ich glaube ja.
Dann stand Hella in der Tür. Er sprang auf, ging auf sie zu, hielt an, seine Arme hingen ihm schwer an den Schultern. Sie rieb sich mit der Hand die Backe, schob die Haut unterm Auge zu Fältchen, ihre Stirn wirkte noch widerspenstiger unter dem straff nach hinten gekämmten Haar. Die Mähne fehlt ihr, dachte er.

Sie lachte: Da stehen wir nun. Und Alex fragte, ob sie sich nicht setzen wollten. Es schien ihm, als redeten sie nicht in der Gegenwart, sondern schon in der Vergangenheit.
Erzähl mal! Sie sprang auf, ging in die Küche, ließ die Tür offen, sie wolle Kaffee aufbrühen, so wie er es mag, wie er es gemocht hat, fügte sie hinzu. Erzähl, du, was man liest, ist sicher alles erfunden. Du kannst dir nicht vorstellen, wie man hier über dich redet. Du und deine Demonstration!
Sie brachte den Kaffee, zündete sich eine Zigarette an.
Seit wann rauchst du wieder?
Schon länger.
Erzähl doch, forderte sie ihn von neuem auf.
Ich kann das nicht so ohne weiteres.
Sie hielt seinem Blick nachdenklich stand. Ihre Augen begannen, sich gegen ihn zu wehren.
Ein bißchen verwahrlost siehst du schon aus.
Was ihn ärgerte, denn er hatte ihretwegen den gereinigten Cordanzug angezogen, den leichten Pulli und war sich dabei lächerlich vorgekommen.
Na ja, sagte er.
Seine Maulfaulheit provozierte sie, sie erzählte gegen ihn an, nicht vorwurfsvoll, sondern um sich ihre Wirklichkeit zu bestätigen. Sie redete dringlich, atemlos. Martin wohne mit einem Freund in Rüsselsheim. Die Leute bei Opel seien zufrieden mit ihm. Ja – er habe ein paarmal nach ihm gefragt. Über Alex wüßte er sowieso Bescheid. Karolin wohne zwar noch in München, aber ohne ihren Freund. Sie müsse sich eben durchschlagen. Seine Druckerei, aber das habe er wohl erfahren, oder nicht, existiere nicht mehr. Die Leute, denen er den Betrieb verkaufte, seien nicht fähig gewesen oder hätten Interesse an andern Geschäften gehabt. Auf jeden Fall werde das Gebäude jetzt als Textillager benützt.

Und die Maschinen?
Die wurden weggebracht.
So waren sogar die Räume, an die er hätte denken können, leer und verwüstet. Er konnte, unbeschwerter, ein zweites Mal gehen. Wieder stand er hinter sich, als er sich von Hella verabschiedete, beobachtete, wie sein Rücken steif wurde, die Schultern sich dehnten, als wolle er Hella umarmen und wie er dann die Achseln hochzog. Er sah sie erst, als er schon das Haus verlassen hatte: Die ein wenig herrische Geste, mit der sie sich durch das Haar strich, ganz vergessend, daß es nicht mehr offen über die Schläfen fiel.
Bring mich zum Bahnhof. Nach Langen, Alex.
Willst du nicht bei mir übernachten?
Nein. Aber sie müßten noch einmal umkehren. Er habe vergessen, zur Bank zu gehen. Das sei wohl wichtig. Dort erläuterte ihm ein jüngerer Angestellter, den er nicht kannte, daß er die Zinsen restlos aufgebraucht habe und schon die Substanz beanspruche.
Er wunderte sich, wie wenig ihn das kümmerte.
Da werde ich mich nach einer Arbeit umsehen müssen, sagte er. Servus, sagte er, als er die Bank verließ und in der spiegelnden Glastür starrten ihm erstaunte Gesichter entgegen. Jetzt hielt ihn nichts mehr.
Auf dem Bahnhof verabschiedete er sich von Alex, fuhr mit dem Eilzug bis Stuttgart, wo er in einem Hotel in der Nähe des Bahnhofs übernachtete, von Hella träumte, die ihm ein fünf- oder sechsjähriges Mädchen vorstellte: Schau, das ist dein Vater, auflachte, das Kind aus dem Zimmer jagte. Er wachte an seinem lauten Atem auf.
Er bekam noch kein Frühstück im Hotel. Am Kiosk auf dem Bahnhof kaufte er sich eine Brezel, trank dazu wäßrigen Kaffee aus dem Pappbecher. Es kann sein, dachte er, daß ich von

nun an immer unterwegs sein werde und eines Tages irgendwo eingehe.
In der Mühle wartete Leo auf ihn. Abgenabelt? fragte er und horchte etwas erschrocken der saloppen Frage nach.
Strampeln habe ich inzwischen gelernt.
Obwohl er Pokko gerne wiedergesehen hätte, weigerte er sich, Leo nach Melchingen zu begleiten. Noch nicht. Erst einmal muß ich dafür sorgen, daß die Kannabich-Ausstellung zustande kommt.
Dafür habe er Verständnis. Doch wenn er sich schon in Kannabich vertiefe, in seinem Nachlaß krame, könnte er auch über ihn reden. In Tübingen fragten sie danach, in Radolfzell, Konstanz und Freiburg, sogar aus Lörrach und Basel wisse er es. Du kannst ohne weiteres als Kannabich-Kenner und -Freund auf Reisen gehen.
Wieso nicht? Im besten Falle würde er die sieben Leben Kannabichs erfinden.
Also gut, ich komme darauf zurück.
Nachdem sich Leo verabschiedet hatte, setzte er sich ans Fenster, nützte das schwindende Licht, den Brief an Hella zu beenden. Er führe ihn nicht weiter fort, sondern schicke ihr nun das ganze Konvolut. Als eine Art Vermächtnis oder womöglich auch als Anstoß. Es wäre unsinnig, schrieb er, wenn ich nach unserem Wiedersehen den Brief fortsetzte. Wir teilen unsere Erinnerungen nicht mehr. Unterwegs fragte ich mich, mit wem du zusammenkommst, ob du mit jemandem schläfst, und es tat mir weh, daran zu denken. Noch immer. Dennoch bin ich aus unserem gemeinsamen Leben ausgeschieden. Es wurde mir, während wir miteinander redeten, klar. Du würdest die, mit denen ich zusammenlebe, nie verstehen können und wollen. Es ist tatsächlich so, unsere Sprachen unterscheiden sich. Ich bin daran, die eine zu verlernen und

kann die andere noch nicht. Kannabich erging es ähnlich. Heute früh, in der Bahnhofshalle in Stuttgart, stand ein Dutzend junger Leute schweigend im Kreis und hielt sich an den Händen. Sie schwiegen, wie ein Transparent mitteilte, für den Frieden. Ich trat zwischen zwei, faßte ihre Hände, ihre erstaunten und mißtrauischen Blicke trafen mich ebenso wie die der Passanten. Zu den einen gehöre ich noch nicht, zu den anderen nicht mehr.

In den nächsten Wochen wurden seine Stiefel schwer. Der Frühlingsmorast setzte sich in Schichten unter die Sohlen. Er begann, sich Kannabich auszudenken, während er mit einem jungen Kunsthistoriker die Bilder und Plastiken für die Ausstellung auswählte.

# 28

Der Mühlbach sprang über die Ufer, überschwemmte den Hof, trieb die Katzen ins Haus. Das Licht lastete nicht mehr so schwer über der Hochfläche, wurde durchscheinender, unruhiger, bündelte sich gegen Abend in Flammen.

Georg hatte Lust, aufzubrechen, zu reisen. Die Einsamkeit in der Mühle machte ihm zu schaffen. Leo hatte für ihn die Vortragstermine verabredet; er wußte, wer überall auf ihn wartete, wieviel Honorar, wenn überhaupt, er bekommen würde. Er solle über Kannabich sprechen, über den Aufstand fürs Windrad, über seinen Abschied.

Hannes, dem die Gummistiefel an die Beine wuchsen, versprach, für die Katzen zu sorgen, nach dem Haus zu sehen.

Die Stelen und Bilder waren inzwischen für die Ausstellung fortgeschafft worden. Jetzt erst sah die Werkstatt verlassen aus, kein Ort mehr für Kannabichs Schatten, der ihm jedoch noch eine Botschaft zugespielt hatte: Beim Aufräumen fand Georg unter Papierkram einen handtellergroßen Katalog der Galerie Hermann in Stuttgart. Sie stellte 1947 fünf Künstler aus, die sich *Die Freunde* nannten. Von Kannabich waren in dem Heft einige Holzschnitte wiedergegeben, pathetische, sich gegen Krieg und Hunger aufbäumende Figuren. Und in wenigen Zeilen gab Kannabich Auskunft über sich selbst:

Geboren wurde ich 1924 in Brünn. Seit meinem sechzehnten Lebensjahr nahm ich Kunstunterricht. 1941 wurde ich zur Wehrmacht eingezogen. Die letzten zwei Kriegsjahre gehörte ich einer Strafkompanie an. Nach einem Jahr in russischer Kriegsgefangenschaft studiere ich nun an der Kunstakademie Stuttgart Bildhauerei, in der Klasse von Professor Alfred Lörcher.

Georg steckte den Katalog ein. Die wenigen, kargen Sätze regten seine Phantasie an. Schon gewann das Leben Kannabichs Konturen. Es würde ihm leichtfallen, sich Stationen auszudenken zwischen Brünn und Endringen, zwischen 1924 und 1979.

Wenn er in Freiburg seinen Vortrag halte, schrieb ihm Susanna, müsse er unbedingt bei ihr wohnen. Er solle sie vorher anrufen, es sei immer jemand da. Solche Aussichten beunruhigten ihn. Er wollte sich nicht festlegen, sich lieber ein bißchen treiben lassen. Und ob es überhaupt zu einem Vortrag komme, war noch gar nicht sicher. Bisher hatte er nicht einen einzigen Satz aufgeschrieben, es eigentlich auch nicht vor. Er wollte frei reden, seinen Einfällen nachgeben, sich auch von den Zuhörern anregen lassen.

Er verabschiedete sich von den Katzen, ließ am letzten Morgen seine Zehen besonders freundlich unter Maos Bauch ruhen. Sorgfältig packte er, prüfte nach, stapelte um. Als er, den Koffer in der Hand, die Wagner-Mütze auf dem Kopf, aus der Tür trat, machte Plisch vor Schreck einen meterhohen Satz und verschwand in den Büschen. Das Tier mußte ihn mit einem seiner Feinde verwechselt haben.

Leo fuhr pünktlich in den Hof. Er müsse, ehe sie hinunter nach Tübingen führen, noch rasch zur Post in Melchingen. Es sei Zeit genug.

Vor der Post wartete Georg im Wagen, dachte an Gertrud, an Pokko, dann sah er, in einem Gängchen zwischen zwei Häusern, das Kind, es spannte sich mit ausgebreiteten Armen zwischen die Wände. Es war Pokko. Der Junge, sonderbar in seine Haltung vertieft, bemerkte ihn nicht. Georg verließ das Auto, ging ein paar Schritte auf Pokko zu, auf Zehenspitzen und mit angehaltenem Atem, um ihn nicht zu erschrecken. Aber der war längst aufmerksam geworden, ließ die Arme sin-

ken, spitzte die Lippen, als wolle er pfeifen, schüttelte den Kopf, drehte sich langsam, bis er Georg einen lauernd gespannten Rücken zukehrte.
Georg sagte leise, mehr zu sich: Ich fahre für eine Weile fort, Pokko. Du! Ich weiß nicht, wann wir uns wiedersehen.
Pokko drehte sich weiter und aus der Drehung rannte er, ohne einen Haken zu schlagen, auf Georg los. Georg schaute in die aufgerissenen Augen, breitete die Arme aus, um das Kind aufzufangen. Doch Pokko fing sich selber ab, blieb wenige Meter vor Georg stehen, begann den Kopf hin und her zu wiegen, immer schneller, hörte damit wieder auf, wimmerte, legte die linke Hand vor die Augen.
Georg wagte es nicht, sich zu bewegen.
Langsam ließ Pokko die Hand sinken und seine Augen redeten wie toll.
Ich komme ja bald wieder, sagte Georg leise und löste damit den Bann: Pokko schnellte auf ihn zu, rammte ihm seinen Kopf so heftig in den Bauch, daß er vor Schmerz und Überraschung aufschrie. Dann preßte er das Kind fest an sich, doch es holte von neuem aus und hämmerte mit dem Kopf. Schließlich schmiegte es sich an ihn, schlang die Arme um seinen Bauch. Sie hätten lange so gestanden, hätte sie Leo mit seinem Gelächter nicht auseinandergetrieben.
Pokko war wie der Blitz davon.
Müßte er nicht in der Schule sein?
Leo half ihm beim Einsteigen. Manchmal schwänzt er. Seine Lehrerin besteht darauf, daß er die Behindertenschule in Tübingen besucht. Er braucht eine bessere Versorgung.
Und Gertrud?
Sie ist auf dem Sprung.
Ich bin es auch.
Auf der Fahrt beklagte Leo sich ausführlich über die schlech-

ten Einkünfte. Niemand helfe ihm, jeder ließe ihn hängen. Die Vereine schnappten ihm die Schüler weg. Wenn es so weitergehe, müsse er seinen Drachen den Wind abgewöhnen.
Georg ging nicht auf seine Klagen ein.
In Tübingen sprang er aus dem Wagen, ließ sich von Leo nicht auf den Bahnsteig begleiten. Ade.
Eine ganze Weile schmerzte sein Bauch von Pokkos Kopfschlägen. Er hatte ihm auf seine Weise ein Andenken aufs Fell gebrannt.

# 29

In Radolfzell wurde er von niemandem erwartet, obwohl es ihm Leos Zettel versprach. Da er wußte, wo er sich zu melden hatte, war es ihm gleich. Er spazierte durch die Stadt, die ihm bald zu klein wurde, erkannte bestimmte Ecken und Wirtshausnamen wieder, sah an der Ladentür einer Bäckerei ein handgeschriebenes Plakat, das seinen Vortrag ankündigte, las es mit einem gewissen Stolz, saß auf einer Bank am See die Zeit ab, die er sich gab, ehe er sich bei den Leuten meldete, die den Abend veranstalteten und bei denen er auch wohnte.
Sie empfingen ihn stürmisch, rissen ihm den Koffer aus den Händen, freuten sich, wie sie beteuerten, saumäßig über seinen Besuch, ließen es nicht zu, daß er sich in der weitläufigen Wohnung zurechtfand und deren Bewohner auseinanderhalten konnte, so daß er sich zu einem jeden und jede einschließenden Du entschloß, während er von allen Georg gerufen wurde.
Er bat, vor dem Vortrag ein wenig allein sein zu dürfen. Sie zeigten ihm sein Zimmer, einen winzigen Raum am Ende des Flurs, der nur Platz hatte für eine Liege, einen Tisch und einen ramponierten Thonet-Stuhl. Er legte sich hin, starrte an die Decke, suchte nach dem ersten Satz, wenigstens den wollte er parat haben, aber die Wörter waren zu flüchtig, so daß er es drauf ankommen ließ und mit Kannabich redete: Du weißt es ja besser und wenn ich es dir zu toll treibe, dann falle mir ins Wort, lege dich schwer auf meine Lippen, sperre dich gegen meine Gedanken. Laß dir was einfallen, Bruder.
Als es klopfte, wäre er am liebsten durchs Fenster geflohen.
Er trabte zwischen den jungen Leuten, die nicht mehr auf ihn achteten, weil das Lampenfieber sie nun ebenso plagte. Sie

rätselten, wie viele Zuhörer sich einstellen würden, fragten sich gegenseitig ab, ob sie auch genug geworben hätten, und ließen ihn, als sie die Gastwirtschaft betraten, in deren Saal er auftreten sollte, einfach stehen. Ihn packte die Angst, sie könnten ihn auslachen, für einen Falschmünzer halten, was er im Grunde auch war. Da griff eines der Mädchen, das er schon aus der Wohnung kannte, nach seiner Hand, blies sich mit vorgeschobener Unterlippe das Haar aus der Stirn und sagte: Du, das ist kaum zu glauben, der Saal ist überfüllt, es werden wie toll Bücher gekauft, Buttons und Aufkleber. Komm, die warten auf dich.
Ist dir nicht gut?
Doch.
Einige Zuhörer hatten keinen Platz mehr gefunden und drängten sich in der offenen Tür. Das Mädchen rief: Laßt ihn doch durch. Seid mal ein bißchen freundlich.
Sie lächelten ihm erwartungsvoll zu.
In Radolfzell wuchs Kannabich auf. Natürlich nicht in Wahrheit und auch nicht in Georgs Geschichte. Nur beschäftigte sich Georg in Radolfzell ausführlich mit der Kindheit Kannabichs. Schon im ersten Satz erlebte er sie mit, wurde zum Spielgefährten. Doch so weit war er noch nicht. Noch hatte er nicht begonnen, verwirrten sich ihm die Gedanken, suchte er nach Daten. Brünn wußte er, 1924 wußte er. Aber die Eltern? Die Wohnung? Die Straße? Der Garten, wo er spielte? Ihm fiel der Spielberg ein, die Brünner Festung, in deren Kasematten Freunde Garibaldis umkamen. Von dort aus, dachte er. Und daß er vielleicht früh von den Freiheitshelden gelesen hatte.
Fang doch an, rief ihm jemand zu. Es wurde still. Er setzte sich hinter den Tisch, kramte den Katalog aus der Tasche. Er würde nicht hineinsehen. Aber er legte seine Hand flach auf

das Heft und hoffte, Kannabichs Kräfte könnten sich so auf seine Rede übertragen.
Er fing nicht mit Brünn an. Nicht mit dem Tag der Geburt, sondern mit einem Satz, der sich brüstete und dennoch kleinlaut klang: Wir waren Freunde, Baldur Kannabich und ich, wir waren Freunde. Nach einer Pause fuhr er fort: Er hat mir oft aus seiner Kindheit erzählt. Hätte er nur, dachte er, nun muß ich ihn mir erfinden, den kleinen Kannabich. Sein Vater war Ingenieur, kam aus dem Sudetenland. Er muß einer der frühen Nazis gewesen sein, ein Anhänger Henleins. Aus völkischer Überzeugung gab er seinen Söhnen auch die Namen Sigurd und Baldur. Womöglich, schoß es ihm durch den Kopf, übertreibe ich nicht einmal. Kannabich war als Kind sehr zart und anfällig, überhaupt häufig krank. Seine Mutter – sie stammte aus einer tschechischen Familie – hütete ihn wie einen Augapfel und ihr verdankte er es, nicht gleich unter die erzieherische Fuchtel des Vaters geraten zu sein. Seine Sätze wurden umständlicher und suchten. Das war nicht gut. Er mußte seine Zuhörer mit einleuchtend erfundenen Wirklichkeiten überzeugen und schneller werden. Baldur wurde um ein Jahr verspätet eingeschult. Der Vater wünschte, daß er, wie sein Bruder, eine deutsche Schule in Reichenberg besuche, bei seinem Onkel, einem Textilkaufmann wohnte. Er wehrte sich dagegen. Die Mutter sprach für ihn. Der Vater ließ sich nicht erweichen. Der rachitische Schwächling müßte in eine harte Kur. Kannabich bestand sie, indem er sich verstellte. Er benahm sich deutscher als die andern, schwärmte bei jeder Gelegenheit vom Führer, lernte, obwohl es ihn anwiderte, erst mit dem Flobertgewehr, später mit dem Karabiner schießen, heimlich natürlich, damit die verdammten roten oder böhmischen Verräter ihnen, den Hitlerjungen, nicht auf die Spur kämen. Obwohl er schmächtig aussah, entwickelte er

erstaunliche Kräfte, ließ sich als bester Hundertmeterläufer seines Jahrgangs feiern, siegte sogar beim Schlagballwerfen. Diese mühselig gewonnene Zähigkeit half im später bei seiner Arbeit als Steinbildhauer. Schon in der Schule fiel im übrigen seine Neigung zur Kunst auf. Er malte, porträtierte Schulkameraden und sein Zeichenlehrer, ein hemmungsloser Verehrer Rembrandts, förderte ihn. Kannabich hatte sich also angepaßt. Nur ein Charakterzug machte ihm und seiner Umgebung bald zu schaffen: Ungerechtigkeiten konnte er nicht ertragen. So las er auch die Geschichtsbücher und erboste sich über Männer, die Geschichtsschreiber für groß hielten, die in Wahrheit aber Despoten und Massenmörder waren. Nein, er war nicht, wie es sein Führer wünschte, zum Helden geschaffen. Er mißtraute Helden, fürchtete, verachtete sie. So war der Konflikt, trotz aller Maskerade, vorauszusehen. Georg hörte sich atmen, schaute hoch, in aufmerksame Gesichter, staunte, wie mühelos es ihm gelungen war, die Bemerkung Kannabichs, er sei die beiden letzten Kriegsjahre in einer Strafkompanie gewesen, in seiner Geschichte anzusteuern. Dorthin wollte er jedoch nicht ohne eine tragische Episode gelangen. Es vergnügte ihn, seine Zuhörer aufzuwühlen.
Er nahm sich vor, Kannabich lebensgefährlich krank werden zu lassen, was auch nach einigen Anekdoten aus der Schulzeit und Seitenhieben auf den inzwischen zum SA-Offizier avancierten Vater, gut vorbereitet war. Baldur, erzählte er, kehrte kurz nach dem Einmarsch der deutschen Truppen und nachdem das Protektorat Böhmen und Mähren ausgerufen war, nach Brünn zurück, um an der deutschen Oberschule die letzten beiden Klassen zu absolvieren. Absolvieren, dachte er, ist ein häßliches Wort. Es war ihm in der Eile kein anderes eingefallen. Ein halbes Jahr vor dem Abitur wurde Baldur krank. Welche Krankheit ihn so schrecklich mitnahm, ist nie geklärt

worden. Vielleicht eine Art Meningitis, denn von Hirnkrämpfen hat mir Kannabich erzählt. Oder eine gräßliche Überreizung des Nervensystems durch die ständige Verstellung und die Abwehr gegen den Vater. Niemand rechnete mehr mit einer Genesung. Tagelang krümmten ihn Krämpfe und oft verlor er das Bewußtsein. Vielleicht rettete ihn nur die Geduld seiner Mutter, die sich, wie der Vater, 1945 das Leben nahm. Er wurde gesund, schaffte mit Mühe das Notabitur und wehrte sich gegen den Vater: Er wollte sich nicht freiwillig melden. Das mußte er nicht. Er wurde sowieso eingezogen und – warum, fragte er sich, wie und aus welchem Grund ist Kannabich in die Strafkompanie gekommen? Ob er Verfolgten geholfen hat? In Radolfzell blieb Georg an dieser Stelle dann doch ungenau. Erst als er auf die Gegenwart zu sprechen kam, auf die gemeinsame Zeit in der Mühle, faßte er sich wieder. Es machte ihm Spaß, Aussprüche Kannabichs zu zitieren, die er eben erfand. Wohlstandspack, rief er, das Demokratie nur als Vorwand für egoistische Bereicherung betreibt. Bald danach brach er ab.

In der Wohngemeinschaft, in den Zimmern, in denen überall sich Menschen drängten, erfuhr er zum ersten Mal diesen Schock, an den er sich nie gewöhnte. Vielleicht hatte er sie sogar mit Kannabich berührt, mit seinen menschenfreundlichen Aktionen und Träumen. Aber nun sanken sie wieder in ihre vorsichtige Existenz zurück, schonten sich vor was auch immer, ließen ihre Herzen langsamer schlagen, dämpften ihre Phantasie. Sie, die ihn umgaben, hatten nicht die Kraft, aufzuschreien, aufzubrechen. Sie sind, dachte er, und wollte es nicht denken, freundlich aus Schwäche. Zum Abschied streichelten ihn manche wie eine Heiligenfigur und winkten ihm nach.

Er fuhr am See entlang.

In Konstanz geriet er in die Obhut einer Buchhändlerin. Sie ließ ihn vor dem Abend nicht aus den Augen, wünschte, daß er keinen Alkohol trinke. In ihrer Wohnung roch es kräftig nach Trockenobst. Aus Ärger über sie gelang es Georg, Kannabich ohne Mühe als Widerstandskämpfer zu erzählen. Er habe 1943 als einfacher Panzergrenadier Flugzettel verteilt, sei erwischt und vors Kriegsgericht gestellt worden, habe offenbar einen Fürsprecher gehabt, denn anstatt zum Tode sei er nur zum Dienst im Strafbataillon Dirlewanger verurteilt worden. Während er Kannabich so weiter durch den Krieg trieb, seiner Mutter sogar das Leben wieder schenkte, damit sie den Heimkehrer in Heidenheim empfangen konnte, während er Kannabich die bizarren Formen des Wacholders auf Wanderungen studieren ließ, kränkte es ihn, daß seine Phantasie so ungehemmt auf eine unangenehme Person reagierte.
Nach dem Vortrag bat er einen sehr jungen Anhänger, ihm den Koffer aus der Wohnung der Buchhändlerin zu holen, setzte sich in eine Weinstube ab, trank in einer kleinen Runde so inständig, bis er am Tisch Kannabich sitzen sah, mit ihm ins Debattieren geriet und die Jungen, die ihn schlicht für betrunken hielten, ihn irgendwo zu Bett brachten.
In Lörrach lief er, ehe das Lädeli, ein allen Alternativen gewidmetes Haus, ihn schluckte, bis zum Abend herum, immer wieder, mitten im Ort an ein und demselben Haus vorüber, in dessen Parterre ein Fenster offenstand, hinter dem häusliche Geräusche zu hören waren: jemand hantierte mit Geschirr; wusch es wohl ab, zwei oder drei Personen unterhielten sich, doch nicht zielstrebig, sondern sich fortwährend unterbrechend. Er lehnte sich an die noch sonnenwarme Hauswand direkt unterm Fenster, hörte zu, verstand nichts, hörte alles zusammen wie eine Musik, die etwas in seinem Gedächtnis wachrief.

Dann, als sie im Lädeli auf ihn einredeten, verlor sich diese Anwandlung von Heimweh und er überließ es Kannabich, seine Furchtsamkeit in Energie umzusetzen:
Er hat, sagte er (dieses Referat gelang ihm, fand er, um eine Spur besser als die vorangegangenen), vor vielen anderen Warnern eingesehen, daß der Mensch sich aus dem großen Zusammenhang seiner Umgebung, der Erde und der Welt, herausgeschafft und gedacht hat, daß die Verbindungen zu reißen drohen, der Unrat, den er im Weltraum ablagert, auf ihn hinunterstürzen wird, wie die Gifte aus der Erde und den Meeren, in die er sie versenkte, wieder aufsteigen werden. Er sah, ehe die Wälder ihre Nadeln und Blätter verloren, die von Napalm und anderen Kampfstoffen versehrten Wälder, beklagte mit seinen Bildern und gespaltenen Stelen unser mörderisches, unbelehrbares, raubgieriges Wesen. Er rief auch seine guten Geister wach, die vernünftigen und die weisen, Sophokles, Rousseau, Hölderlin. Auf einem seiner Steine stürzt sich Empedokles in den Ätna, um durch sein Opfer die verratene Natur mit dem Menschen zu versöhnen.
Alma, der schweifende gute Geist des Lädeli, fand, er habe ganz toll erzählt und Kannabich ihnen allen nahegebracht, und Georg hätte ihr gestehen können, daß Kannabich ihm unheimlich wurde, er sich allmählich von ihm besetzt fühlte.
Seine Empfindlichkeit gegen die Sanften aus Überdruß, die Leisen aus Lustlosigkeit, die Friedfertigen aus Frust wuchs trotz ihrer Freundlichkeit. Sie trieben auf ihn zu und wieder von ihm weg, beinahe lautlos, ihr Gemurmel kam ihm mitunter vor wie das von Totgesagten. Draußen, rund um ihre Fluchthöhlen, trafen die Tätigen ihre Verabredungen, von denen sie sich die Zukunft erhofften, die die drinnen schon längst verrottet wußten. In der Nacht sagte er zu einem Mädchen, das neben ihm ans Regal gelehnt saß: Hast du eigentlich

nicht Lust aufzuspringen, rauszurennen, die Stadt zu wekken? Sie wunderte sich über seine Aufgeregtheit.
Wieso? Denen ist doch nicht mehr zu helfen.
Und dir? fragte er.
Sie blieb stumm neben ihm sitzen.
In Freiburg wurde es schwierig. Dort erwartete ihn Susanna, der er, schon etwas angeschlagen von der Fahrt, am liebsten aus dem Weg gegangen wäre. Er wollte sie nicht verletzen. So ging er direkt vom Bahnhof zur angegebenen Adresse, traf sie aber nicht an, überließ sein Gepäck einem lächelnden Jungen, zog, erleichtert, weiter, zum Münsterplatz, den er wie wenige Plätze liebte, beherrscht von dem in der Sonne rosenfarbenen Steingebirge, belebt von den vielen Marktständen, von Einkaufenden und Neugierigen, von Händlern und Habenichtsen, die sich in einer der vielen steinernen Nischen ausruhten. Es wehte ein kühler Ostwind, der sich an der steinernen Barriere in Strudeln teilte, Papier in Fetzen hochriß, Zettel mit Gelöbnissen und Bitten – und Georg sah, wollte es sehen, wie die friedliche Menge plötzlich auseinandertrieb in Parteien, wie sich Parolen in den Köpfen festsetzten, Gedanken verödeten, Automatengeschöpfe jäh aufeinander einschlugen. Er sah, wie sie nach einer Zeit zurückwichen, blutig, verkrüppelt und nur einen auf dem Platz zurückließen, zwischen den umgeworfenen Ständen: Er lag auf dem Pflaster, wie jener Mann im Stuttgarter Bahnhof, damals, als er eben aufgebrochen war und alle diese Hieroglyphen des drohenden Untergangs noch nicht lesen konnte.
Er kehrte in einer Weinstube ein, setzte sich ans Fenster, schaute hinaus auf den Münsterplatz, spielte mit dem Gedanken, die Reise abzubrechen, Kannabich aufzugeben, die Vorträge abzusagen.
Sie hatte sich hinter ihn geschlichen und hielt ihm die Augen

zu. Er roch sie, ihre Haut und er freute sich, daß sie ihn aus seiner Unschlüssigkeit erlöste. Wer bist du? fragte er, auf ihr Spiel eingehend. Wer?
Rat mal, antwortete sie mit verstellter Stimme.
Er lehnte sich im Stuhl zurück, drückte seinen Kopf gegen sie: Ich kann dich riechen.
Kannst du mich wirklich riechen? Sie lachte und verstellte sich nicht mehr. Wirklich? wiederholte sie. Warum bist du nicht gleich gekommen? Ich habe dich zufällig gesehen.
Ach, ihr Spinner, ihr beide – sie sagte es, als säße Kannabich neben ihm.
Er zahlte.
Sie lehnte sich gegen ihn, genoß die fragenden Blicke der Gäste: Sie sind sich nicht sicher. Bist du mein Vater ober bist du mein Freund? Das gefällt mir.
Draußen legte er den Arm um ihre Schulter, das Kopfsteinpflaster zwang ihn, vorsichtig zu gehen. Weißt du, redete sie los, erwarte bloß nicht zuviel von heute abend. Im Moment ist hier alles ziemlich lahm. Keiner weiß warum. Sie hängen rum wie krank. Du? Sie zwickte ihn in den Arm. Ich freue mich unheimlich, daß du hier bist. Wie lange kannst du bleiben?
Er hatte das Wochenende frei. Wenn er ehrlich sein wollte, hatte er sich vorgenommen, am andern Tag weiterzufahren, sich an irgendeinem Ort im Schwarzwald zu erholen. Nun gab er ihr nach.
Bis zum Montag, genau zweieinhalb Tage.
Prima, sagte sie, klatschte in die Hände: Siehst du, wenn ich in die Hände klatsche, fliegen die Tauben auf.
Das war einer von den Sätzen, die sich in seinem Kopf einnisteten, ein Echo bekamen. Es ist verrückt, sagte er, wenn ich solche Sätze wie den jetzt, den von den Tauben, höre, dann stelle ich mir immer gleich vor, in welcher Schrift sie am be-

sten aussehen, in der Walbaum, der Garamond, der Times, der Helvetica. Ich sehe den Satz in allen Schriften vor mir. Weißt du was? Du solltest, wenn du diese Reise überstanden hast, wieder in deinem Beruf anfangen.
Und du? Wie geht es dir im Kindergarten?
Ganz gut. Ich kann erst einmal bleiben.
Wegen Susanna wurde Kannabich in Freiburg ein anderer als vorher. Sie kannte ihn, sie hatte den Kampf ums Windrad miterlebt, in der Mühle gewohnt. Sie hatte Erinnerungen an ihn, zwar andere als Georg, aber er konnte nicht verändern oder umerzählen. So hielt er sich vor allem an Kannabich, den Erfinder und den Meister der Stelen. Um den hatte sie sich weniger gekümmert. Er sagte: Kannabichs Phantasie schweifte aus, er gab ihr nach, doch nie hätte sie ihm dazu dienen können, zu verletzen oder zu zerstören. Er war ein gewaltiger Liebender. Manche, auch viele von den jüngeren Freunden, die damals in der Mühle kampierten, hielten und halten die Stelen für Sauereien. Ich weiß es. Es stimmt ja auch. Auf ihnen treiben es Figuren nach Lust und Laune. Aber, gefesselt in den Stein oder ins Holz sind sie auch allein, hadern mit sich, mit andern, gehen zugrunde, zweifeln, verkommen. Kannabich sagte mir, die Stelen seien sein Tagebuch. Und hätte das Unglück ihn nicht aus der Mühle getrieben, hätte er, ich bin sicher, eine Stele errichtet, die in nichts mehr ihren Vorgängern glich. Sie sollte so hoch wie das Windrad werden. Den Obelisken der schönen Überlebenskünste wollte er das Gebilde nennen; er sollte zum Pilgerziel werden für jene, die das andere, neue Zeitalter wenigstens ahnen.
Georg wunderte sich, wie er so mir nichts dir nichts auf den Obelisken kam. War Kannabich wieder gegenwärtig und redete aus ihm?
Ein Student wollte noch mehr über Kannabichs künstlerische

Pläne wissen. Georg schaffte es nicht, den Faden weiter zu spinnen. Der eine Einfall hatte genügt, die Erinnerung an Kannabich zu ergänzen, womöglich zu verwandeln. Keiner würde den Obelisken vergessen. Er selbst vor allem nicht. Er würde ihn von Mal zu Mal genauer vor sich sehen, eine Stele, so hoch wie eine alte Pappel und überwuchert von Kannabichs Menschenpflanzen.

Die beiden nächsten Tage wohnten sie in Susannas Bett, redeten sich den Abstand der Jahre ein und aus, bis Susanne ihm ihre Liebe erklärte.

Er mochte sie, doch aus einer immer spürbaren Distanz.

In Stuttgart bekam er es mit der Polizei zu tun. Wieder hatte er sich auf dem Hauptbahnhof in die schweigende Runde begeben, Hände Fremder gehalten, und der Kreis erschien ihm wie der Teil eines noch undeutlichen, sich rund um die Erde ausbreitenden, schönen Musters. Als der Ring sich auflöste, wurde er von zwei Zivilisten aufgehalten.

Er solle sich ausweisen.

Aber wieso?

Polizei, erklärten sie lakonisch, als ob das genüge, ihn festzuhalten und aufzufordern, den Ausweis zu zeigen.

Habe ich mich strafbar gemacht?

Nein.

Wieso dann?

Wir möchten Sie darum bitten.

Hören Sie – er bemühte sich, die Fassung zu bewahren –, hören Sie –.

Sie wünschten nichts, als seinen Ausweis zu sehen.

Bitte! Er zog die Brieftasche heraus, gab ihnen den Reisepaß, den der eine mit routinierten Fingern durchblätterte und ihn so abfragte, wie es die alte, buckelbeugende Litanei seit eh und je fordert: Sie heißen Georg Landerer?

Ja.
Geboren am 12. März 1925?
Ja.
Geburtsort Eßlingen?
Ja.
Wohnort Wallstadt?
Nein.
Auf ein Nein waren sie nicht gefaßt: Aber es steht hier doch eingetragen!
Sicher. Aber es ist auch jedermann gestattet, sich freizügig im Lande zu bewegen, umzuziehen und so weiter.
Na ja, erwiderte der eine, ein wenig verlegen, da eine Belehrung durch den Delinquenten nicht zum Fragespiel gehörte.
Und wo wohnen Sie jetzt? fragte der andere.
Derzeit in Endringen.
Sind Sie dort angemeldet?
Ich glaube schon.
Was heißt das? Sind Sie in Endringen gemeldet oder nicht?
Ich kann es nicht genau sagen.
Sie bedachten ihn mit vorwurfsvollen und zweifelnden Blikken und gaben ihm den Paß zurück mit der Bemerkung, in drei Monaten verliere er seine Gültigkeit.
Ich werde mich darum kümmern. Schon wieder wurde er beflissen und krümmte sich. Es geschah wie von selbst.
Sie können gehen. Drei Wörter wischten ihn weg und gaben ihn frei.
Kannabich half ihm am Abend. Nichts ließ sich farbiger und überzeugender erfinden als sein Kampf mit der Obrigkeit. Wie er die Schulmeister, die sein Vater auf ihn gehetzt hatte, durch gespielte Schwäche narrte, wie er, eben eingezogen zur Wehrmacht, Flugblätter abschrieb, verteilte, lange Zeit unentdeckt blieb, durch den Einspruch eines seiner Offiziere an der

Todesstrafe vorbeikam, zu Dirlewanger geschickt wurde in die Strafkompanie, wie er nach dem Krieg hellwach blieb, sich mit der Military Police in Stuttgart ebenso anlegte, weil sie ihm verbot, in einer Kneipe mit amerikanischen GIs zu diskutieren, wie mit einem alten Kommissar der Landespolizei, der sich als dauerhafter Nazi entpuppte und auf die Vergeßlichkeit der Allgemeinheit setzte. Er prügelte sich mit ihm, saß zwei Wochen, wurde von den Richtern schließlich freigesprochen, da sie dem braunen Gerede ihres Polizisten so unverhohlen nicht recht geben konnten. Was aber nichts daran änderte, daß der Kommissar Kommissar blieb und vielleicht auch noch befördert wurde. Wie Kannabich auf dem Sonnenbuckel der Obrigkeit widerstand und von ihr überrumpelt wurde, ersparte er sich, zu erzählen. Es sei bekannt, jeder könne sich ein Bild machen. Zum Schluß war er ein wenig zu pathetisch geworden. Er brach erleichtert ab. Mit Kannabich hatte er die beiden Polizisten aus seinem Gedächtnis getrieben. Da er nicht privat, sondern in einem kleinen Hotel in der Nähe des Bahnhofs untergebracht war, gelang es ihm, sich nach der Rede unbemerkt davonzustehlen, denn das Publikum war ihm nicht geheuer: Mehr Lehrer als sonst, deren theoretisches Gerede ihm ein Greuel war.

Angsthas, schrie die Stimme in seinem Kopf, lauf und lauf und wart's nicht ab.

Was?

Kannabich machte sich in seinem Kopf breit. Leos Terminplan hielt ihn gefangen. Ein warmer ausdauernder Regen wusch ihm auf dem Gang durch die Stadt das Gesicht. Er hatte Zeit und er entschied sich, ehe er nach Karlsruhe weiterreiste, die Gräber der Eltern in Eßlingen zu besuchen. Unterwegs hatte er nie an sie gedacht, nun hatte er das Bedürfnis, ihnen den verwilderten Rest von sich vorzuführen.

Die Stadt, in der er aufgewachsen war, gelernt hatte, die ihm vertraut war, wie ein abgetragener Mantel, wies ihn ab, war ihm fremd. In der Maille hätte er an dem Haus vorbeigehen können, in dem er mehr als zwanzig Jahre wohnte. Er ließ es. Als er am Grab der Eltern stand, mit dem Handrücken den Stein abwischte, damit die eingravierten Namen wieder zu lesen waren, kam es ihm vor, als spiele er sich und nicht einmal gut. Er lief fort, dachte nicht an die Eltern, sondern an den Löwenbändiger, den großen Renzo, der sich sonderbarerweise in sein Gedächtnis gestohlen hatte, allerdings ohne von Laura begleitet zu werden.
In Karlsruhe desertierte Kannabich kurz vor der Niederlage an der italienischen Front, durchquerte in Georgs Nacherzählung Anderschs Buch von den »Kirschen der Freiheit«, trat in die kommunistische Partei ein und nach drei Jahren wieder aus, blieb ein Widergänger, der noch einmal, nach der schweren Krankheit am Ende der Schulzeit, als Erwachsener, von einer rätselhaften Krankheit heimgesucht wird, 1953 für fünf Jahre in Kliniken verschwindet und nach der Wiederkehr ein verschollenes Pamphlet gegen den, wie er es nannte, allgemeinen Gedächtnisschwund veröffentlichte.
Georgs Schilderung der Ereignisse auf dem Sonnenbuckel, mit der er meistens den Vortrag schloß, wurde von Mal zu Mal kürzer und wütender. Er redete Nachrufe auf Kannabich, auf den mißratenen Aufbruch, gegen die Resignierenden und gegen die Bewacher. Er redete sich in Rage.
In Frankfurt stritt er bis in den Morgen mit Alex über den Sinn von Kannabichs Steinen und Symbolen. Er erklärte die Schwänze, den Turm mit dem Windrad für Zeugnisse einer neuen Sinnlichkeit und fragte die Stimme in seinem Kopf, ob Kannabich dies gutheiße – er bekam keine Antwort.
In Marburg überrumpelten ihn Rita und Tobel und be-

herrschten mit ihren Liedern den Abend, erzählten ihre Erlebnisse mit Kannabich, riefen Mao, die rotpelzige Kassandra und die andern Katzen zum Vergnügen der Zuhörer als Zeugen auf, so daß Georg der Vortrag erspart blieb und er nur Kannabichs Brief vorlas, den zwar viele in Auszügen aus der Zeitung kannten, der sich aber doch als genaueste Auskunft erwies.

In Goslar konnte er das Publikum nicht ausstehen, feine Leute, die sich eben mal mit alternativen Überlegungen vertraut machen wollten. Er malte sich und ihnen einen Kannabich aus, der seine Einsamkeit mit wilden Sexualphantasien auffüllte, mit grandiosen Gliederorgien.

In Göttingen betrog er Susanna mit einem Mädchen, das ihr glich, und trieb sich sein schlechtes Gewissen in Selbstgesprächen aus.

In Lüneburg begehrte Kannabich zum ersten Mal auf, indem er ihm mitten in der Rede gewissermaßen ins Wort fiel, ihm die Einfälle madig machte, ihn zum Stottern brachte und Georg nachher unter den Zuhörern jemanden sagen hörte, daß das alles auch wieder nicht so gut sei.

In Hamburg fing, dem Kalender nach, der Sommer an, und in Hamburg setzte sich Kannabich nachts auf seine Brust und drückte ihm den Atem aus dem Leib.

In Kiel mußte er nach dem Zettel mit der Adresse seiner Gastgeber suchen, lange, legte es als Omen aus, rief an, entschuldigte sich, er könne nicht, er habe genug, sei krank, werde, das sollten sie weitersagen, nie wieder über Kannabich sprechen, habe vor, sich für eine Weile unsichtbar zu machen, redete Unsinn ins Telefon, wartete nicht erst auf Antwort, legte auf.

Er erschien unangemeldet in Endringen, in der Mühle, erfuhr von Hannes, der erschrocken feststellte, er sehe aus wie sein

eigener Geist, daß bis auf Mao alle Katzen davongelaufen seien, obwohl er täglich für frisches Futter gesorgt habe, ging durch das hochgeschossene Gras am Bach, zwischen den entstellten Stelen, schaute in die Werkstatt, in der es noch immer nach frischem Holz und Farbe roch, versuchte sich in seinem Zimmer einzunisten, aber seine und Kannabichs Unrast trieben ihn wieder hinunter in den Hof und die Kinderstimme in seinem Kopf kreischte: Weggfahre bisch und hoimkomme bisch/nix isch und wieder nix und wieder nix.
Die lange Reise schnurrte zusammen zu Bildern von Menschen, Häusern, Räumen.
Er zog in den Grünen Baum, wußte, daß es dieses Mal nur ein Übergang sein dürfte. Er mußte Endringen verlassen, die Mühle, die Gegend. Vielleicht, so hoffte er, würde dann auch Kannabich zurückbleiben, den er sich so lange eingeredet hatte, bis er zu seinem Plagegeist geworden war.
Laß mich in Frieden, guter Freund, flehte er, als er die ohnehin locker in den Angeln hängende Mühltür hinter sich schloß.
Mao nahm er mit.

# 30

Der Doktor ließ nicht locker. Komm, rief er an, ich hole dich, oder besser noch, wandere über den Höhlenberg zu uns. Ich weiß, die Reise hat dir den Rest gegeben. Kannabichs Andenken lastet auf dir. Deshalb mußt du aber nicht den langen Tag und den längeren Abend in der Wirtschaft verbringen und die arme Windmengerin in Sorgen stürzen. Renne doch wenigstens über die Feldwege und Wiesen wie früher. Es ist Sommer, mein Lieber, wenn augenblicklich auch ein regentrüber.
Er mußte raus. Der Doktor hatte recht. Er mußte sich aussprechen. Kannabich fehlte ihm. Mao ließ sich, von den Düften und Dämpfen der Restaurantküche angezogen, kaum mehr blicken. Alex hatte sich zweimal angekündigt, doch wieder abgesagt. Susanna wagte er nicht anzurufen. Sie könnte es falsch auslegen. Und Hella war zu einem fernen Gestirn geworden, das seine Gedanken kaum mehr beschäftigte. Er meldete sich bei Heinzinger an, wanderte in einem stockenden, sich manchmal widerrufenden Mäander auf das Nachbardorf zu. Heinzingers Haus lag am Ortsrand. Es stieg mit seinen Stockwerken einen Hügel hoch, so daß der Besucher aus zwei unterschiedlichen Höhen eintreten konnte: Ins Parterre und, vom Hügel her, in den zweiten Stock, unters Dach. Der Eingang zum Parterre war der Praxis und den Patienten vorbehalten, der am Hügel der Familie und den Gästen.

Heinzingers Familie blieb für Georg ein undurchschaubares, ständig wucherndes Gebilde. Neben vier eigenen Kindern, von denen drei sich nur noch zu Besuch einfanden, nahmen die Heinzingers Kinder in Pflege auf, oft schwierige Geschöpfe, die sich gegen alles und alle wehrten, ständig auf dem Sprung und oft unerreichbar für Freundlichkeiten.

Georg kannte nicht alle beim Namen. Hilde Heinzinger, in deren Schlepptau sie meistens erschienen, stellte sie auch nicht vor. Es war ihm ein Rätsel, wie die winzige Frau, die in jeder freien Stunde Geige spielte, selbstverständlich Büro und Abrechnung der Praxis besorgte, wie sie mit diesem halben Dutzend zu Rande kam. Manchmal geriet sie, das wußte er vom Doktor, aus der Fassung, heulte eine Nacht lang, verfluchte die unerschöpflichen Reserven von Gemeinheit und Unvernunft, rollte sich im Bett zusammen, verschmähte jedes beruhigende Medikament und war nach vierundzwanzig Stunden wieder bereit für die geliebte Horde.

Es war ein Glück, daß er sich vom Doktor ins Freie hatte lokken lassen. Die wie Wogen verlaufenden Hügel vorm Albtrauf lösten sich in jener dunstigen Bläue auf, die ihn jedes Mal entzückte.

Vor Heinzingers Haus angelangt, war er unschlüssig, welche Tür er wählen sollte, die für den Patienten oder die für den Freund. Schließlich setzte er sich unten ins leere Wartezimmer, hoffte, nachdem er sich zweimal lautstark geräuspert hatte, von Heinzinger entdeckt zu werden. Der schien längst Bescheid zu wissen, riß die Tür auf, grüßte ihn mit dem Gleichmut eines vielbeschäftigten Arztes, spielte weiter, bat ihn, auf dem Stuhl neben dem Schreibtisch Platz zu nehmen, fragte ihn aus wie immer. Er untersuchte ihn, stellte, nachdem ihn der Blutdruck bekümmert hatte, vergnügt fest, daß die Reise mit Kannabichs Geist Georg sieben Kilo gekostet habe. Wenn das nichts sei. Ob er sich schlapp oder erleichtert fühle? Beides.

Immer, wenn Heinzinger ihn abgeklopft und abgefühlt hatte, fühlte er den Druck seiner Hände weiter. Es war ihm angenehm. Sie schienen ihm wie von Mesmerscher Elektrizität geladen.

Jetzt erlaubte ihm das Ritual, den Patientenstuhl zu verlassen, sich auf das bequeme, abgewetzte, speckige Ledersofa zu setzen, um das herum sich Heinzingers Ordination im Lauf der Jahrzehnte aufgebaut hatte. Das alte Möbelstück widerstand der polierten, keimfreien Einrichtung wie ein Rest aufsässiger Geschichte.
Wie steht's, Heinzinger?
Es kann dich heute oder morgen hinhauen, Lieber, oder du lebst noch dreißig Jahre. Beides ist möglich. Ich kann deine Depressionen abfangen. Das ist kein Problem mehr, dank dieser entsetzlichen Kapseln, die du täglich schluckst. Aber was darunter passiert und was dagegen anrennt, kann ich nicht bändigen.
Wenn es nur meine Krankheit wäre, Doktor, wenn ich diese Pillen nur für mich schluckte, aber so ist es nicht. Wir haben uns in einem selbstgesponnenen Gewebe von Angst verfangen und würden draufgehen, sobald es zerrisse. Das ist eine Falle.
Heinzinger sah mißmutig über den Brillenrand hinweg: Und Kannabich und dein Geschwätz vor vorgestern? Hast du nicht irgendwann einmal aufbrechen wollen? Bist du es nicht?
Ich will es noch immer. Aber allein schaffe ich es nicht.
Das denkst du.
Ich habe es doch erfahren.
Dann fang dir jemanden.
Soll ich?
Solche Wortwechsel konnten Ewigkeiten dauern. Mit jedem Satz näherten sie sich einander. Jedes Wort war vorlaut oder vorsichtig, ritt, wenn es möglich war, auf einem Witz oder zog sich zurück.
Er entspannte sich, wartete darauf, daß der Doktor die Schublade aufzog und ihm einen Obstler anbot. Aber ehe es dazu kommen konnte, wurde sie gestört. Heinzinger wurde

hinausgerufen. Er hörte ihn reden, hastig, aufgeregt. Wahrscheinlich mußte er zu einem Unfall. Heinzinger stieß die Tür auf, strich sich mit Zeige- und Mittelfinger der linken Hand die Stoppeln am Kinn. Schade, seufzte er. Komm, wir fahren rüber zu Leo. Pokko ist verschwunden. Reg dich bloß nicht auf. Den finden wir wieder.

# 31

Er stürzte gegen ihre Ruhe wie gegen eine dicke Trennscheibe. Sie saßen auf der Gartenbank hinterm Haus, Leo und einer seiner Helfer; ein junges Paar, das er nicht kannte, hockte im Gras.
Leo hatte eben eine Zigarette gedreht und warf sie dem Mädchen zu, das Gertrud ein wenig glich. Hier hatte sie gesessen, hier in der Küchentür. Er hörte ihre prügelnde Stimme wieder. Damals hatte sie ihn vertrieben.
Wißt ihr? begann er, aber Leo wischte ihm mit einer unwilligen Geste den Rest der Frage von den Lippen. Wir wissen gar nichts, Georg, nichts, wir warten. Wir haben auch auf dich gewartet. Ist das klar?
Heinzinger schob ihm einen Küchenhocker in die Kniekehlen. Er setzte sich. Ja, sagte er.
An seiner Stelle fragte der Doktor, ob sie bei der Polizei eine Suchanzeige aufgegeben hätten, was Leo aber für verfrüht hielt.
Unsere beiden Polizisten helfen uns sowieso suchen, hier im Ort und in der Umgebung. Sie kennen Pokko, kennen seine Gewohnheiten und Schleichwege. Er hat sie oft genug genervt.
Seit wann ist er weg? Heinzinger hatte sich hinter Georg aufgestellt und massierte ihm mit seinen Mesmerhänden die Schultern.
Seit sieben oder acht Stunden hat ihn niemand mehr gesehen.
Kennt ihr Verstecke, die er bevorzugt, wohin er sich zurückzieht?
Da haben wir gesucht. Überall.
Hat ihn was durcheinandergebracht? Habt ihr Krach gehabt?

Nein. Leo, der sich nur noch mit Mühe beherrschte, hob die Arme, als wolle er sich seinem Gegner ergeben: Bestimmt nicht. Seit Gertrud vor einer Woche abhaute und uns versicherte, sie habe die Schnauze von uns voll, wir könnten sehen, wie wir mit dem Idioten zurechtkämen, war er eigentlich ganz locker. Er hat oft geschwänzt, das stimmt. Heute früh wieder. Nach der zweiten Stunde sauste er aus der Klasse raus. Seither hat ihn im Dorf keiner mehr gesehen. Trotzdem meinen alle, die Lehrerin, der Pfarrer, der Italiener, die Nachbarin, daß wir nicht besorgt sein müßten, daß er von sich aus wiederkomme.
Heinzingers Hände packten fester zu, rissen ungeduldig an Georgs Schultern. Also ich ertrage es schlicht und einfach nicht, sagte er, mit euch herumzusitzen und zu warten, ob Pokko von irgendeinem allerliebsten Schutzengel nach Hause geführt wird. Ich bin dafür, wir teilen uns auf und sehen uns vorher die Karte an.
Sie gaben ihm, erleichtert, nach, als hätten sie auf seine Standpauke nur gewartet.
Leo breitete die Karte auf dem Küchenboden aus. Vielleicht rüber zum Lichtenstein?
Ach Unsinn. Das Mädchen, das bisher still geblieben war, schüttelte verärgert den Kopf. Wahrscheinlich ist er dem Kätzle nachgerannt oder es suchen gegangen.
Mo, das ist eine Idee, stimmte ihr Leo zu.
Kurz vor Gertruds Abreise sei ihnen ein junges Kätzchen zugelaufen, habe sich erst im Garten, danach im Haus festgesetzt, zu Pokkos großem Glück. Er habe viel mit ihm gespielt, es ungewohnt behutsam mit sich herumgetragen, Freundschaft geschlossen. Er habe dem Kätzchen sogar einen Namen gegeben.
Hat er gesprochen? fragte Georg überrascht.

Ja. Da staunst du. Er taufte es Mo. Wahrscheinlich fiel ihm euer Mao ein.
Das ist das dritte Wort, sagte Georg.
Wie meinst du das?
Ich meine, Pokko hat nun schon drei Wörter gesprochen.
Er lernt, der kleine Kastenkopf, der Quittenscheißer, sagte der Doktor, kauerte sich über die Karte, teilte Melchingen und Umgebung mit einem Filzstift in drei Tortenstücke und entschied, wer wo suchen solle. Landerer müsse das Haus hüten, hier auf den Stromer warten.
Sie machen sich auf. Er lauscht auf die Geräusche aus dem Garten und aus dem Haus.
Die späte Nachmittagssonne wirft geometrische Muster auf den Küchenboden. In Gedanken folgt er ihnen bis zum Treppenaufgang, hinauf, wo Pokko geschlafen hatte, in Gertruds Zimmer, an dessen Längswand zu seiner Überraschung ein alter bemalter Schrank stand, zu dem die zerlegene Matratze in der Ecke überhaupt nicht paßte.
Vor unendlich langer Zeit hatte er sich in seinem Brief an Hella über das Gerümpel und die Unordnung beklagt. Das alles störte ihn nicht mehr. Reste von Bequemlichkeit genügten ihm. Auf einem Stuhl zu sitzen war ihm lieber als auf dem Boden, in einem Bett zu liegen angenehmer als auf einer Matratze.
Auf dem Schreibtisch in Leos Zimmer häuften sich Prospektentwürfe für die Flugschule. Er blätterte sie durch, fand sie dilettantisch und ärgerte sich vor allem über die abscheulichen Schriften.
Pokko schlief offenbar bei Leo. Neben einer Matratze, über die eine schöne Indianerdecke geworfen lag, fand er in einem Pappkarton Jungenkleider, Spielzeugautos und einen geschnitzten Vogel. Er dachte, als er den Vogel zwischen den

Händen rieb und das Holz warm wurde, daß dies Pokko, wo auch immer er sich herumtreibe, vielleicht spüre wie ein Streicheln.

Als er die Treppe hinunterstieg, stolperte er über einen Besen, faßte es als Wink auf und begann, gegen seine Unruhe, die Zimmer zu kehren. Dabei entdeckte er, wieviel Leo mit seinen Freunden schon repariert und verbessert hatte. Die Wände waren frisch geweißt, die Dielen abgezogen.

Sie fanden Pokko nicht. Einer nach dem andern kehrte traurig zurück.

Selbst der Doktor versuchte es nicht mehr, sie mit Sprüchen aufzumuntern. Es bleibe nichts anderes übrig, als die Polizei zu alarmieren. Er übernähme es, da er die Polizisten gut kenne und sich mit ihnen verstünde. Vielleicht könne man eine größere Suchaktion auf den andern Tag verschieben. Er möchte schon um Pokkos willen kein Aufsehen. Wir wecken da nur die Sozialhelfer, Psychologen, Amtsvormünder. Mich wundert es sowieso, daß Gertrud mit dem Kind so lange ungeschoren blieb.

Leo fing an zu kochen. Das fremde Mädchen legte sich in den Garten. Der Junge setzte sich auf die Treppe und Leos Kumpel schrieb auf eine Schiefertafel die Startzeiten für die morgigen Flüge. Darunter setzte er in schnörkeliger Schrift: Ohne Gewähr.

Sie empfingen den Doktor und den Polizisten mit lauter Absetzbewegungen: Das Mädchen zog sich noch tiefer in den Garten zurück, der Junge verschwand im ersten Stock, Leos Kumpel ging vors Haus und Leo begrüßte den Polizisten, nachdem er ein Stück Brot heruntergekaut hatte, mit einem: Na, wie geht's?

Heinzinger redete, erklärte. Daß der Junge ja gestört sei, warf der Polizist ein, was der Doktor, ihrer Wut zuvorkommend,

korrigierte: Was heißt denn gestört? Stört er sie, stört er sich? Wird er gestört?
So habe er es nicht gemeint. Aber der Junge könne sich nicht verständlich machen, wenn ihn jemand auflese.
Die meisten in der Gegend kennen das Kind.
Das stimmt.
Haben Sie schon die Landespolizei verständigt? fragte Georg.
Das wolle er, so habe ihm der Doktor geraten, erst am Morgen tun. Und wir? Was geschieht inzwischen hier?
Vielleicht könnte sein Kollege helfen. Dem Polizisten war die Unterhaltung spürbar unangenehm. Es drängte ihn fort.
Wie?
Er ist Hundeführer. Wenn sie mir ein ungewaschenes Hemd oder Strümpfe oder Wäsche von Pokko mitgeben, kann der Hund gleich zu suchen anfangen.
Wenn's hilft. Leo verschwand und kam mit einem Hemd und einer Unterhose zurück.
Heinzingers Einwand, der Hund könne das ängstliche und verwirrte Kind sehr erschrecken, wies der Polizist eifrig zurück. Nein, nein, der ist erfahren. Und war auf und davon.
Das Geschwätz der anderen, Heinzingers Sarkasmus, die Wärme in der Küche trieben Georg vors Haus. Ond, rief die Kinderstimme. Die Silbe warf ein mildes Licht in sein Gedächtnis. Ond. Wieder eilte er mit Pokko auf die dunkle Menschenpalisade zu, umschloß die kleine Hand mit der seinen, stammelte mit: Ond. Nun begriff er, daß Pokko schon weiter war, ein Wort vollendet, den Einsilber in zwei staunenden Anläufen zusammengefügt hatte. Erst Ond und danach, ganz anderswo und nicht mehr aus Furcht, sondern aus Liebe: Mo. Er hat den Mond entstehen lassen. Er hat sich ein Stück Welt geschaffen. Ein Wort und mehr als das.
Georg ließ das Dorf hinter sich. Von dem suchenden Polizi-

sten war nichts zu sehen. Da und dort fuhren noch Bauern auf Traktoren, die ungleichen Motorengeräusche rieben sich aneinander. Auf einem dieser Wege könnte Pokko dem Kätzchen nachgerannt sein, mit ihm spielend, verlor es aus den Augen und suchte nach ihm. Vielleicht hatte es ihn in den Wald am Kornbühl gelockt. Doch er könnte ihm genauso ans andere Ende des Dorfes gefolgt sein, dem Kätzchen, dem Halbmond, dem Freund, dem Geist. Ich bin verrückt, dachte er, ich greife viel zu hoch, um das Kind zu verstehen. Er hielt an, rief nach Pokko, ohne Erfolg.

Nach alldem würde ihnen nur noch der Zufall helfen können. Aber der half nicht. Es half der von ihnen belächelte Suchhund. Pokko war auch nicht so weit gekommen, wie sie vermuteten. Er war im Dorf geblieben, in einer nur noch als Abstellplatz benützten Gemeindescheune, wo er sich nach dem Spiel mit Mo und wahrscheinlich den Schutz des dämmrigen Gehäuses genießend, auf einen alten Leiterwagen gelegt hatte und eingeschlafen war. Mo wachte tatsächlich über ihn, auf einem Dachbalken, von dem aus sie das unerwünscht auftauchende Paar, den Hund und seinen uniformierten Begleiter, fauchend zu vertreiben versuchte.

Nein, berichtete der Polizist danach, Pokko sei überhaupt nicht erschrocken. Er habe die Augen geöffnet, aber sich gleich wieder schlafend gestellt, während sich die Katze inzwischen auf einen noch höher gelegenen Balken zurückzog. Und dann hätte er sie ja auch gleich unterrichtet.

Erst wollten sie es nicht wahrhaben. Leo behauptete sogar, er sei in der Scheune gewesen und habe nichts gefunden als altes Gerümpel und Staub. Dann legte sich die Verblüffung und sie rannten los. Er hinter Leo, dem Mädchen und dem Polizisten her. Sein Herz pendelte an zwei Sehnen, lose, und bei jedem Ausschlag schmerzte es. Heinzinger, der ihnen langsamer

folgte, rief ihm nach: Übertreib's nicht, Landerer, du stolperst noch ins Himmelreich.
Die Warnung scherte ihn nicht. Er muß über den Schmerz hinwegkommen oder er soll aufhören mit einem Schlag.
Einige Nachbarn haben sich angeschlossen. Pokkos Verschwinden hat sich herumgesprochen.
Leo wartet vor der Scheune auf ihn. Du mußt rein und ihn wecken, dann freut er sich.
Pokko ist anscheinend wieder eingeschlafen. Er liegt auf dem Bauch, die Arme wie Flügel von sich gestreckt, das Gesicht ans Holz geschmiegt.
Pokko! sagt er in das Gesicht, das sich weigert, seine Verletzung zu verbergen, das aufgerissen ist, vom Schweigen entstellt, ein Gesicht, das ihn rührt und anzieht wie kein anderes, dessen Anblick etwas in ihm wachruft, das er nicht benennen kann, das sicher mit Liebe zu tun hat, ebenso mit Mitleid, vor allem mit der Stimme, die immer wieder in seinem Kopf schreit und ebenso befreit werden möchte, wie die des Kindes.
Vorsichtig streichelt er Pokkos Arm. Er wird sofort steif. Gewarnt zieht er die Hand wieder zurück. Leise sagte er: Komm mit nach Hause.
Nichts regt sich. Obwohl es in dem dünnen Leib bebt, schafft es Pokko, ein Brett zu bleiben.
Schläfst du? Blas mal durch die Lippen.
Er bläst, wenn auch kaum spürbar, aber er tut es.
Kannst du aufstehen oder klebst du an dem Wagen fest?
Er bleibt bewegungslos liegen.
Das habe ich mir gedacht. Darf ich mal fühlen?
Wieder tastet sich seine Hand vor zu dem Kind, fährt, ohne jeden Druck, über Arm und Brust. Spürst du das?
Pokko bewegt sich nicht.
Soll ich dich ein bißchen zwicken?

Wie auf ein lange geübtes Stichwort zieht Pokko die Beine noch näher an Bauch und Brust und preßt den Handrücken gegen den Mund.
Nein, nein, hab keine Sorge, es wird dir nicht weh tun, du mußt nur lachen.
Er krault Pokko kitzelnd die Brust, spürt seine Rippen.
Pokko drückt die Hand noch fester gegen den Mund, doch aus seinen Augen ist die Angst gewichen.
Georg seufzt. Er will seine Hand zurückziehen, aber das erlaubt Pokko nicht mehr. Er hält sie fest und aus seinem Mund dringt ein leiser fiepender Laut.
Ond, sagt Georg.
Glucksend, kaum verständlich, kommt das Echo: Ond.
Als Heinzinger, hingerissen von diesem eigentümlichen Zwiegespräch, in die Hände klatscht, hebt Georg warnend die Arme über den Kopf und erwartet, daß Pokko wieder zu einem reglosen Holzstück erstarre. Der Junge freut sich jedoch, formt die Lippen zu einem Ruf, strengt sich an und lacht.
Georg nutzt Pokkos augenblickliche Aufgeschlossenheit, klettert auf den Wagen, wirbelt mit jeder Bewegung Staub auf, hustet, hofft, daß Pokko von sich aus aufstehe, was er, als wolle er Georgs Gedanken nachgeben, auch tut.
Wie komme ich den Wagen hinunter? fragt er mit gespielter Ängstlichkeit. Kannst du mir helfen? Er geht in die Hocke, weil ihm ein wenig schwindlig wird. Eigentlich solltest du schon unten sein und auf mich warten. Was meinst du? Mich richtig auffangen.
Behende hüpft Pokko vom Wagen und stellt sich mit ausgebreiteten Armen auf. Georg rutscht hinunter, ungeschickt, und Pokko fängt ihn. Wie damals hätte er mit dem Kopf schlegeln können, doch jetzt hält er still, zittert nur ein bißchen. Georg fährt mit der Hand durch das in klebrigen Wir-

beln vom Schädel abstehende Haar, denkt, daß es ein Glück gibt, das im Fleisch steckt, nicht im Kopf, ein Glück, das es vor der Sprache gab, aber ihr auf die Lippen hilft.
Komm!
In einem kleinen Triumphzug ziehen sie durchs Dorf, von Gelächter und Zurufen begleitet.
Pokko bestand darauf, sein Lager sofort bei Georg in Gertruds ehemaligem Zimmer aufzuschlagen, mit ihm zusammen schlafen zu gehen. Das Kind mußte ihn nicht überreden. Der Tag und die Nacht, die Sorge und die Suche hatten ihn erschöpft. Wo ist Mo geblieben? fragte er. Leo habe ihn eingefangen, er schlummre in der Küche.
Heinzinger verabschiedete sich: Nach menschlichem oder sagen wir lieber nach Melchinger Ermessen herrscht vorerst einmal Ruhe. Gute Nacht.
Gegen sein eigenes Gewicht kletterte er die hölzerne Stiege hoch. Mit jedem Schritt wurde er schwerer. Er stolperte ins Zimmer. Pokko schien schon wieder zu schlafen.
Im Dunklen zog er sich aus, legte sich auf den Rücken, horchte auf den leisen, huschenden Atem des Kindes.
Vielleicht hörst du mich doch. Er mußte mit Pokko reden, ihm erklären, wie nah er ihm war. Vielleicht stellst du dich nur schlafend. Du kannst dich ja gut verstellen. Du mit deinen drei Wörtern. Manchmal möchte ich, wenn ich mit dir rede, mit der Frage beginnen: Kannst du mir mal was sagen? Obwohl ich weiß, daß du mir nichts sagen kannst – oder doch? Warum liebe ich dich so, Pokko, kannst du es mir sagen? Wovon wirst du sprechen, wenn du einmal sprichst? Auch von mir?
Er war von Satz zu Satz leiser geworden. Die letzten Worte flüsterte er nur. Pokko blieb stumm im Dunkeln und rührte sich nicht.

# 32

Er blieb vorerst in Melchingen. Pokko brauchte ihn und Leo konnte er helfen. Er redete es sich wenigstens ein. Leos Klage über die üble Situation der Flugschule stimmte. Er hatte nicht übertrieben. Die Flugvereine boten bequemere Gelegenheiten, das Drachenfliegen zu lernen, und Leos Kurse waren nicht billig. Niemand bestritt seine Qualität als Lehrer, doch ein Organisator war er nicht. Bisher war es ihm nicht gelungen, halbwegs bequeme Unterkünfte für die Schüler zu finden. Auf die legten die, die sich den Drachenflug leisten konnten, jedoch nachdrücklich Wert. Wenn du es nicht anders schaffst, kein Hotel nach deren Geschmack in der Nähe ist, muß du erst recht mit dem rauhen und einfachen Leben werben, mit Unterkünften auf Bauernhöfen, Erholung in der unverbrauchten Luft und im buntkarierten Federbett.
Vor allem aber litt die Schule unter dem ständigen Wechsel der Helfer, die Leo, da er sich schon gar nicht mehr ihre Namen merken konnte, meistens Kumpel rief. Einer von ihnen hatte sich der Werbung angenommen, den Prospekt entworfen, den Leo nun als wichtigstes Werbemittel verschickte. Der Faltzettel gefiel Georg überhaupt nicht, die Schriften nicht, der Text nicht, die Bilder nicht und außerdem warb er für eine Schule, deren genaue Anschrift und Telefonnummer nicht angegeben waren. Der Kumpel hatte sie vergessen. Nachdem ein Schüler, der ohne diese Auskünfte zu ihnen fand, sie auf diesen entscheidenden Mangel aufmerksam gemacht hatte, wurde das Druckwerk zusätzlich mit einer gestempelten Adresse versehen.
Ob er die Werbung nicht übernehmen wolle? Der alte Prospekt gehe ohnehin aus. Und nicht allein er sei nötig. Es

müßte auch Anzeigen und Plakate geben. Außerdem liege die Geschäftspost von Anfang an im argen. Kein Schwein habe Lust gehabt, sich an die Schreibmaschine zu setzen. Gertrud habe ein einziges Mal einen Nachmittag lang Post erledigt.
Leo redete auf ihn ein, verspottete sich selbst, klagte, erzählte Anekdoten und Georg gab nach. Gut, er nehme sich der Werbung an und beanspruche dafür freie Wohnung. Fürs Essen zahle er weiter seinen Anteil.
Mit Schwung wollte er beginnen. Es kam nicht dazu. Pokkos Abenteuer hatte die Behörden aufgestört. Sie schickten eine Sozialhelferin. Mit einem solchen Besuch hatten sie nicht gerechnet. Sie wurden aufgescheucht, redeten im ersten Augenblick nur Blödsinn, dazu kam, daß sie überhaupt nicht ihren Vorstellungen von einer Amtsperson entsprach, sehr jung, jünger noch als Gertrud, magersüchtig und blaß in Jeans und Männerhemd – sie heiße Merkle und komme vom Jugendamt Reutlingen.
Um der Amtlichkeit Nachdruck zu geben, zog sie aus ihrer großen ledernen Trägertasche sofort eine Akte.
Es gehe um Friedemann.
Um wen? fragten Leo und Georg im Duett, dabei hielten sie die Hausschwelle besetzt und dachten nicht daran, die junge Frau hinein und in die Nähe von Pokko zu lassen.
Um Friedemann Schmand.
Das kann nicht wahr sein. Leo ließ sich selbst durch Tritte gegen das Schienbein nicht beruhigen. Das hört sich ja an wie aus einem Künstlerroman. Friedemann Schmand. Soll Pokko so heißen?
Wer sonst? wunderte sich nun das Mädchen und half sich so über die Schwelle. Die beiden Männer machten ihr Platz, wiesen ihr den Weg in die Küche, freuten sich über die anerkennenden Blicke, mit denen sie den Raum musterte und antwor-

teten verspätet: Ihr Friedemann Schmand wird bei uns als Pokko geführt. Wir wußten gar nicht, daß er so heißt.
Sie lehnte sich gegen die Anrichte, wollte sich nicht ablenken lassen: Seit wann ist Frau Schmand verreist?
Gertrud? Georg zögerte und Leo antwortete an seiner Stelle: Seit etwa einer Woche. Wir führen da keinen Kalender.
Und wer sorgt für das Kind?
Wir. Erneut gelang es ihnen, unisono zu antworten.
Sie beide?
Ja. Leo nickte nur, er wollte offenbar Georg in diesem sanften Verhör die Antworten überlassen.
Von wem sind Sie dazu beauftragt?
Von der Mutter. Von wem sonst?
Nach den Akten ist der Junge autistisch. Stimmt das?
Er kann so gut wie nicht reden. Georg gab sich Mühe, gelassen zu bleiben, so, als ginge ihm das alles nicht an die Nieren. Er verhält sich manchmal ungewöhnlich, doch wir kommen mit ihm aus und er lernt dazu.
In der Schule?
Nach den Ferien soll er in Tübingen auf die Behinderten-Schule gehen.
Ja, das wissen wir.
Von wem?
Vom hiesigen Schulleiter.
Ach, Sie haben schon Auskünfte über uns eingeholt?
Natürlich.
Und was wird nun geschehen?
Das kann ich Ihnen noch nicht beantworten. Ich habe hier nur die Lebensumstände des Kindes zu prüfen und darüber zu berichten. Ist der Junge da?
Nein. Es war ein vorbauendes Nein, eines, das Pokko, sollte er sich im Haus aufhalten, warnte und hinaustrieb. Nein!

Es ist auch nicht weiter wichtig, sagte sie, da ich Sie in der nächsten Zeit noch einmal aufsuchen muß. Sie bewegte sich plötzlich etwas fahrig zwischen Schrank und Tisch, es war ihr anzumerken, wie sehr sie sich anstrengen mußte, von Amts wegen zu handeln: Können Sie mir noch das Schlafzimmer des Jungen zeigen? Schläft er allein?
Nein. Georg stieg ihr voraus die Treppe hoch, hoffte, Pokko würde, aufgeschreckt durch die fremde Stimme und die fremden Schritte, sich davonstehlen. Ich schlafe, seit Gertrud fort ist, bei ihm.
Von Pokko war keine Spur. Auf der Matratze erzählte die Indianer-Decke leuchtend ihre Bildergeschichten.
Da schläft er also.
Er ist es so gewohnt.
Ich auch. Sie lachte.
Mit einer energischen Kehrtwendung beendete sie die Unterhaltung, zog den Träger der Hängetasche über der Achsel straff und verließ das Zimmer. Wenn, sagte sie, ohne ihn anzusehen, schon auf dem Weg hinunter, wenn es Bedenken gibt – und die gibt es in der Amtsleitung –, dann vor allem Ihretwegen. Sie waren doch einer der Anführer auf dem Sonnenbuckel, nicht wahr?
Anführer? Er hielt sich am Geländer fest. Es fiel ihm ein, daß Kannabichs Treppenstele, die ihn einmal in Schrecken versetzte, nun womöglich aus der Mühle gestohlen werden könnte. Ist das die richtige Bezeichnung?
Es ist mir egal. Ich werfe Ihnen diese Geschichte bestimmt nicht vor. Sie hätte ihm auch sagen können: Ich denke wie du. Aber es ist mir nicht erlaubt. Und zur Kenntnis nehmen muß ich diesen Sachverhalt auf jeden Fall. Da ist jemand aus der Rolle gefallen, auffällig geworden.
Leo wartete unten an der Stiege.

Ein wenig zu drängend führte er die junge Frau zur Haustür. Das nächste Mal rufe ich an, bevor ich komme. Nicht daß sich Pokko dann wieder unsichtbar macht. Jetzt, als sie um Verständnis bittet, ihm zulächelt, hätte er auspacken, ihr seine Sorgen mitteilen können: Daß seine und Leos Pflege auf die Dauer nicht genügen könne; daß er nichts dagegen habe, wenn Pokko in Tübingen zur Schule gehe, dort auch in einer Familie unterkomme; daß er nur Wert darauf lege, in seiner Nähe zu bleiben, ihn oft zu sehen, mit ihm zu sprechen; daß er Pokko brauche.

Damit er sich von dem Kind, seiner Herkunft und seinem Leben ein Bild machen könne, hatte ihm die Sozialhelferin einen amtlichen Bericht zurückgelassen. Es sei nicht üblich, nicht einmal erlaubt, doch verstehe er Pokko, wenn er die Seiten gelesen habe, wahrscheinlich besser.

Nachdem er durchs Dorf gestreunt war, beim Italiener einen Grappa getrunken und mit Pokko andeutungsweise Fangen gespielt hatte, schaffte er doch noch einen Entwurf für den Prospekt, ließ aber das Bild auf der ersten Seite frei, da er sich vornahm, erst einmal selbst am Albtrauf den Drachenfliegern zuzuschauen.

Am Abend setzte er sich mit Leo auf die Küchenbank, sie lasen zusammen Pokkos Papiere. Die Helfer und das Mädchen waren nach Mössingen zu einem Fest gefahren.

Zu Beginn kommentierten sie noch, aber was sie in bürokratischen Floskeln erfuhren, verschlug ihnen die Sprache. Sie rückten zusammen, als müßten sie sich gemeinsam gegen diesen Ansturm von Verlassenheit, Roheit, Gedankenlosigkeit schützen.

Georg schob am Ende die Blätter in den Ordner, holte sich einen Schnaps aus der Vitrine, goß ihn hinunter. Bis morgen, Leo. Er würde neben Pokko liegen und an das Kind denken.

Von Anfang an wollten sie ihn nicht, setzten ihn aus, schuldeten ihn um, wie es im Bank- und Baudeutsch heißt. Er wurde aus Zufall gezeugt und wäre nicht zur Welt gekommen, hätte Gertrud zur rechten Zeit einen Arzt konsultiert. So wuchs das Kind gegen ihren Willen in ihrem Bauch und als es soweit war, ließ sie es in die Welt fallen. Irgendwann griff irgend jemand ein. Im nachhinein weiß keiner mehr zu sagen, wer. Ob die Großmutter, der Vater, der sich erst verleugnet hatte, das Kind jetzt entdeckte und aus einem unerklärten Grund beschloß, es doch noch zu mögen. Seine Mutter kümmerte sich nicht um diese leidige Geschichte, ließ die Parteien an dem Kind zerren, war unterwegs, arbeitete da und dort als Verkäuferin, trug Prospekte aus, schlug sich durch, kehrte, da war sie achtzehn, zurück, forderte ihr Kind, schlug den Vater in die Flucht, stritt sich mit den Eltern, forderte und überforderte und wurde schließlich aus dem Haus getrieben, samt dem Kind, das in seine Weltabgewandtheit hineinwuchs. Stumm und unansprechbar. Einmal vergaß es Gertrud drei Tage lang in einem Zimmer und als sie zurückkam, fand sie es auf dem Boden zusammengesunken, ganz in sein Innerstes geflüchtet, beinahe schon leblos. Sie gab es im Krankenhaus ab, ließ sich eine Weile nicht sehen, zog so endgültig die Aufmerksamkeit der Behörden auf sich, die das Kind von nun an mit Amtspflegern und Sozialhelfern begleiteten. Den stummen Fragen, den unausgesprochenen Vorwürfen des Jungen ausgesetzt, erklärte sie sich bereit, ihn mit vier Jahren abzugeben. Sie könne nicht weiter für ihn sorgen. Erleichtert brach sie von neuem auf, arbeitete, lernte Menschen kennen, wurde gebraucht und mißbraucht. In öden Zimmern und in verwüsteten Häusern sehnte sie sich nach dem Kind, das nie würde schreien können wie sie. Sie erbat es zurück. Sie kannte sich aus in den Unterschieden zwischen Pflege und Adoption und wußte sich im Recht. Dennoch widerstand die Behörde, zugunsten des Kindes, es sei krank, befände sich in bester Pflege, müsse noch einige Zeit in Kliniken bleiben. Sie könne ihm nur schaden. Sie sei die Mutter, erwiderte sie. Die sei sie immer gewesen. bekam sie zur Antwort, auch als sie den Jungen vergessen habe. Sie gab keine Ruhe, erklärte, sie werde krank vor Sehnsucht, denn sie träume bereits nachts, daß ihr Kind ermordet werde. Man gab ihr das Kind zurück. Sie lebte mit ihm wie vorher, schleppte es mit, herzte es und vergaß es. So wurde Pokko neun Jahre alt. Nach den Papieren: Friedemann Schmand, geboren am 3. Mai 1970 in Detmold. Unehelich. Behindert.

# 33

Georg schrieb an Druckereien, holte Angebote ein, telefonierte. Dabei merkte er, wie sehr ihm die zwei Jahre, die er unterwegs gewesen war, fehlten. Anfangs hielt er die Preise für überhöht, fluchte über den Wucher, war sicher, daß man ihn übers Ohr hauen wollte. Mit mir nicht, nein, mit mir nicht. Aber die Zeit hatte ihn einfach stehengelassen. Die Lücken beschäftigten ihn so sehr, daß er, ganz entgegen der Gewohnheit, sich mit Leo aussprechen wollte. Der wußte alles besser, brachte alles auf den einfachen Nenner von faulem Geld und schneller Ware, wurde unwirsch, als Georg seine Verluste an Wissen und Kenntnis beklagte. Zum Beispiel seien viele Schriften verschwunden.

Das sei doch Larifari, ob er nicht begreife, daß ohnehin alles auf eine Schrift, die am leichtesten lesbare Einheitsschrift zulaufe.

Bald brauchte er den Drachenflieger nicht mehr zu bemühen. Er hatte einen gefunden, der, obwohl um vieles jünger als er, schwärmen konnte, Bescheid wußte, Buchstaben hätschelte, der die alten Akzidenzschriften noch kannte, doch ebenso wußte, welche Grotesk es im Photosatz gab.

Es war eine von den Firmen gewesen, bei denen er für den Prospekt Angebote einholte. Sie war die einzige, die nichts von sich hören ließ. Da ihm die meisten vorliegenden Zahlen überzogen vorkamen, ihm bei der finanziellen Situation Leos sowieso angst und bange wurde, rief er in Tübingen bei dem säumigen Betrieb an, der sich Setzkasten nannte.

Natürlich könne er sich an die Anfrage erinnern. Sie hätten sich im Laden noch über Leo und die Flugschule unterhalten. Wieso sie dann nichts von sich hätten hören lassen?

Weil es mit der Geschäftspost hapere. Jeder drücke sich davor.
So begann es. Sie redeten sich fest, ließen die Telefonkosten steigen, stritten über Schrifttypen, erzählten sich Stücke aus ihrem Leben, bis dem Setzer, der sich als Kurt vorgestellt hatte, ein, wie er sagte, Seifensieder aufging und er begriff, wer sein telefonierendes Gegenüber war: Der Landerer vom Sonnenbuckel. Er habe damals ebenfalls unter dem Windrad demonstriert. Und bei Kannabichs Beerdigung sei er auch dabeigewesen.
Sie einigten sich über die Kosten. Georg versprach, den Setzkasten so bald wie möglich zu besuchen. Sie müßten sich endlich persönlich kennenlernen.
Vorher aber wollte er die Drachen fliegen sehen.
Leo riet, abzuwarten. Jetzt habe er lang genug gezögert, jetzt müsse er einen veritablen Drachentag erleben, einen mit Wind aus der tiefen Bläue, mit kleinen eiligen Wolken über dem Albtrauf und steigenden Cumuli am Horizont. Dann erst werde ihn das Glück packen, selbst zu fliegen. Ach, Mann! Sprach Leo von seinen Drachen, wurden die Wörter leicht.
Obwohl er eine Enttäuschung befürchtete, wartete Georg ab. Er würde sich gar nicht bis zum Sprungberg hintrauen. Je älter er wurde, um so schneller wurde ihm schwindelig. Es genügten schon ein paar Meter Tiefe.
Den Drachentag eröffneten dann zwei Beschlüsse. Daß Pokko auf jeden Fall Georg begleiten werde und deswegen die Schule schwänzen dürfe und daß man den Tag mit einem großen Fest auf dem Flugfelsen beende.
Komm, summte die Stimme in seinem Kopf, spring fort, laß dich raus, lauf, lauf und flieg, komm.
Der Himmel erfüllte Leos Voraussage, ein Himmel, der hoch und durchscheinend vom Sommer Abschied nahm. Die klei-

nen fransenden Wölkchen flogen schon, nur die Cumuli waren noch nicht zu sehen. Sie würden am Nachmittag, von Leo bestellt, sich am Horizont türmen.
Er lief durchs Haus, kopflos; Pokko stets einen Schritt hinter ihm.
Fehlt noch was? Brauchen wir noch was?
Leo bat den Italiener, am frühen Nachmittag mit Wein und Salat hinauszukommen. Wir wollen feiern, Giovanni! Endlich mal wieder! Der alte Landerer will heute ins Tal segeln.
Du bist verrückt, Leo, sag so etwas nicht.
Pokko, der den Umtrieb nicht durchschaute, klammerte sich an ihn. Du brauchst dich nicht zu fürchten. Überlaß den Tag mir. Im Augenblick habe ich sowieso schon abgehoben. Er nahm das Kind, setzte es auf seine Schultern, erschrak, wie leicht es war.
Du mit deinen neun Jahren wiegst kaum mehr als drei Federchen. Pokko legte seine Hände um Georgs Stirn wie einen Reif.
Wollt ihr nicht mitfahren? Leo war auf dem Sprung.
Nein. Ich will hineinlaufen, Leo, wie in eine unerzählte Geschichte.
Leo startete seinen Pritschenwagen, der aus schleifendem Auspuff dröhnte. Eine Staubwolke nahm Pokko und Georg auf. Der Junge trieb ihn mit wippendem Hintern an.
Wir lassen uns Zeit, Pokko, es eilt nicht. Ich bin gern dein Pferdchen, nur muß es langsamer gehn mit meinen steif und schwer gewordenen Beinen.
Hopp, rief er, versuchte trotzdem ein paar Sprünge, feuerte sich selber an: Hopp!
Opp krächzte eine Vogelstimme über ihm. Er blieb stehen, wartete auf ein zweites Opp, das sich auch gleich einstellte, ein drittes dazu. Glücklich rieb er sein Gesicht an den nackten

Kinderbeinen, fing an zu traben: Das war dein viertes Wort, Pokko, dein viertes.
Den Weg von Melchingen zum Weißen Stein kannte er merkwürdigerweise noch nicht, allein aus den Erzählungen Leos und seiner Kumpel – es war eine Abkürzung über die Hügel und durch den Wald. Er sah alles zum ersten Mal und es war ihm dennoch unglaublich vertraut. Baum für Baum, Bodenwelle für Bodenwelle, Waldstück für Waldstück hätte er die Gegend aufsagen können, auch das Netz der Feldwege. Es ist jetzt da, dachte er, es wird vergehen, wenn ich es verlasse, dieses Grün, das sich an den Rändern schon einfärbt, dieser Fink, der über Pokko und mir einen Kork aus der Windflasche zieht, in Spiralen immer höher kreist, oder die räudig gewordene Schafgarbe, die ich mit fünf Jahren auf einer Wiese am Eßlinger Eisberg entdeckte und die hier nun ein zweites Mal verblüht. Dieser Himmel, der wie ein aus seiner Verankerung gerissenes Zelt von einem kräftigen Wind gehoben wird und den ganzen Ausschnitt von Welt hinter sich herschleift.
Pokko zeigte mit ausgestrecktem Arm auf die Gerätescheune und pochte mit den Füßen gegen Georgs Brust.
Leo hatte ihm versprochen, daß niemand starte, bevor sie da seien.
Es ging nun bergab; er mußte auf den Weg achten. In kurzen, sich abstemmenden Schritten tippelte er den Hang hinunter und bekam Pokkos Ungeduld zu spüren. Reiß mir die Haare nicht aus, bat er, ließ die Beine des Jungen los, worauf der erschrak, mit beiden Armen Georgs Kopf umschlang. Ich kann nichts sehen, Pokko, rief er, ich tapp ins Leere, wir purzeln hinunter und sind schon geflogen, bevor wir die Flieger sehen.
So spielten sie den Rest des Wegs. Immer wieder hielt ihm Pokko die Augen zu, mal beide, mal nur eines. War es das

linke, bog er nach rechts ab, war es das rechte, schlug er eine Linkskurve ein. Schlossen ihm die Händchen beide Augen, blieb er stehen, durfte er mit beiden Augen sehen, rannte er geradeaus.
Leo winkte ihnen. Sie sollten sich beeilen, sie hielten den ganzen Betrieb auf. Rund um die Scheune wurde an den Flugdrachen gebastelt und gebaut. Sobald die Bespannung ausgebreitet, am Rahmen festgezurrt war, schien Leben in die Geräte zu fahren. Ein leichter Wind genügte, sie hoben und senkten sich, trafen die lästige, sie anziehende Erde mit kurzen und heftigen Schlägen.
Er lupfte Pokko über den Kopf, setzte ihn ab. Lauf, Pokko. Das Kind schoß wie ein Pfeil auf den Felsrand zu.
Leo beruhigte ihn. Pokko habe ihn schon ein paarmal begleitet und kenne sich aus. Er sei viel vorsichtiger und pfiffiger, als er denke. Also komm.
Zwei der Flieger waren schon bereit. Leo war mit seinem Gerät noch beschäftigt und eine junge Frau, die in ihrer Montur einem Rennfahrer ähnelte, hatte eben erst mit dem Aufbau begonnen. Sie tat es rasch und geübt.
Pokko, der hinter Büschen verschwunden war, sendete Schreie ins Tal, bekam sie entstellt zurück, was ihn aufbrachte. Mit rot angelaufenem Kopf brüllte er das Echo an.
Dann gab Leo einem der Piloten das Startzeichen. Der hob das Fluggerät, trug es zur Bodenwelle vor dem Felsen. Es gelang ihm nur mit Mühe, den Drachen zu bändigen.
Wenige Schritte vor dem Buckel zögerte Georg. Weiter traute er sich nicht. Den Blick ins Tal würde er kaum aushalten.
Leo hakte sich bei Georg unter: Ich halte dich fest. Du mußt uns doch fliegen sehen.
Pokko saß im Gras, starrte mit offenem Mund auf das im Wind zerrende Segel.

Wie der Wind liefe, rief Georg fragend einem Helfer zu, der sich unmittelbar am Absturz aufhielt.
Er könne gar nicht günstiger sein.
Leo nickte dem Flieger zu; der drückte mit der Brust gegen den Träger, lief los, über sich ein immer voller tönendes Rauschen, machte schon Sätze wie einer, der aus der Schwerkraft gerät, und Georg war so von diesem Anblick gefesselt, daß er für kurze Zeit seinen Schwindel vergaß.
Der Drachen riß den Mann von der Erde. Er schwebte lautlos über dem Tal.
Sie waren stehengeblieben. Pokko stöhnte auf. In diesem Moment kehrte auch der Schwindel zurück und Georg schloß die Augen. Leo beruhigte ihn: Ich halte dich schon. Und er sah wieder hinunter auf diesen großen, unter der Sonne und über dem Tal schwebenden Menschenvogel. Er hatte das Empfinden, ebenso in die Höhe gerissen zu werden, die Erde zu sehen, wie sie ihm von den Satelliten vorgeführt worden war, ein blauer Ball, auf dem wie ein Abdruck von Leben das Relief der Kontinente sichtbar wird.
Als Schüler hatte er zum ersten Mal von Ikarus gelesen. Ihm war der trauernde Dädalus näher.
Hier sah er einen anderen Ikarus. Nicht die Sonne hatte ihm die Schwingen verbrannt, sondern die Erde hatte ihn zurückgeholt.
Pokko rannte mit ausgebreiteten Armen um sie herum, in sich versunken, in weiten Bögen.
Er könnte abstürzen, sagte er.
Die Schwinge wurde im Licht durchsichtig, der Flieger unter ihr glich mit seinem Schatten dem Leib einer Libelle.
Er ist ein guter Pilot und der Wind ist günstig.
Denkst du, wenn ihr hier oben Fliegen beibringt und wenn du selber fliegst, manchmal an Ikarus?

Nein. Leo wandte sich ab, er müßte den nächsten zum Start führen. Du flippst mal wieder aus, Georg. Da kann ich nicht mithalten, mit deinem Ikarus. Wir Flieger sind auf die Wirklichkeit angewiesen. Nehmen wir sie nicht ernst, gehen wir drauf.
Den ganzen Tag waren Drachen in der Luft. Als Leo endlich sich in weiten Kurven ins Tal schwang, schickte Georg ihm geflüsterte Bitten nach und die Stimme in seinem Kopf drängte: Laß mich raus, ich flieg, laß mich raus. Friß den Himmel auf, laß me nauß, vergiß de, laß me, i ben leicht, i fall.
Einer von Georgs Schülern fuhr die Drachen und Flieger auf dem Pritschenwagen aus dem Tal wieder hoch.
Die Euphorie ließ nicht nach. Er traute sich immer mehr zu. Als Leo sich noch einmal mit einem Aufschrei vom Felsrand abstieß, ertrug er das Schwindelgefühl und flog ihm mit Blikken nach.
Das Tal lag schon im Schatten. Die Sonnenstrahlen wurden von den Hügeln aufgefangen und gebrochen. Die Schwinge flog ins Feuer und der schwere Libellenleib schwärzte sich, als bereite er sich vor, in der Dunkelheit aufzugehen, als kühle er schon vorher aus.
Ihm fiel der Mann im Stuttgarter Bahnhof ein, der gestürzte; so, dachte er, könnte Ikarus gelegen haben, die Arme noch immer ausgebreitet, noch gespannt vom Flug, doch den Leib an die Erde gedrückt, von der Gewalt des Sturzes wie in einen Model gepreßt. Kannabich hätte ihn vielleicht verstanden.
Der Italiener war nicht allein gekommen, er hatte Neugierige aus dem Dorf im Schlepptau, die sich zum Teil schon kundig die Drachen erklären ließen und die Piloten bewunderten.
Leo tanzte mit Pokko zwischen Drachen und Menschen. Die Flieger überboten sich in ihren Schilderungen von schwierigen Situationen, wunderbaren Rettungen, endlosen Flügen,

sie stiegen in langen Sätzen auf und schmierten in kurzen ab. Die Fliegerin, die sich neben Georg ins Gras hatte fallen lassen, fragte zwischen zwei Schlucken aus dem Weinglas: Sind Sie nicht einer von denen aus Endringen gewesen?
Ja.
Ihre Stimme nahm Schärfe auf: Sie könne ihn nicht verstehen. Das sei doch ein Rückfall ins Mittelalter.
Ihre Schönheit und Ruhe hatten ihm imponiert. Er hatte nicht vor, sich mit ihr zu streiten. Was wissen wir schon.
Das Mädchen schenkte ihm schon keine Aufmerksamkeit mehr, trank ihrem Nachbarn auf der andern Seite zu, ließ ihn sitzen. Er blieb für sich, suchte nach einer Weile nach Pokko, entdeckte ihn unter einer Drachenhaut, zog ihn vorsichtig darunter hervor, denn der Zauber dieser Decke sollte nicht verlorengehen.
Zurück nach Hause ließen sie sich von Leo fahren, der Georgs Glück genoß. Das werde auf die Prospekte abfärben. Glaubst du nicht auch, Georg?
Doch, doch. Die Schrift müßte er jedoch unbedingt ändern.

# 34

Leo bot ihm nach dem Drachentag an, Getruds Zimmer für ihn einzurichten. Er werde eine große Arbeitsplatte aufbokken, Regale bauen, ein Pinnbrett anbringen. Ohne es bequem zu haben, könne er auf die Dauer nicht arbeiten.
Also, wie ist es, bleibst du?
Der Antrag ging ihm nah.
Laß mir Zeit, bat er.
Im Auftrag Pokkos, einen Auftrag, den er sich allerdings selber erteilte, schrieb er an Susanna, ob sie überhaupt noch manchmal an ihn, den Pokko, denke oder ob sie ihn vergessen habe?
In den Telefongesprächen mit der festen, aufmüpfigen Stimme aus dem Tübinger Setzkasten nahmen die Pläne Form an. Über Papier und Schrift verständigten sie sich schnell, nur über das Titelbild konnten sie sich nicht einigen. Der Tübinger wehrte sich gegen den Kitsch, die Pose, die allzu tollen Farben.
Es müsse noch kitschiger aussehen, noch pathetischer und wagemutiger, entgegnete Georg. Aber ich komme am besten.
Dann mach dich auf den Weg.
Was er vorhatte. Tobel und Rita hielten ihn auf, stürzten unangekündigt ins Haus, atemlos, drängten, er bekam nur mühsam heraus, worum es ging und weshalb er sich unbedingt ihnen anschließen solle.
Du darfst nicht fehlen, Georg. Wenn du dabei bist, hilft es uns allen, bestimmt.
Aber wobei denn und wohin?
Sicher kenne er Zeilsheim. Dort, wo diese künstlichen Hügel aufgeschüttet sind, würden unterirdisch Raketen in Stellung

gebracht werden. Jetzt wollten sie einen Tag lang den Zugang zu der Anlage sperren.
Nein. Er versuchte abzuwiegeln. Daß er alle diese Waffen für schändlich halte, wüßten sie, aber eine solche Blockade sei sinnlos.
Sag das dort.
Komm doch.
Ihr Eifer riß ihn mit. Wie um einen Halt zu finden, schaute er sich im Zimmer um, verwünschte die beiden, die genau zu dem Zeitpunkt auftauchten, in dem der Boden unter seinen Füßen fester wurde.
Du, wir haben den andern versprochen, nicht zu spät zu sein.
Also gut.
Nimmst du diesen Anorak mit? Rita zog die Jacke vom Kleiderhaken und warf sie ihm zu.
Schon vor dem Straßenstück, das, nach Tobel und Rita, als Treffpunkt verabredet war, wurden sie von Feldgendarmen an den Straßenrand gewinkt und angehalten.
Sie müßten das Auto stehenlassen. Von hier aus könnten sie nur zu Fuß gehen, wenn sie nicht gleich umkehren wollten.
Sie liefen im Gänsemarsch. Vor sich hatte er Tobel, hinter sich einen pfeifenden, kurzatmigen Lehrer aus Münsingen.
Der Anblick, den die Handvoll Demonstranten bot, war friedlich. Sie konnten das Aufgebot von Soldaten und Polizisten bestimmt nicht erschüttern. Nicht viele hatten sich an diesem Wochentage auf den Weg gemacht; es blieb ein Kern von Widersetzlichen, viele ältere Frauen und Männer darunter, ein paar Kinder, die sich um den Aufmarsch der Polizei nicht kümmerten.
Sie wurden mit gemurmelten Grüßen empfangen. Der Landerer, hörte er, er ist doch gekommen, er hat sich doch nicht abgeseilt.

In ihren Reden hatte er längst eine ihm fremde Gestalt angenommen.
Setz dich doch. Ein Bärtiger half ihm dabei.
Erzähl, wie es dir geht.
Das könne er jetzt nicht.
Damals, in der Mühle, habe er mit einem kleinen Jungen –
Mit Pokko, der sei noch immer bei ihm.
Ob er die Kannabich-Ausstellung in Stuttgart angeschaut habe?
Noch nicht. Er wisse auch nicht, ob er das wolle.
Sie unterhielten sich, auf dem Asphalt sitzend, wie im Café oder im Büro.
Der diensthabende Offizier teilte mit, daß die Frist abgelaufen sei. Das hörte sich freundlich an. Aber die Polizisten verstanden diese Mitteilung als Befehl, fielen über sie her, rissen an ihnen, trennten sich verklammernde Hände, verdrehten Arme.
Einer zerrte an ihm, ein anderer trat ihn.
Um ihrer Wut zu entkommen, richtete er sich auf und taumelte, aus dem Gleichgewicht geratend, nach vorn, wurde aufgefangen, sah in ein verwirrtes fragendes Kindergesicht, glatt und schwitzend unter dem Helm, auf einen breiten Mund, der in den Winkeln lachte und hörte ihn fragen: Warum machen Sie das? Warum, fragt er in sich hinein, ja warum, und findet, so bedrängt, eine viel zu pathetische Antwort: Um euretwillen.
Sie waren seit zwei Tagen nicht mehr abgelöst worden, oben, auf Flaktürmen in Degerloch. Es wäre auch nicht möglich gewesen nach mehreren Bombenangriffen und nach den Schwächeanfällen zweier Flakhelfer.
Trotzdem wurde er überraschend abbefohlen zum Kommandeur.

Es dämmerte. Um diese Zeit rollten die Fliegerschwärme zwischen den Nachtwolken und der beinahe lichtlosen Erde ihre Teppiche aus.
Weshalb der Hauptmann ihn rufen ließ, hatte er am andern Tag schon wieder vergessen. Es mußte eine Bagatelle gewesen sein.
Er nutzte die Pause, saß in der Schreibstube, trank heißen Tee.
Die Einschläge kamen knapp und hart. Eine der Barackenwände riß einfach. Er hatte sich auf den Boden geworfen, hörte Schreie, rannte in eine Staub- und Brandwolke hinein. Der Turm war von einer Luftmine voll getroffen worden. Der Beton stand unversehrt, nur das Tarnnetz hing verkohlt und in Fetzen herunter. Keuchend hangelte er sich die Treppe hoch. Die, mit denen er vorher gesprochen, die er für eine Atempause verlassen hatte, waren nicht mehr vorhanden. Nur noch Reste von ihnen, Kohlestücke, Fragmente, Uhren und Brillen, angerußte Koppelschlösser und eine Reihe von weißen Zähnen zwischen pechschwarzen Lippen.
Sie mußten ihn wegschleppen, eine halbe Woche lang verbrachte er im Lazarett.
Er hätte es den jungen Polizisten erzählen können, es hätte nichts geholfen. Sie hätten seine Geschichte ausgeschlagen. Verblüffend rasch gelang es den Polizisten, die demonstrierende Gruppe auseinanderzutreiben. Bitte, sagte ein Offizier, drängte ihn beiseite. Er lief los. Dabei vergaß er, nach Tobel und Rita zu sehen.
Leo empfing ihn ärgerlich: Es ist doch Quatsch, ohne mich zu verständigen, abzuhauen. Ich wäre doch mit. Habt ihr überhaupt nicht an mich gedacht? Er knallte die Küchentür zu und riß sie wieder auf: Und mit den Prospekten bist du im Verzug!
Pokko hockte oben auf der Treppe und beobachtete anschei-

nend vergnügt das Theater im Parterre. Pokko habe, erzählte Leo später, seit er vom Weißen Stein zurück sei, da oben Stellung bezogen und sich nicht fortgerührt. So wirst du erwartet. Über dem Albtrauf, fuhr er fort, hätten sich am Nachmittag Zugvögel in gewaltigen Scharen versammelt und die Drachenflieger in die Flucht geschlagen. Der Herbst kündigt sich an, sagte er, bald frieren wir wieder in unserer Hütte.

# 35

Georg und Kurt verstanden sich auf den ersten Blick, den ersten Satz. Ich zeig dir den Laden, sagte der aufgeschossene, mit den Armen schlenkernde Junge, kaum befand er sich in dem winzigen Büro, einem Verschlag, dessen Wände gepflastert waren mit Zetteln, die, längst vergilbt, Aufträge, Bestellungen, Botengänge und Termine anmahnten. Sie arbeiteten zu fünft, erfuhr er. Die Räume im Parterre des alten Weinbauernhauses hätten sie erst kürzlich beziehen können, vorher seien sie sehr beengt gewesen. Den alten Heidelberger Automaten hätten sie sich jetzt erst kaufen können, auch eine der beiden Linotype-Setzmaschinen und die Photosatzanlage, an der sie sich schauderhaft verschuldet hätten, die ihnen zusetze, und inzwischen begännen sie sich zu fragen, ob es eine vernünftige Anschaffung gewesen sei.
Kurt stellte ihm die andern vor. Katharina, die Setzerin, Tim, den Layouter, Lutz, den Drucker, und Lea, die noch lerne. Er hörte dem Heidelberger zu, wärmte einen Winkelhaken in seiner Hand und wünschte zu bleiben. Katharina half ihm. Sie zeigte ihm den Probeabzug eines mit Hand gesetzten Gedichtes. Ihm fiel auf, wie falsche Töne in einem Lied, daß ein paar Buchstaben nicht ausgeglichen standen.
Siehst du, hier.
Kannst du mir helfen? fragte sie.
Sie mußte ihn nicht zweimal bitten.
Er sprang auch im Büro ein, als Kurt auf die verdammte Rechnerei fluchte, die Kalkulationen, die ihm den Tag verdürben, ließ sich eine Ecke auf dem Schreibtisch freiräumen, rechnete, fand sich nur mühsam in dem Wirrwarr zurecht.
Er fiel zurück. Der Raum um ihn zog sich zusammen, wärmte

und schützte ihn. Von ferne hörte er Stimmen, das Hobeln des Heidelbergers und das Klingeln der Linotype.
Bist du fertig? Kurt steckte den Kopf in die Tür.
Gleich.
In solchen kurzen Wortwechseln steigerte sich sein Wohlbefinden noch.
Leo holte ihn wie verabredet ab. Die Kalkulationen waren fertig, doch die Prospekte liegengeblieben. Er mußte den fünfen versprechen, am nächsten Tag wiederzukommen, nicht nur wegen dieser Sache, wie sie beim Abschied betonten, sondern weil sie weiterreden müßten, verstehst du. Du kannst uns eine Menge zeigen.
Leo spürte, wie er sich in Gedanken entfernte, ließ ihn jedoch in Ruhe und wartete ab. Es hing ohnehin alles von Pokko ab, von dem, was auf ihn zukam.
Die Sommerwärme war schnell aufgebraucht und das Melchinger Häuschen zog sich fröstelnd zusammen. Im Küchenofen brannte ständig ein Feuer. Sie schlossen die Türen und schlossen auch den Garten aus, der laublos vor dem Fenster erstarrte. Von nun an würde sich drei oder vier Monate lang beinahe alles in der Küche abspielen.
Die dauerhafte Glut im Herd zog Pokko an, der stundenlang vor dem Guckloch saß und das lebendige Feuer beobachtete.
In einer der ersten Frostnächte holte er Pokko unter seine Decke. Der Junge schnatterte, die Zähne schlugen ihm aufeinander.
Wenn ich nur wüßte, sagte er, wie man dich päppeln könnte, Federchen. Aber du rennst und zappelst dir alles Fleisch von den Knochen.
Sie lagen nebeneinander und wieder einmal wünschte sich Georg nichts mehr, als daß ein Wunder Pokko den Mund öffne und ihn sprechen mache. Seine in der Dunkelheit suchenden

Blicke hielten sich an dem ein wenig helleren Geviert des Fensters fest. Pokko zitterte noch immer. Um ihn zu wärmen oder über die eigene Unruhe hinwegzukommen, um sich und das Kind in den Schlaf zu reden, redete er ohne zu reden, gab Laute von sich, schnalzte und schnurrte, verdrehte Wörter, erfand welche: Schrumpere, schrumm, saus mir nicht im Kopf herum; trippatiratz, trippatiratz, setz dich nicht auf jeden Satz; eiwiederei, eiwiederei, schrei, Kindchen, schrei.
Das Kindchen schrie nicht. Es murmelte mit, prüfte Laute zwischen Kehle und Gaumen, freute sich über seine geschmeidiger werdenden Lippen.
Du mußt atmen, Pokko, atmen! Längst nicht alle Laute, die Georg produzierte, wurden von Pokko aufgenommen. Manche änderten sich in seinem Mund. Gegen manche schien er sich zu sperren, andere formte er neu. So redeten sie lang miteinander, bis Pokko leiser wurde, Antworten ausließ und einschlief. Georg stand auf, nahm Pokkos Decke von der Matratze, lief auf Zehenspitzen zurück, wickelte sich in sie ein und legte sich an den Rand des Bettes.
Die Melchinger Gemeinsamkeit war wieder unsicher geworden. Leo und er gingen sich nicht aus dem Weg, aber sie unterhielten sich wachsam und stockend, wollten sich nicht verletzen, die Zuneigung zueinander nicht verderben.
Die beiden Helfer Leos hatten sich vor der Kälte aufgemacht. Bevor sie gingen, falteten sie die Drachen, verpackten sie und schleppten sie in den Keller. Pokko war traurig. Leo tröstete ihn: Die Drachen schlafen im Winter wie die Hamster und wie die Schmetterlinge.
Georg rettete sich in die Setzerei. Kurt und die anderen gaben sich Mühe, ihn einzuspannen und abzulenken. Beim Aufbau eines gebraucht gekauften Composers gestand ihm Kurt, daß sie am Ende seien. Sie hätten diesen Apparat benötigt, unbe-

dingt. Andererseits stünden in vielen Verlagen und Werbeagenturen solche Schnelldrucker und nähmen ihnen die Arbeit weg. Jetzt ginge ihnen der Stoff aus.
Beinahe nebenbei sagte er, er könnte ihnen helfen, wenn sie ihn gleichberechtigt in ihre Genossenschaft aufnähmen. Nicht nur mit Geld, seinen Reserven, könnte er ihnen beispringen, auch mit seinen Erfahrungen.
Zum ersten Mal seit langem wieder wünschte er sich Hellas Rat.
Kurt hatte auf sein Angebot nicht gleich reagiert. Wahrscheinlich holte er sich das Einverständnis der andern ein.
Sie sparten nicht mit Freundlichkeiten und ließen ihn schmoren.
Der Prospekt für die Drachenschule war fertig, von Leo abgesegnet und wurde nun gedruckt. Bald würde ihm jeder Vorwand fehlen, mit den fünfen zu arbeiten.
Er ging in der Stadt spazieren, fror in seinem durchgewetzten Cordanzug, setzte sich trotzdem auf die Mauer am Weg zwischen Neckartor und Hölderlinturm, dachte sich in einen der winzigen Hinterhofgärten, ein in sich zusammengesunkener, seine letzten Kräfte schonender Greis, zwischen Gerümpel und vom ersten Frost geknickten Gräsern.
Nach Tagen, die sich endlos dehnten, überraschten ihn die fünf, als er die fertig gedruckten Prospekte noch einmal nach Ausschuß durchsah. Kurt wurde feierlich: Du kannst bei uns mitmachen, wenn du willst. Du bist einstimmig in unsere Genossenschaft aufgenommen.

# 36

Er war mit dem letzten Bus aus Tübingen gekommen, trottete die Dorfstraße hoch, am Italiener vorbei, der in der beleuchteten Tür stand und ihn mit einer übertriebenen Verbeugung grüßte. Er zog die Haustür hinter sich zu, um die Kälte nicht einzulassen. Wie immer ging er erst einmal in sein Zimmer, schob die alte Aktentasche unter den Arbeitstisch, warf einen Blick auf Pokkos Ecke und rief nach ihm. Wie gewöhnlich erhielt er keine Antwort.

In der Küche traf er Leo allein an, er saß auf dem Hocker neben dem Herd, wartete auf ihn, aber sah ihm erst einmal stumm zu, wie er sich an den Tisch setzte, eine Scheibe Brot vom Laib schnitt, den Deckel von der Kanne hob und nachschaute, ob's noch Tee gab.

Wo ist Pokko? fragte er.

Leo beugte sich nach vorn, betrachtete seine dreckigen Stiefel und sagte so, als könne er nicht glauben, was geschehen war: Er ist weg. Sie haben ihn abgeholt.

Wer? Wer hat Pokko abgeholt?

Die Tübinger, die Sozialhelferin und eine Psychologin aus dieser Behindertenklinik.

Er fiel in sich zusammen. Was sonst hätte er erwarten sollen? Leo sprang auf, riß ihn am Ärmel, fragte, ob er Heinzinger rufen solle, nicht nur seinetwegen, sondern weil er überhaupt Bescheid wisse und helfen könne. Er sah Georg prüfend ins Gesicht: Willst du dich hinlegen, soll ich dich nach oben bringen?

Es ist schon gut, Leo. Ich warte. Ruf den Doktor an. Er lehnte sich zurück, schloß die Augen. Mao sprang ihm auf den Schoß und blieb entspannt unter seiner Hand liegen. Als Leo

rief, der Doktor sei schon unterwegs, konnte er sich ruhig erkundigen, weshalb sie Pokko geholt hätten.
Der Bericht der Sozialhelferin, erzählte Leo, habe das Amt veranlaßt, mit Gertrud, die sich neuerdings in Landau aufhalte und als Küchenhilfe in einem Restaurant tätig sei, Verbindung aufzunehmen und sie zu fragen, ob sie in eine Behandlung Pokkos einwillige. Vielleicht sei's dazu schon zu spät. Aber man wolle es auf jeden Fall versuchen.
Sie haben ihn entführt, weggeschleppt.
Leo goß Tee ein. Er hat sich nicht gewehrt. Sie waren freundlich zu ihm. Aber jetzt, ohne Pokko – ich weiß auch nicht. Gehst du mit raus? Wir können draußen den Doktor abpassen.
Er setzte Mao vorsichtig auf den Tisch, von dem aus er in einem Bogen auf den Küchenschrank sprang und ihren Aufbruch beobachtete.
Sie zogen sich Mäntel an. Leo grinste, als Georg die Wagner-Mütze aufsetzte. So hab ich dich kennengelernt, vor hundert Jahren, als Familienvater in den Ferien, ein Bürger mit einem Hang zum Künstlerischen.
Red keinen Unsinn.
Vielleicht, Leo behielt die Klinke in der Hand und rieb sie, vielleicht verschaffe ich mir über den Winter einen Film-Job und überlasse das Haus den anderen.
Und ich?
Dann sprach Leo aus, was er ihm zu gestehen nicht gewagt hatte: Du wirst nach Tübingen ziehen, um in Pokkos Nähe zu leben. Das ist doch klar. Und Mao nimmst du mit.
Heinzinger war offenbar nicht gleich nach dem Anruf abgefahren.
Sie warteten, redeten über Tübingen, die Aussichten für den Setzkasten, malten sich aus, was Pokko eben treibe.

Genaugenommen, Leo lehnte sich gegen einen abgestellten Traktor, genaugenommen, Georg, hast du Schwein gehabt. Du bist abgehauen und wußtest nicht wohin. Da lief dir Kannabich über den Weg. Und Pokko auch. Und ich, ja ich – das mußt du selber wissen.
Georg stellte sich neben ihn. Muß ich das dir unbedingt sagen?
Heinzinger konnte aus dem Auto sehen, wie sie zu lachen begannen und sich die Backen tätschelten. Er bremste so heftig, daß der Wagen ein Stück auf die beiden zuschleuderte.
Ich habe erwartet, brüllte er, die Wagentür mit einem Knall hinter sich zuschlagend, hier einem Herzkasper Beine machen zu müssen. Und was seh ich? Zwei, die sich vor Vergnügen kugeln.
So sei es nicht. Sie erklärten ihm, weshalb sie sich so widersinnig vergnügten.
Heinzinger nötigte Georg, nach oben zu gehen, sich hinzulegen, und untersuchte ihn gründlich. Hat dich dein anderes Ich wieder geplagt, Landerer? Und dein Herz. Ich gebe dir eine Spritze, die dich beruhigt. Fürs Herz Tabletten.
Leo brachte auf einem Tablett einen kräftig nach Nelken und Zimt duftenden Glühwein, schenkte ein und ließ sich auf Pokkos Matratze nieder.
Heinzinger entschuldigte sich für seine Verspätung. Ich habe mich noch in Tübingen erkundigt. Du solltest den Glühwein nicht trinken, Landerer. Aber meinetwegen: Prost!
Wie geht es Pokko?
Anfänglich tat er gut, doch dann drehte er in der ungewohnten Umgebung durch. Bis man ihn stillegte, wie ich dich jetzt auch. Du kannst ihn morgen gleich besuchen.
Sie haben ihn entführt, Doktor.
Nein. Nur hätten sie euch auf jeden Fall vorher verständigen

sollen. Das ist schon mal verpatzt. Du wirst ihn täglich besuchen dürfen.
Er hatte von Pokko träumen wollen und schlief auch mit diesem Vorsatz ein. Anstelle von Pokko eroberte Martin seinen Schlaf. Selbst im Traum spürte er seine Verwunderung. Wie kommst du hierher? Sie kampierten in einer Berghütte, Hella und Martin. Martin war etwa sechs oder sieben. Die beiden anderen Kinder waren nicht dabei. Hella verabschiedete sie für eine Bergtour. Merkwürdigerweise mußten sie nicht klettern, sondern erreichten den Gipfel im Nu. Martin hüpfte ausgelassen auf dem schmalen Gipfelplateau, er bat ihn, vorsichtig zu sein, dabei packte ihn ein solch mächtiger Schwindel, daß er sich nicht mehr zu rühren traute. Nie wieder, das wußte er, würde er ins Tal kommen. Setz dich hin, sagte er, rühre dich auf keinen Fall vom Fleck, warte, bis ich zurückkomme. Dann ließ er sich fallen. Im Sturz, nein, im Flug sah er zurück zu Martin, der immer winziger wurde.

# 37

Schöttle schrieb ihm, er möchte, was ihm gehöre, aus der Mühle abholen. Es eile, denn es zögen, so wie es Kannabich verfügt habe, Künstler ein, ein Steinbildhauer und eine Teppichweberin.

Er ließ sich von Leo am Mühlweg absetzen. Fürs erste wolle er allein bleiben. Auf dem Rückweg, nahm er sich vor, würde er Hannes in den Grünen Baum einladen, damit sich alles wiederhole, obwohl doch wenig gleich geblieben war.

Er hatte einen günstigen Tag erwischt. Der Boden war gefroren, der frische Schnee knirschte unter seinen Sohlen. Gestützt von einem unsichtbaren Eiskorsett glichen die hohen gilben Herbstgräser Lanzen. Berührte er sie, brachen sie entzwei. Obwohl die Sonne nicht durchkam, erinnerte ein grau strahlendes Licht an sie, das schwer auf dem Tal lastete. Er lief von einer Stele zur andern, berührte und streichelte die steinernen oder hölzernen Schwänze, denen Regen und Wind mitgespielt hatten. An ihnen allen hatte sich ein Wunder ereignet. Regen und Wind hatten die entstellenden Farbspuren verwischt. Sie schienen nun, wie Erinnerungen an eine bunte, heitere Vorzeit, dazuzugehören. An den hölzernen Stelen hatten sie sich etwas deutlicher gehalten als an den steinernen, doch auch hier, ausgewaschen, in Ritzen und Fugen angeschwemmt, würden sie Kannabich vergnügen. Er lief von Stele zu Stele, las die Bildschriften anders und genauer als früher. Diese Körperketten von Niedergedrückten, aus dem Paradies Vertriebenen, sich verzweifelt Liebenden vereinten sich in einem einzigen Aufbruch. Er redete sich ein, daß Kannabich die Versammlung unterm Windrad in seinen Friesen vorausgeahnt habe.

Er ging zum Haus hinüber. Es war geheizt. Die Gemeinde sorgte dafür, daß es nicht verkam. Er schlich hinauf in sein Zimmer, als könnte er jemanden aufstören. Es war nicht viel, was er in die Tasche packen mußte. In den zwei Jahren war es immer weniger geworden.

Aus Gewohnheit warf er einen Blick aus dem Fenster über den Hof zur Werkstatt Kannabichs. Er könnte ihn rufen, in die Küche gehen, die Katzen füttern, auf ihn warten. Er könnte mit ihm noch einmal die Pläne fürs Windrad schmieden, zwei, die die Welt herausfordern. Er könnte, ich könnte, dachte er, und ich kann es nicht mehr. Mit einem Male erfüllte ihn die Trauer, die ihm nach Kannabichs Tod so bitter gefehlt hatte.

Plisch, rief er ins Haus, Kassandra! Die Katzen meldeten sich nicht.

Die Tasche war leicht und er war, als er den Weg zur Straße ging, nahe daran, sie in die Büsche zu werfen.

Hannes schloß sich ihm wortlos an. Im Grünen Baum warteten bereits Leo und Süß und Schöttle, vor allem aber die Windmengerin, die ihn in ein wehmütiges Gespräch verwickelte. Sie kenne wie sonst niemand seine zwei Leben und bedaure es, in seinem dritten keine Rolle mehr spielen zu dürfen.

Wie sie denn darauf komme?

Das wisse er selber und sie müsse es ihm nicht erklären.

Sie hatte ihn aufgefangen, als er stolpernd zu suchen anfing.

Er verließ die Runde, trat vor die Tür. Die Oleanderbäume hatten der Kälte weichen müssen. Nach einer Weile folgte ihm die Windmengerin. Es gelang ihr nicht, zu reden. Er umarmte sie.

Leo holte ihn. Komm, sagte er, übertreibt es nicht. Wenn's auch guttut.

# 38

Noch ehe es Frühling wurde, zog er nach Tübingen. Der Doktor half ihm, eine Wohnung zu finden, zwei Zimmer mitten in der Altstadt, zwischen Stift und Markt, unterm Dach und über Dächern.
Er wurde sechsundfünfzig. Hella wünschte ihm auf einer Ansichtskarte alles Gute, Gesundheit und die nötige Zuversicht. Heinzinger besuchte ihn öfter und hielt belebende Standpauken.
Meistens war er der erste bei der Arbeit, die er täglich mit einer Seite Handsatz begann. Aus der Trump-Mediäval setzte er in sechzehn Punkt die Rede des Häuptlings Seattle vor dem Präsidenten der Vereinigten Staaten von Amerika im Jahre 1855. Meine Worte sind wie die Sterne, sie gehen nicht unter.
Wenn er sich nicht geschäftlich verabredet und sonst nichts vorhatte, holte er nachmittags Pokko zum Spazieren, zum Spielen ab. So war es mit seiner Ärztin besprochen. Später könnte der Junge gelegentlich auch über Nacht bei ihm bleiben.
Freude, rief die Stimme in seinem Kopf, die sich wieder heftiger regte, freu de, spring, heb's Federle hoch, lupf's und sing.
Er hatte Susanna geschrieben, ihr von Pokko und von der Wohnung erzählt. Der Brief klang wie eine verkappte Einladung, die sie, das wußte er, nicht annehmen würde. Auf alle Fälle nicht gleich.
Manchmal stellte er sich in den Kreis der friedlichen Schweiger auf dem Markt. Viele kannten ihn, sprachen ihn an, luden ihn ein. Meistens antwortete er ungenau und entzog sich. Es genügt ihm, sie in der Nähe zu wissen.
Mit Pokko erkundete er die Stadt, die Umgebung. Jeder

drängte zu seinen Lieblingsorten. Pokko zog ihn stumm den Schloßweg hinauf, wo er in den Tordurchfahrten hin und her rannte und sich in eine Art Fledermaus verwandelte, oder sie sprangen auf dem Vorplatz vorm Hölderlin-Turm zur Belustigung von Besuchergruppen Himmel und Hölle, sahen den Studenten zu, die die lecken Stocherkähne ausbesserten. Georg zog es mehr zum Neckar oder auf den Weg zur Wurmlinger Kapelle, über den Spitzberg oder ins Schwärzloch.
Ihm fiel schon gar nicht mehr auf, daß er so gut wie nie Antworten erhielt.
Besonders mochte es Pokko, wenn Georg Szenen spielte. Er spielte nicht mit, ließ sich aber ins Spiel einbeziehen oder genoß es nur. Hin und wieder summte und schnalzte er. War er sehr zufrieden, hob er die Hände, dehnte sich, spannte sich und versuchte sich mit Vokalen auszudrücken, a und o und u.
In diesen Spielen begrüßte sich Georg als einen andern. Dazu sprach er von der einen Wegseite auf die andere. Auf der einen war er Landerer, auf der andern entweder Heinzinger, mit dem er auf diese Weise und nachträglich seine Sträuße austrug, schon seltener Kannabich, öfter dagegen Herr Doktor Hegel:
Grüß Gott, darf ich Sie für einen Augenblick in Ihren Gedankengängen stören, Herr Doktor,
Und der, die Hände auf dem Rücken, überaus hochmütig: Wieso, wofür, was maßt er sich an?
An einem der ersten Tage im April traute Pokko sich ein neues Wort zu: Hopsen. Er konnte gar nicht mehr damit aufhören: Hopsen. Hopsen.
So lernten sie voneinander bis in den Sommer, bis die Stadt sich leerte, die Studenten in die Ferien fuhren.
Mit seinem Buch war er fertig geworden. Es wurde im Setzkasten gebührend gefeiert.

Alex besuchte ihn für zwei Tage. Hella sei ganz zu Tini gezogen, die Buchhandlung floriere.

# 39

Es nieselt. Der Regen ist warm, wäscht Blätter, Steine und Gesichter. Er öffnet das Hemd, genießt diese Dusche. Pokko wartet schon an der Klinikpforte. Die Schwester verschwindet. Er bleibt unten am Fuß der steinernen Treppe stehen und ruft: Pokko, komm! Sieht, wie Pokko den Mund öffnet, sich nur ein wenig müht und dann laut und deutlich sagt: Pokko kommt.

Sag's noch mal, bittet er.

Pokko schüttelt den Kopf.

Bitte.

Wenn auch ein wenig unsicher, wiederholt er nun: Pokko kommt.

Er läuft die Treppen hoch, nimmt den Jungen an der Hand, sie rennen los, den Berg hinunter, über die Herrenberger Straße, auf der sie beinahe unter ein Auto kommen, in die Stadt hinein. Der Regen läßt nicht nach.

Du wirst reden, sagt er, du wirst mit deinen Sätzen die Menschen berühren wie mit Fingerspitzen, und sie werden freundlich sein. Mit jedem Wort fängst du ein neues Leben an.

Er kauert sich hin, wischt mit der Hand dem Kind leicht über das regennasse Gesicht. Dann schubst er es auffordernd: Lauf, Pokko, lauf mir voraus, doch lauf mir nicht weg.

Pokko hüpft in kleinen Sprüngen zwischen den Passanten, die nichts von seinem Glück wissen.